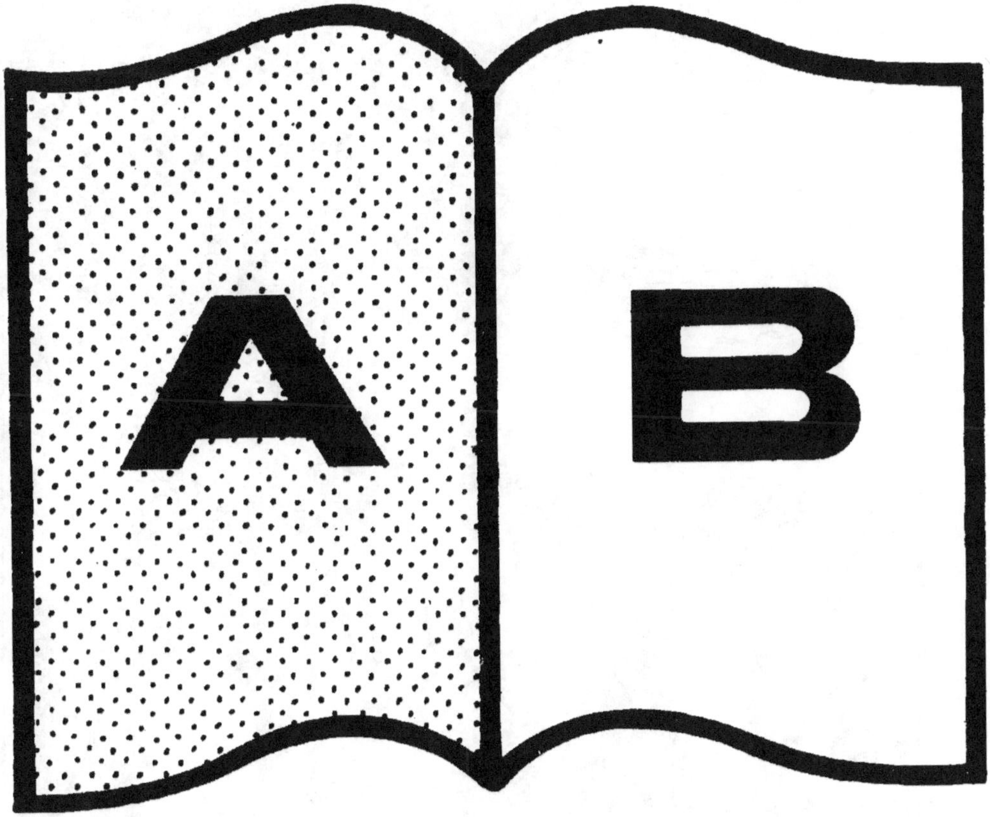

Contraste insuffisant

NF Z 43-120-14

Renaud Amoureux.

LE RENAUD
AMOUREUX,
IMITÉ DE L'ITALIEN
DU SEIGNEUR
TORQUATO TASSO.

A PARIS,

Chez Noel Pissot, Quay des Augustins, à
la d..c..re du Pont-Neuf, à la Croix d'or.

M. DCCXXIV.
Avec Approbation & Privilege du Roy.

A TRES-HAUT
ET TRES-PUISSANT
PRINCE MONSEIGNEUR
CHARLES DE GONZAGUES
DE CLEVES,

Duc de Nivernois & de Rethelois, Pair de France, par la grace de Dieu Prince du Saint Empire & d'Arches, Prince de Mantoüe, de Porcien, & de Thimerais ; Marquis d'Isles, & de Montcornet ; Comte de Saincte Menehoust & de Saint Florentin , &c. Gouverneur & Lieutenant general pour le Roy en ses Provinces de Champagne & Brie.

ONSEIGNEUR,

Ce Chevalier errant ayant toûjours
conversé parmi les nations étrangeres,

avoit negligé jusques ici, non seulement
l'agréable frequentation des plus relevez de sa patrie, mais encore sa propre
langue maternelle: aussi le Tasse lui avoit-il
apris à parler si parfaitement celle de son
pays, & l'avoit fait recueillir avec un
tel applaudissement par toute l'Italie,
qu'à peine se pouvoit-il souvenir d'être
veritable François. Mais les merveilles
qu'il a oüi raconter de tant de perfections
qui vous rendent admirable, l'ont forcé
de venir encore une fois respirer le doux
air de sa naissance, afin de vous rendre
l'hommage que vous doivent tous ceux qui
cherissent la vertu; vû que vous en êtes
un si vif portrait, que quiconque veut reconnoître en quelque façon que ce soit la
vertu même, ne doit adresser à autre qu'à
vous ses offrandes & ses vœux. Le voici,
MONSEIGNEUR, couvert d'un simple habit à la Françoise, qui se vient
jetter à vos pieds, confessant que sa valeur, laquelle il croyoit autrefois ne pouvoir être comparée, n'est rien qu'un foible crayon de celle qui épand votre los
aux deux bouts de la Terre : & que les
Palmes & les Lauriers que ses proüesses

lui ont acquis, ne valent pas les ombres
de ceux qui vous font reverer par tous
les peuples du monde. Recevez-le, MON-
SEIGNEUR, avec un accueil d'autant
plus favorable, qu'il se dit être descen-
du de ce GRAND CONSTANTIN,
qu'une pieuse devotion fit transferer dans
la Grece, le siege du plus puissant Empire
de l'Univers : ainsi que vous êtes un re-
jetton florissant de ses GRANDS
PALEOLOGUES, qui regirent aprés
lui le même Empire. Recevez-le, dis-je,
avec un œil d'autant plus benin, qu'il ne
s'est jamais pleu à faire trancher son épée
que pour des causes justes, & particulierement contre les ennemis de l'Eglise ; de
même que ce vous sont des délices, d'é-
pandre votre sang pour la querelle de
celui qui n'épargna le sien pour nous
marquer la droite voye du Ciel. Ainsi,
GRAND PRINCE, vos entreprises
puissent-elles toûjours avoir une heureuse
fin : ainsi vos combats puissent-ils être
toûjours glorieux : ainsi vos victoires puissent-elles toûjours être triomphantes, &
ainsi Dieu vous ait-il reservé la gloire
de dissiper par la splendeur de vos armes,

EPISTRE.

& d'offusquer par la presse de vos escadrons, la fausse lumiere du Croissant; afin que nos jours ayent le bonheur de voir, sous le regne de notre GRAND LOUIS LE JUSTE, accomplir la prophetie, qui fait pâlir de crainte l'injuste usurpateur de votre heritage, par la main du plus Belliqueux Prince qui ceignit jamais épée. Ce sont, MONSEIGNEUR, les éternels souhaits de celuy qui vous fait une devotieuse offrande de ses premieres veilles : & s'il a tant de bonheur qu'elles soient aucunement agreables à un si grand & si vertueux Prince que vous êtes, il s'efforcera par des ouvrages plus relevez, à vous rendre des témoignages plus forts, de l'affection qu'il a d'être éternellement,

MONSEIGNEUR,

Votre tres-humble & tres-
obéissant serviteur, LA
RONCE.

AVERTISSEMENT.

LEcteur, C'eſt ici le Poëme heroïque du Taſſe, intitulé Il Rinaldo, mis en proſe Françoiſe, duquel je te fais preſent, ſur l'eſperance que j'ai que la lecture ne t'en ſera poſſible pas tant deſagréable. S'il eſt vrai que tu y rencontre quelque choſe qui te recrée, je ne doute point que tu ne m'en ſçaches gré : & à tout le moins n'auras-tu pas tout le ſujet que l'on pourroit dire, de blâmer mon travail comme inutile; d'autant qu'encore que le langage ne te ſonnât pas l'oreille (comme poſſible ne ſera-t-il pas approuvé de tout le monde) toûjours l'hiſtoire qui y eſt compriſe, te pourra-t'elle donner quelque contentement; vû qu'elle eſt le commencement d'une plus grande, & qu'elle precede en ordre celle de Roland l'Amoureux, ainſi que Roland l'Amoureux finit où commence le Furieux; joint qu'elle ne s'eſt

encore jamais vûë en notre langue.
Et si tu trouve étrange que je lui
aye fait porter le titre d'imitation,
encore que ce soit une pure traduction; je te dirai, que outre le conseil que mes amis m'en ont donné,
j'ai eu crainte que le simple titre de
traduction, n'eût pu souffrir le changement que j'ai fait de l'addresse au
Cardinal d'Est, qui est au commencement de l'Italien, au lieu duquel
j'ai mis Monseigneur le Duc de Ne-
vers; comme j'ai fait en un autre endroit, où il est encore parlé du même Cardinal; non plus que les chan-
gemens des noms propres de quelques personnages illustres, qui vivoient en Italie du temps de l'Auteur, & qui excelloient en la Poësie,
en la Peinture & en la Sculpture;
en la place desquels, il m'a semblé
qu'il étoit plus à propos de mettre de
nos François, les plus renommez de
notre siecle en ces divines sciences;
ayant opinion que leurs noms ne
peuvent qu'ils ne plaisent d'avantage aux autres François qui lirent

cette hiſtiore (Françoiſe maintenant de langage comme elle l'eſt
d'extraction) que ne feroient les
noms de ces étrangers, qui ne ſont
connus ici que de fort peu de perſonnes. Je te prie au demeurant, courtois Lecteur, de prendre garde à ne
pas ajoûter les fautes de l'impreſſion
avec les miennes, pour me les attri-
buer toutes : Il te ſera aiſé de les diſ-
cerner ſi tu es perſonne de jugement,
ſinon tu auras recours à l'errata qui
eſt à la fin du livre , où j'ai mis
celles dont me ſuis pu appercevoir.
Et d'autant que je me ſuis quelquefois laiſſé emporter par l'Italien,
à uſer comme lui du mot de Deſtrier, au lieu de mettre Cheval ; je
te prie de lire Cheval par tout où
tu verras Deſtrier. Adieu.

DE LAUDE AUTORIS.
Ad ipsum Reginaldum.
EPIGRAMMA.

Condolui cum te tam longo tempore vidi
    Finibus invisum degere in Italicis,
Anceps diversè, num sis vel major in armis
    Vel melior Paphiæ numina ritè colas,
Cum pariter Veneresque foves, pariterq; cruento
    Idem Marte vales qui modo mitis eras.
Nam quid te magno laudem profecere Magistro?
    Quidvè hac Hesperiis te docuesse juvat?
Indueras quos alma Cypri Regina lepores
    Edocet, astabat magna caterva comes;
Indueras Galeam penna cristante decoram
    Dura subiturus prælia, posueras,
Hic nempe armati neglecta est gloria Martis,
    Nec strepit audita vox animata tubæ.
At cum restituit patrias RONSÆUS in oras,
    Hoc fessum longo scilicet exilio,
Franci concives agitantem bella sequuntur
    Ipsi cum præstat, teque sequuntur Amor.

                        C.B.I.S.C.A.

AU SIEUR DE LA RONCE
sur son Renaud.
EPIGRAMME.

LA RONCE que tu fais de sanglantes
    piqueures,

Ou que tu fais plûtôt de mortelles blessures,
Quand tu lâches le bras à ton Renaud vain-
    queur,
Redouté pour ses faits partis d'un brave cœur,
Soit où le blond Phœbus commence sa carriere,
Soit où, lassé du jour, il cache sa lumiere.
Mais quand tu le soûmets au plus petit des
    Dieux,
Quand tu le fais languir captif de deux beaux
    yeux ;
Ha ! que tu nous produis en diverses manieres,
En la fleur de tes ans, de roses Printanieres.

DU MESME.

SONNET.

Au Sieur de la Ronce.

TOY, quiconque tu sois, adore cet ouvrage,
    Qui represente au vif ce miracle des Cieux,
Celui qui fis trembler les plus audacieux
Sous l'invincible effort de son vaillant courage.

    Ce superbe Renaud, dans un obscur nuage
Etoit enseveli, par les ans envieux,
SI LA RONCE n'eût point d'un style gracieux
Affranchi son renom d'un si cruel servage.

    Donc pour avoir tiré du fleuve de l'oubli,
Ce foudre des Guerriers, des Graces annobli,
Muses, que votre bouche (où mille fleurs écloses

    Font malgré les Hyvers un aimable Printems)
Fasse éternellement parler ces belles roses
De son los, qui doit vaincre & le fort & le tems,

E. DU PARC.

STANCES
Au Sieur de la Ronce.

Quand ce GRAND PRINCE ira contre
    la gent superbe,
Qui porte sur son chef un orgueilleux Turban ;
Et qu'il aura réduit à la basseur de l'herbe
Ces bâtimens bâtis des Cedres du Liban ;

LA RONCE publiez que ce GRAND DUC
    doit être
Beaucoup plus en clarté que l'Astre sans pareil ;
Puis qu'il fait, paroissant, ce Croissant dispa-
    roître,
Qui voit effrontément tous les jours le Soleil.

Gravez de ce GRAND DUC les vertus adorées,
Dessus ses beaux lauriers éternellement verds ;
La gloire les chargeant sur ses aîles dorées,
S'en ira les planter au bout de l'Univers.

Mais quoy ? tous ces lauriers témoins de ses
    merites,
Dont à bonne raison s'orgueillit notre tems ;
S'ils ne sont cultivez des mains de vos Carites
N'en soyez pas plus vain, ils n'auront qu'un
    Printems.

                DE L'ESTOILLE.

LE
RENAUD
AMOUREUX,
IMITÉ DE L'ITALIEN
DU SEIGNEUR
TORQUATO TASSO.

CHANT I.
ARGUMENT.

Renaud estant parti de la maison de
sa mere, fait rencontre d'un che-
val & d'une paire d'armes atta-
chez à un arbre, il vest les armes,
monte sur son cheval, & prend le

A

chemin de la Forest des Ardennes,
où il trouve Maugis desguisé en
Vieillard, lequel luy enseigne le
moyen de dompter Bayard. Clarice
arrive d'avanture dans la mesme
forest, qui défie Renaud de combattre contre ses Chevaliers; il combat luy seul contr'eux tous, & en
demeure vainqueur & : puis l'ayant
reconduite dans son chasteau, prend
congé d'elle.

E chante les glorieux tra-
vaux, & les premieres ar-
deurs, dont Renaud sentit
les poignans éguillons durant
la vigoureuse saison de son
adolescence; & comme une violente passion d'amour, avec un beau desir de gloire
l'empestrerent dans de perilleuses erreurs,
alors que les Mores vaincus par CHARLES
LE GRAND, montrerent neantmoins avoir
plus de courage dans leurs cœurs, qu'ils
n'avoient de forces dans leur armée; alors
dis-je que la campagne d'Aspremont demeura teinte par le sang du fier Almont
d'Agolant, & de Troyant, ainsi qu'ils
faisoient admirer leur vaillance, au prejudice des Chrestiens esquadrons.

CHERES MUSES, qui ne me deniâ-
tes l'affiftances de vos faveurs, quand je
chantois en ftile bas & groffier, les flames qui rendirent autrefois ma poitrine
efchauféee, de telle forte que les forefts
demeurans attentives à mes chants,
Echo aprit à redire apres moy, le nom
de celle que j'idolatrois; maintenant que
mon efprit defire de s'attacher à un œuvre plus grand, & que devenu audacieux,
j'afpire à une entreprife plus relevée,
faites que vos divines infpirations s'ac-
croiffent d'autant plus en moy; afin que
de mefmes que la charge que j'entre-
prens, furpaffe de beaucoup celle dont
vous me fiftes lors venir à bout, l'honneur que j'en recevray me foit auffi plus
advantageux. Et fi vous m'eftes fi liberales de vos graces, je pourray quelque jour avoir la hardieffe de prendre
l'ornement de mes efcrits, dans les loüanges, & les honneurs que tout le monde doit au grand CHARLES DE GON-
ZAGUE, de qui la valeur & la gloire eft
venuë en telle admiration parmy les hommes, qu'elle fe rend connuë aux endroits de la terre les plus reculez; De
maniere que chacuu cognoiftra que fon
nom vous entretient en eftre, & que fans
luy vous feriez privées de l'immortalité.
Non pas que j'eftime toutefois, qu'un en-

tendement humain puiſſe donner davantage de lumieres à ſes heroïques actions , d'autant qu'elles s'eſlevent d'elles meſmes juſque dans les Cieux, ſans avoir beſoin de l'ayde d'un mortel.

Grand Prince , de qui le chef guerrier eſt orné d'une infinité de lauriers, & le cœur genereux d'une infinité de vertus, qui jettent des rayons ſi clairs & ſi lumineux, qu'ils rendent obſcurcies les gloires qui ſembloient les plus brillantes , durant qu'il vous plaira donner quelque relaſche à vos graves penſers, aſſiſtez mes chants de vos gracieuſes faveurs ; & vous y verrez vos vaillances peintes au vif , que le nom d'autruy rend toutesfois ombragées. Mais quand je vous verray marchant à la teſte d'une redoutable & puiſſante armée, foudroyer la barbare puiſſance des Ottomans, & vous remettre dans le ſacré troſne de vos Ayeuls : alors faiſant eſchange de ma douce lyre à une trompette eſclatante, je m'efforceray de remplir l'univers du bruict de vos glorieuſes victoires, & de vos victorieuſes entrepriſes.

Deſia ce grand Roy qui remit en ſplendeur la couronne Occidentale, avoit en pluſieurs batailles domté & repouſſé l'impetuoſité des Afriquains : & par la vaillance de ſon Neveu Roland, Almont &

son frere Troyan gisoient estendus sur la place : toutesfois, bien que le camp payen se vist la fortune fort contraire, il ne laissoit pas de faire encore teste dans quelque forts, qu'il avoit usurpez avant que la guerre fust commencée, tant sur le rivage de la mer, que plus avant sur la terre. Mais ce puissant Monarque, ayant desia reduict tout le plat païs en son obeyssance, ensemble l'une & l'autre mer, qui luy servoit de lisiere, tenoit tousiours l'armée Sarrasine assiegée de toutes parts. Son bonheur, son courage, & sa genereuse audace, donnoient à ses ennemis un merveilleux suject de crainte qu'il ne leur arrivast à la fin une fortune grandement deplorable, & ne se passoit jour que quelqu'un d'eux ne se fist voir hors de leurs remparts, & hors des murailles de leurs forts, pour esprouver si la More valeur, pourroit par les dueils se monstrer aller du pair avec la valeur Françoise. Mais à l'heure que le Soleil s'en va laver sa criniere dorée, la nuit couvrant le jour de ses ombrageuses ayles, tous les ennemis ensemble assailloient nostre camp, taschans de s'aquerir de la gloire, en eschapans le peril auquel ils se voyoient reduits.

Le jeune Roland se faisoit tellement signaler en toutes les batailles, tant genera-

les ; comme de feul à feul, qu'il en rapor-
toit toufiours les principaux honneurs,
fi bien qu'il fe mit en telle eftime dedans toutes les deux armées, que l'on le
tenoit efgaler, voire furpaffer en proüeffes tous les Heros de l'antiquité ; & di-
foit-on n'y avoir lors au monde, aucun guerrier qui fe peuft dire avoir tant
de valeur que luy. Ny maille ny plaftron
enchanté, ne pouvoient refifter à fes
coups, & Mars même n'eut point je croi
fait de difficulté de luy ceder liberalement la Palme. O! combien, & combien
de fois a-t'il luy feul fait tourner les efpaules à plus de mille Chevaliers ennemis! & combien de fois a t'il rendu les
campagnes arrofées du fang More, encore tout bouillant? Combien de fois,
les infortunez fujects d'Agolant, luy ont-
ils veu fouler aux pieds, les corps foüil-
lez de fang, de leurs plus renommez Capitaines, ammoncelez les uns fur les autres?

La renommée alla auffi toft divulguant
par tout, les rares exploicts de ce Paladin ; & bien que les loüanges qu'elle luy
donna, n'efclataffent pas du commencement, elle les accreut de jour en jour
fi bien, qu'elle remplit d'admiration toutes les oreilles qu'elle en toucha. Cette legere Deeffe, qui ne repofe & ne dort

jamais, meſlant avec la verité touſiours
un peu de menſonge, le repreſenta à
tout le monde remply de tant de perfections, qu'elle fiſt venir l'emulation dans les
cœurs de tous les Chevaliers de l'aage de
Roland. Mais entre tous ceux-cy, elle
ſceut ſi bien mettre devant les yeux du
ſils d'Aymon, les faicts relevez de ſon
valeureux couſin, & luy ſçeut ſi particulierement expoſer les honorables lauriers qu'il s'eſtoit acquis, qu'incontinent
cet illuſtre Baron, lequel tenoit la gloire
à plus haut prix que nulle autre choſe du
monde, ſe ſentit eſchauffer d'une genereuſe envie, qui n'habite jamais que dedans les eſprits eſlevez par deſſus le commun; & cette envie prit d'autant plus de
pied ſur luy, quand il vint à ſe repreſenter, qu'en la plus belle fleur de ſes
verdes années, lors que les braves courages doivent ſouffrir entre les eſquadrons
armez, les glorieuſes fatigues qui accompagnent ordinairement le meſtier de Mars,
il demeuroit enveloppé dans les delices,
paré d'acouſtremens effeminez; ſi bien
que l'on le pouvoit comparer à une vile
femmelette, plongée en une perpetuelle
oyſiveté, ou qui ſeulement s'amuſe à faire
piroüetter un fuſeau. Il gemit, combatu
de ce cuiſant ſoing, exhalant un nombre
infiny de ſouſpirs du profond de ſon

cœur, honteux qu'il eſt, il craint que quelqu'un le regarde, d'autant que la veue d'autruy luy remplit auſſi toſt le viſage de rougeur, & croit que chacun le monſtrant au doigt, tient ces paroles à ſon deſadvantage, comme cetuy-cy par ſes tenebreuſes actions, obſcurcit les belles & claires œuvres de ſes Ayeux.

Renaud ſe repaſſoit toutes ces choſes en la penſée, quand il tourna les eſpaules au Palais Royal : & ſorty qu'il fut de Paris (c'eſtoit le lieu où ſa mere & luy faiſoient leur ſejour ordinaire) ſes pas le guiderent en peu d'heure, ſur le tapis eſmaillé d'une agreable prairie, qui demeuroit comme cachée entre pluſieurs beaux arbres, leſquels venans à s'eſpaiſſir formoient tout auprés d'un bois aſſez ombrageux. Il s'arreſte en ce lieu, d'autant qu'il luy ſembla fort propre pour laſcher ſes lamentables regrets, ſans craindre d'eſtre veu de perſonne, & s'eſtant aſſis deſſus les fleurs, il commenca d'une voix debile & languiſſante, à prononcer ces triſtes & douloureuſes paroles.

O Dieu ! qu'un feu devorant de douleur, d'ire, & de vergongne meſlées enſemble, ne me reduit-il tellement en poudre, que perſonne ne puiſſe jamais avoir nouvelles de moy ; puiſqu'auſſi bien ne peus-je rendre l'honneur & la gloire,

compagnes de celles que l'on en pourroit
aprendre ; ny faire aucun acte qui me
peuſt acquerir de la loüange, capable d'eſ-
claircir ma renommée, qui eſt pour demeurer en des perpetuelles tenebres ,
veu que je ne ſuis pas tel que je puiſſe
recevoir quelque contentement en moy-
meſme, de mes vertus ou de ma bonne
fortune : mais que je me vois eſtre le
Chevalier du courage le plus bas qui ſoit
au monde, & que le Ciel aye plus à dedain, qu'aucun autre que le Soleil puiſſe
deſcouvrir en faiſant ſa courſe accouſtu-
mée. Pourquoy au moins , les Deſtins
n'ont-ils permis que j'aye pris mon eſtre
d'une baſſe & obſcure lignée ? & qu'un
pere dont les actes euſſent eſté incogneus,
ne m'a-t'il faict voir le jour ? ou bien ,
que ne ſuis-je nay une tendre & delicate
pucelle ? je ne marcherois pas ainſi parmy les hommes, marqué d'une telle infamie ; car la baſſeſſe & la vilité d'un "
courage, ſe faict beaucoup mieux re- "
marquer, & paroiſt avec un tout autre "
eſclat, en un homme iſſu d'une haute "
& illuſtre maiſon, qu'en ceux qui ſont "
iſſus de la lie d'une populace. Ah ! que "
les vertus & la valeur de mes Anceſtres
eſt par moy mal ſuivie & mal imitée : &
combien la hardieſſe & l'extrême puiſſance de Roland, eſt-elle nuiſible à ma re-

putation? tout couvert aujourd'huy d'un
fin & luyfant acier, il diminuë & met en
piecesles forces ennemies,& fa foudroyante efpée faict que l'orgueil Afriquain
s'en va tantoft tout abaiffé : & moy,
coüard, comme nay dans l'oyfiveté, dans
les richeffes & dans les delices; je depens
le plus beau de mon aage à de vains plaifirs & de vains efbatemens, & dors en
feureté au milieu d'un Palais, deffus les
molles & delicates plumes, les prieres &
les perfuafions maternelles, indignes d'efbranler un noble courage, me faifant attendre que j'aye encores atteint un aage
plus ferme, & une faifon plus propre
pour endurer les travaux de la guerre.
Tandis que Renaud fe plaignoit de la
forte, du temps qu'il avoit inutilement
perdu, il entend retentir dans l'air le
fier hanniffement d'un cheval, ce qui luy
fait auffi toft retenir fa voix, fermant les
levres à fes plaintes, & fe retournant du
cofté d'où il eftimoit venir le bruit, il
apperceut un courfier attaché par les refnes de fa bride, à la tige d'un vieux noyer.
Ce cheval paroiffoit fort fuperbe à le
voir, il rongeoit fon frein avec impatience, fecoüoit fon crin, en fe tournant
impetueufement, & fembloit qu'il vou-
luft efbranler la terre, tant il la frapoit
rudement de fes pieds. Le Paladin vit

auſſi une paire d'armes penduë à ce meſme tronc, toute eſclatante en or, & en
pierreries, qui paroiſſoit bien eſtre de la
plus fine trempe qui ſe faſſe en Damas,
& eſtre l'ouvrage d'une tres-docte & induſtrieuſe main. Le Cerf, qui faict rencontre d'une eau claire & pure, lors que
l'ardente ſoif le travaille le plus, où l'A-
moureux qui voit à l'impourveu le viſage aymé de celle qui luy a volé le cœur,
n'eſt point atteint d'une pareille allegreſſe,
que celle où ſe trouva lors le Chevalier,
lequel ſe voyoit ouvert un ſi large chemin, pour faire ſortir effet à ſes gene-
reuſes penſées, faiſant rencontre ſi à propos de telles armes, & d'un tel cheval :
il court à l'heure meſme au lieu où le
brave Deſtrier faiſoit ſes horribles ron-
flemens, rongeant touſiours ſon mors avec
ſon eſcumeuſe bouche, & l'ayant deſta-
ché, & tiré par la bride un petit à quartier, il s'eſlance ſur l'arçon ſans fouler
de ſon pied l'eſtrieu. Mais il avoit auparavant deſpendu les armes, qui ſervoient
de parure à ce vieil tronc, & qui ſembloit eſtre un trophée ſacré au Dieu Mars,
& les ayant accommodées ſur luy, joyeux
& eſtonné tout enſemble, il cogneu:
bien que l'ouvrier qui les avoit faites
n'avoit point d'autre intention que de le
ſervir : car elles ſe trouverent auſſi pro-

pres à tous fes membres, que fi Vulcan mefme les euft eu forgées exprés pour luy.

La Panterre barrée en champ d'or, qu'il voyoit peinte fur l'efcu, donnoit encores bien à cognoiftre à ce Chevalier, qu'autre que luy ne devoit poffeder ces belles armes : le peintre avoit tellement faict paroiftre l'excellence de fon art, en la repreſentation de cet animal, que fon poil heriffé outre mefure, accompagné d'un cruel & terrible regard, rempliffoit d'horreur & d'effroy les cœurs de tous ceux qui jettoient la veuë deſſus; elle fembloit s'eflever en l'air, deffus les deux pieds de derriere, ayant la gueule ouverte, au fond de laquelle fes dents paroiffoient encores teintes de fang, comme elle en avoit auffi les ongles : & telles marques avoit autresfois porté fur fon efcu, le byfayeul de noftre Paladin, & depuis luy, tous fes defcendans les avoient conſervées.

Lorfqu'il fentit bondir foubz luy ce Courfier fougueux, & qu'il fe vit paré du plaftron, de l'efcu doré, & de tout le refte de ces luifantes armes, il fe re-gardoit par admiration, & jettoit fur luy les yeux de toutes parts, puis il mit promptement la main fur la lance. (Lan-ce de laquelle il fit recevoir heaucoup

de honte & d'outrage :) mais il ne voulut
pas se charger de l'espée, s'estant lors
souvenu d'un solemnel serment qu'autresfois il avoit fait. Le jour que luy &
ses freres, furent eslevez au noble degré
des Chevaliers, il jura comme par vanterie, en la Royale presence de Charlemaigne, qu'il ne se serviroit jamais d'espée, en quelques perilleuses rencontres
qu'il se trouvast, s'il ne l'avoit arrachée
par force des mains de quelque guerrier
d'une valeur insigne, & dont la renommée fust congneuë de tous.

Comme celuy qui à quelque prix que
ce soit, veut donner effect à ses audacieuses entreprises, nostre guerrier tourne
son cheval à toutes mains, le bat, l'espe-
ronne, & le fait cheminer au grand trot ;
le genereux desdain, l'ire, & le desir
de trouver quelque digne adventure,
pour esprouver les efforts de sa lance,
le poignent, & le font haster de telle
sorte, qu'en fort peu d'heure il se trouva
hors du bois. Et tout ainsi qu'en la nouvelle saison, la jeune poultre atteinte au
vif des amoureux esguillons, ne peut
estre arrestée ny avec la bride, ny des
rochers, ny des écueils, & non pas mesme
des rapides torrens : Ainsi le Paladin,
qui se sent tousiours l'ame touchée d'un
chaud & poignant esguillon d'honneur,

va, en faifant doubler les pas de fon cheval, errant deçà & delà, par les fleuves, par les bois, & par les plus afpres montagnes. Tellement qu'à l'heure que le ruftique villageois, ayant rendu fes bœufs libres du joug, quitte gayement fon champ pour aller prendre fon repos, à l'heure dis je, que le plus luyfant des Aftres, retirant fa lumiere de nous, laiffe en s'efloignant, le Ciel tout peint & coloré de fes agréables rayons : Renaud arriva aux Ardennes (car c'eftoit le lieu que luy adreffoit l'immuable vouloir des hautes entreprifes qu'il projettoit) où il ne fut pas fi toft entré, qu'un autre nouveau defir luy vint efchauffer l'ame, lequel ne rendit pourtant pas le premier efteint.

Il demeure errant tout le long de la nuiĉt : & lors que l'efpoufe de Titon nous commence à defcouvrir fon fein de rofes, il faiĉt rencontre d'un homme de venerable afpeĉt, à qui l'aage avoit defia remply tout le vifage de rides; lequel s'alloit appuyant fur un bafton, ce qui faifoit paroiftre que fes membres eftoient bien diminuez de leurs forces, & tous ces fignes enfemble, avec fon poil clair femé, & blanc comme la neige, monftroient bien que les années l'oppreffoient grandement. Ce vieillard, regardant le fils d'Aymond à la face, luy tint un tel langage, avec une grave façon, & une parole affez accorte.

Quel chemin allez vous prendre Chevalier? Il me femble que je vous voy defia plein de playes, eftendu roide mort fur la place; plufieurs guerriers n'ont fçeu eviter le peril où vous vous allez mettre, lefquels cheminans par ce bois, pour prendre la fraicheur de l'ombrage, & fe tenans par trop affeurez fur leur adreffe, fe font volontairement abandonnez à la mercy du danger. Sçachez que depuis quelques années, il fe rencontre un cheval en cette foreft, fi fauvage & fi eftrange, & duquel la force eft tellement demefurée, qu'il ne fe trouve point d'autre befte qui luy fçeut faire refiftance, depuis les regions où le Soleil rend les peuples bafannez, jufques en celles où les glaces font perpetuelles; les fiers Lyons, les Sangliers & les Ours, fuyent & fe cachent devant luy, comme fi c'eftoit des lievres peureux; quoique ce foit qu'il rencontre, il les renverfe de fes furieufes ruades, & femble que l'air & la terre tremblent toufiours à l'entour de luy. Fuyez donc infortuné Chevalier, ou bien vous mettez en feureté dedans le fond d'une caverne, ou derriere quelque rocher, j'entens defia ce m'eft advis l'air refonner à l'entour de

ce bois, au bruit de fa courfe rapide, &
vos armes ny vos forces, ne fçauroient
eftre baftantes pour luy pouvoir refifter.
Quant à moy, fi la verité fe recognoift
par les fignes, je n'ay pas fujet de m'efloigner davantage pour conferver cette
infirme & vieille carcaffe, auffi bien la
Nature fe prepare-t'elle, pour luy faire
faire l'hommage accouftumé.

Le vaillant Paladin ne s'eftonne nullement des paroles du vieillard, & ne fçeut-
on remarquer en luy aucun figne de
crainte, & d'autant plus eftoit-il perfuadé
de prendre une honteufe fuite, d'autant
plus fe refolvoit-il de fe faire remarquer
pluftoft par une belle & honnorable fin ;
il fe fent brufler de defir d'acquerir en
lieu une eternelle renommée, & le courageux defdain dont il eft efchauffé, luy
fait faire cette refponce audacieufe.

„　Fuye qui voudra, mais un brave
„ Chevalier ne doit jamais recourir pluf-
„ toft à fes efperons qu'à fa lance ; &
„ d'autant recognoift-il le danger eftre
„ grand, d'autant plus fe doit-il roidir
„ contre, avec une plus grande franchife :
„ quant à moy, j'ay refolu de ne point
efloigner ce lieu, que je ne l'aye rendu
tefmoing de ma valeur, puifque l'occafion s'en prefente ; & fi j'eftois maintenant en la Province la plus lointaine de

la terre, cette seule entreprise me rameneroit icy, avec la plus grande vitesse que je pourrois.

Alors le sage grison avec son doux & courtois langage, luy repliqua de la sorte.

Je prend un plaisir extreme, Chevalier, d'entendre que la Nature a logé en vous tant de hardiesse, & certes je ne vis jamais homme si asseuré que vous, & croy qu'il n'y en a point au monde, chez qui l'apprehension aye moins trouvé de place, puis que mes paroles ont plus enflammé que refroidy vostre glorieux dessein, je commence à mettre bas ma crainte; car je ne doute point que la nature vous prodiguant ses plus precieuses faveurs; ne vous aye departy de la valeur, à l'esgal de la genereuse audace qui vous accompagne. Vos mains doivent bien tost mettre fin à une si haute & si hazardeuse adventure; suivez doncques vostre relevé desir, qu'un poignant soin d'honneur & de gloire rend allumé : le Ciel vous appelle à des entreprises plus qu'humaines, & Clothon ne pourra jamais rendre vostre renommée ensevelie. Et afin que lors que vous entrerez au combat contre ce puissant Destrier, vous le puissiez dompter avec une plus grande facilité, nonobstant sa fureu enragée, qui rend toute autre force abatuë, regardez à trouver moyen de luy

B

faire toucher la terre de fon flanc, malgré toute la refiftance qu'il pourra faire,
& lors vous le verrez foudain devenir
auffi traitable que pas un autre cheval,
& vous rendra par après d'auffi bons fervice, que le fier Xanthe en fit jamais
au fameux Hector. Mais puis que nous
fommes fur le propos de ce furieux cheval, je vous en veux dire des chofes igno-
rées d'un nombre infiny de perfonnes, &
qui d'abord vous fembleront prefque im-
poffibles.

HISTOIRE DE BAYARD.

VOus entendrez qu'Amadis de Gaule,
qui prit la belle Oriane pour compagne de lict, & duquel la memoire ne
s'effacera jamais, fillonnant à voiles enflées
les efcumeufes ondes, le pluvieux Autan,
le jetta à bord en une ifle, que l'on appelle maintenant l'ifle perilleufe, & qui
lors ne portoit encores un tel nom, ains
elle eftoit eftimée du nombre de celles
que l'on nomme perduë. Ce fut en ce lieu
qu'Amadis, chargé defia d'un grand nombre d'années, recouvra ce furieux Cour-
fierlequel il amena avec luy en fonRoyau-
me de France. Mais après qu'il eut efle-

vé ſes glorieuſes ayles, juſqu'aux celeſtes habitations, laiſſant tout le monde
en triſteſſe & en dueil d'avoir fait perte
d'un ſi divin Heros: Alquif, ſage & excellent Magicien, & qui deſiroit touſiours
de ſe rendre memorable par quelque bel
œuvre, enchanta le cheval au fond d'une
grotte voyſine ; & fiſt l'enchantement
d'une telle vertu, que nul homme quel
qu'il fuſt, ne ſe pourroit rendre maiſtre
du Deſtrier, ny par force ny par artifice,
s'il ne tenoit ſa deſcente de la Royale
lignée d'Amadis, & ſi même il ne le ſurpaſſoit en valeur, ou à tout le moins,
s'il n'en alloit du pair avec luy. Depuis qu'Alquif a faiĉt ce ſort, le cheval
ne s'eſt peut voir de perſonnne juſqu'en ce
temps : Neantmoins la ſœur du Soleil a
deſia fait dix & dix fois ſa ronde, depuis
qu'il nous eſt aparu, ce qui nous veut donner à cognoiſtre, que le terme prefix eſt
venu que l'eſtrange enchantement doit
prendre ſa fin, & que la ferocité du Deſtrier doit eſtre domptée. Et ne ſoyez pas
eſmerveillé de ce qu'il eſt demeuré vivant depuis une ſi grande revolution d'années, les Parques inexorables ne peuvent
couper le fil de la vie de perſonne, ſi
tant eſt qu'il y ait de l'enchantement, &
le temps que le ſort dure, n'eſt point
conté entre celuy auquel les Deſtins ont

limité la vie ; la puiſſance des Magiciens
eſt demeſurément grade, & la peut-on
quaſi dire eſgaler celle de la Nature. Il
ſe trouve un antre obſcur à l'une des extremitez de cette foreſt, d'où le cheval
ne s'eſloigne jamais gueres, auſſi eſt ce là
qu'il faict ſa retraite, & mal-heureux eſt
vrayement celuy qui trop remply d'audace oſe bien s'en aprocher. Mais neantmoins, ſi vous avez encores l'ame diſpo-
ſée d'executer cette entrepriſe, vous ne
mettrez pas en oubly, que ſi vous pouvez faire en ſorte, que le Deſtrier touche la terre de ſon flanc, la victoire vous
eſt aſſeurée. Adieu, Chevalier, je me
vais retirer, car je me ſuis aſſez arreſté
avec vous.

A peine le vieillard achevoit-il de prononcer ces dernieres paroles, qu'il diſ-
parut, & ſoudain ſe vit en ce meſme
endroit, une compagnie de Chaſſeurs,
leſquels traverſoient le taillis d'une courſe
plus viſte, que n'eſt pas celle du Soleil,
lors que declinant de nous, il va loger
ſes chevaux laſſez, dans les humides eſta-
bles de l'Ocean. Renaud demeura à l'heure meſme, comme l'on voit eſtre le fie-
vreux, auquel en des ſommes interrom-
pus, apparoiſſent des choſes impoſſibles,
eſtranges & monſtrueuſes. Celuy qui luy
eſtoit apparu en forme d'un homme deſia

atteint de vieilleſſe, eſtoit le bon Maugis, que la Nature avoit eſtroitement conjoinct de ſang avec luy, & qui outre ce luy portoit une forte particuliere amitié. Il eſtoit bien le plus parfaict Magicien de ſon temps, mais on ne luy vit jamais mal uſer de ſa ſcience, & jamais il ne s'en ſervit que pour aſſiſter autruy en quelque glorieuſe & loüable entrepriſe. Il avoit touſiours retenu ſon Couſin Renaud en France comme par contraincte, juſques à ce que quelques malheurs dont les Aſtres ſembloient le menaſſer, ſe fuſſent eſloignez de luy, & que cependant ſes forces augmentaſſent avec ſes années, mais quand il recogneut que les Cieux avoient changé leurs rigoureuſes conſtellations, il lui permit de quitter la maiſon , pour faire queſte des honorables advantures, & luy fit trouver à la tige de l'arbre comme nous avons dict, l'equipage neceſſaire à un Chevalier.

Le Paladin ne laiſſa pas de picquer de toute ſa force à travers le bois, n'y ayant ny grands chemins ny petits deſtours qu'il ne ſuiviſt, faiſant tous ſes efforts pour trouver les traces du furieux Courſier, ſans ſçavoir quel chemin il tenoit, ny en quelle partie de la foreſt il eſtoit, & pour le moindre bruict que les arbres agitez du vent pouvoient faire , il ſe ſentoit

l'ame efmeuë d'alegreffe, luy femblant
toufiours voir devant luy le fujet de fa
chaffe. Ainfi le Chevalier demeura errant tout le jour, & jufques à ce que Phœbus fe renverfaft le chef dans les ondes. Ce
fut alors que tout recreu de travail, il
mit pied à terre, fur le bord d'une claire
fontaine, que l'on tenoit eftre l'une des
quatre qu'avoit faite le fage Merlin, s'ay-
dant des fruicts fauvages qu'il rencontra,
& de l'eau pure, pour chaffer la faim qui
l'affailloit, & reprendre des nouvelles forces. Mais le pere du jour n'eut pas fi toft
commencé à jaunir l'Orient de fes agreables rayons, que le Chevalier recommence fes courfes à travers les taillis, pour-
fuivant toufiours fa premiere quefte. Il
courut encores un fort long-temps, ayant
toufiours les yeux & le penfer fichez fur
cette conquefte difficile : Et comme fe
vint fur le plus haut de la journée, lors
que les chaleurs violentes, rendent la terre toute crevaffée ; il oüyt un grand bruit
comme de plufieurs animaux, qui tra-
verfoient la foreft, en courant impetueufement. Il s'aproche le plus vifte qu'il peut
du lieu d'où il fembloit que ce bruit vint
frapper fes oreilles, le defir & l'efperance
de voir bien toft la befte, s'eftans de nouveau venus emparer de fon cœur : &
voit à l'inftant paroiftre devant luy, une

belle & legere Biche, plus blanche que
ne peut eftre le laict, laquelle haftoit fes
pas avec la plus grande viteffe à elle poffible : & bien que le travail de fa fuitte
l'eut toute baignée de fueur & mife hors
d'haleine, la crainte de fa prife luy redon-
noit de la vigueur, & ainfi courante, elle
paffa tout auprès du Paladin, ayant déja laiffé derriere elle une grande partie du bois.

La Biche ne fut pas fi toft paffée qu'-
une jeune & difpofte Damoifelle appa-
rut aux yeux de Renaud, habillée d'une
façon qui n'eftoit pas commune, & affife fur un beau cheval, dont le pas eftoit
plus foudain, qu'un traict qui vient de
partir de l'arc : laquelle n'arrefta gueres
à atteindre du dard qu'elle portoit, &
dont elle fe fçavoit dextrement bien ay-
der, la fuitive & infortunée Biche, laquelle demeura eftenduë fur la place,
d'un feul coup qu'elle reçeut, qui luy
traverfa l'efpaule droite.

Le guerrier fe mit à regarder fort attentivement la grace & le port altier de
cette Dame, avec fon agreable accouftre-
ment, une partie de fa treffe dorée flottoit par ondes fur fes efpaules, & fembloit fe joüer avec les zephirs, & l'autre
partie rendoit le chef accompagné, demeurant retenuë par des riches liens, qui
paroiffoient eftre autant de rets, que l'a-

mour avoit pris plaifir de tendre de fa
propre main, afin que tous ceux qui en
auroient la veuë, perdiffent auffi toft la
liberté : fa robe reluifoit comme le Soleil, pour l'or, l'argent & les piereriesqui
efclatoient deffus, à l'ouverture de laquelle, paroiffoit deffous un delié lynom-
ple, deux petits tertres eflevez, à la blancheur defquels nulle autre blancheur ne
pourroit eftre compareé ; elle eftoit affife
en telle forte, que la robe un peu levée
pardevant, la defcouvroit jufques au ge-
genoüil, fi bien que l'on luy voyoit à
nud fes pieds & fes belles jambes, où le
blanc & le vermeil fembloit debatre, lequel des deux fe feroit le plus eftimer :
elle lançoit de fi vives eftincelles de fes
yeux que perfonne n'en eut peu eviter
les vives atteintes : les rofes & les lys mef-
lez enfemble, s'entretenoient en perpetuelle vigueur fur fes delicates joües, &
les graces avoient choifi l'yvoire de fon
front pour y tenir le fiege de leur empire, & n'y a point d'ame fi pléine de
trifteffe qu'elle peut eftre, qu'elle ne fe
fuft fentie efprife d'allegreffe, ayant feulement la veuë de cette agreable partie.

A la veuë de toutes ces beautez, le fils
d'Aymond demeura fi tranfporté, qu'il
fut un fort long-temps fans pouvoir fe
remuer de la place : quand le peu malicieux

cieux Chaſſeur te vit nuë dans le criſtal
ondoyant, ô belle Foreſtiere ! il ne ſe ſentit
point ſi fort l'ame ravie, ny ta beauté ,
bien que divine & ſouveraine, ne pleut
pas davantage à ſes yeux, & ne luy cau-
ſa pas tant d'eſtonnement, que le Paladin
en reçeut lors : ô combien de flammes
amoureuſes s'egendrerent dans ſon cœur
genereux, & combien luy ſembloit - il
eſtrange & miraculeux, de voir une ſi
agreable forme, & un aſpect ſi divin en
ces lieux ſauvages & ſolitaires ?

L'image gracieuſe de cette Dame, en
laquelle éclatoit un rayon amoureux de
la beauté du Ciel , luy deſcendit tout
doucement dans le cœur par la voye des
yeux, & avec une agreable force, & une
ſourde impetuoſité , le voulut retenir
pour ſa demeure, gaignant par flatterie
tout ce qui pouvoit faire reſiſtance, & à
la fin ſe rendit maiſtre du cœur, d'une
façon altiere & imperieuſe, & voulant
en avoir ſeul le gouvernement, il impo-
ſa ſes loix ſur toutes les penſées. Mais
le Paladin , comme prompt & audacieux qu'il eſtoit, & qui ſçavoit fort bien
prendre l'occaſion aux cheveux , cette
ardeur qui de nouveau luy eſtoit venuë
eſchauffer l'ame, rendant encores ſes eſprits plus eſveillez, commença à parler
de la façon.

C

Le Ciel vous puiſſe-t'il touſiours eſtre paiſible, & puiſſe-il deſtourner de vous toutes ſes mauvaiſes influences, Deeſſe ou femme mortelle que vous ſoyez! & ainſi qu'il a miſes en vous toutes les beautez qu'il pouvoit tenir recelées, chaque Aſtre puiſſe-t'il verſer ſur vous, ce qu'il reſerve deplus heureux:que ſi les Cieux vous accordent autant de felicitez, comme il reluyt de graces & de beautez ſur voſtre divine face ; j'oſe bien dire que le Paradis ne reſſerre point d'ame plus heureuſe & plus contente que vous devez eſtre. Car vous paroiſſez bien telle à mes yeux, qu'ils me veulent faire croire que vous ſoyez quelque lumineux Ange envoyé de là haut : c'eſt pourquoy je m'eſtimeray l'homme le plus fortuné de la terre, ſi je peux employer à voſtre ſervice tous les jours qui me reſte à vivre. Mais puis que les Deſtins ſe ſont monſtrez ſi courtois envers moi, que de me faire avoir la veuë de tant de rares perfections aprenez-moi de grace cela dont mes yeux ne me ſçauroient donner une connoiſſance aſſeurée, & me dites ſi vous eſtes Deeſſe, comme vous en portez la reſſemblance, afin que je vous rende les honneurs que nous autres mortels devons aux divinitez.

Le diſcours de Renaud ſema du Cynabre ſur les joues de la Damoiſelle, &

une honnefte couleur la rendit femblable à la Cynthienne, lors que fon vifage enflammé nous menaffe de la tempefte, ce qui la fit paroiftre encore beaucoup plus belle & plus admirable, & rendit d'autant plus vif le feu dont noftre guerrier commençoit à fe fentir brufler. Enfin eflevant doucement la veuë vers lui, elle fit fortir ces paroles d'entre le coral de fes belles levres qui furent à Renaud autant de traits, ou de flameches qui lui offencerent le cœur.

Je ne fuis point telle, Chevalier que voftre eloquence m'a voulu faire, & mes merites n'approchent en rient des hautes loüanges que voftre bien-dire m'a fçeu donner. Je dois obéïffance au Royal Empire du grand Charles, & l'Auteur de la nature m'a crée mortelle, ainfi que vous eftes mortel. Il eft vrai que j'ai un frere que l'on tient par tout le monde pour un preux & vaillant guerrier, & tous deux fommes iffus d'une illuftre & ancienne maifon, les peuples de Gafcongne obéïffent à fes loix, d'autant qu'il eft Roy de la Province, & maintenant il fuit le meftier de Bellonne, fous les bannieres de l'Empereur, en la guerre qui fe fait contre les ennemis de la Croix. Et moi qui ne me fuis point encore reduit foubs le joug d'un mariage, je me contente de

mener une vie paifible auprès de ma mere,
en un chafteau qui n'eft pas gueres efloi-
gné d'icy, où nous ne manquons point
de compagnies, telles qu'il n'eft point
poffible de les fouhaitter meilleurs. Et
afin que rien de ce que je fuis ne vous
foit ignoré, vous fçaurez que Clarice eft
le nom qui me fut donné à ma naiffance.
Mais vous, courtois Guerrier, qui vous
eftes fi liberalement offert de me fervir,
de quel fang eftes vous iffu, & quels font
les merites qui vous peuvent rendre fi-
gnalé?

Renaud, fans beaucoup penfer à ce qu'-
il avoit à dire, lui fit cette refponce.

Noftre lignée, madamoifelle, tire fon
origine du grand Conftantin, qui trans-
fera dans la Grece le fiege du Romain Empire, laiffant poffeder par autruy les de-
licieufes contrées d'Italie; le Duc Aymon eft celui qui m'a engendré, les glorieufes actions duquel l'ont fait tenir l'un
des plus renommez Paladins de fon temps:
Clermont eft le furnom de noftre famille,
& Renaud eft le nom que l'on m'a toujours
fait porter, à moi dis-je, qui ne fçauroit defirer autre chofe que de flechir à
jamais deffous vos volontez.

Qui feroit celui, repart l'accorte Damoifelle, qui n'auroit point entendu le
bruit fameux que vos illuftres anceftres

& voſtre vaillant pere ſe ſont acquis, veu
qu'il n'y a poit d'endroit ſur la terre qui
ne puiſſe rendre teſmoignage de leur valeur? Et qui peut ignorer les lauriers qui
ſont juſtement deus à l'invincible Roland voſtre couſin, principale colomne
des Chreſtiennes armes contre les infideles efforts? Mais quant à vous, Chevalier, je ne penſe pas que vos proüeſſes
ayent encore chargé les aiſles de la Renommée, & n'ay point encore oüy dire,
qu'en aucune rencontre vous ayez faict
preuve de voſtre vertu.

Ces paroles penetrerent ſi avant dans
le cœur de Renaud, & le comblerent
tellement de douleur & de vergogne,
qu'il en demeura quelque temps ſans parler; ſouhaittant en luy-meſme avecques
paſſion, que la Parque luy vint ſiller les
yeux: Mais pour ne demeurer court aux
tacites reprehenſions que l'on lui venoit
de faire, il deſlia ſa langue en la ſorte.

J'avoüe, belle Clarice, que la valeur de
Roland eſt merveilleuſement recommandable, & qu'il ſe trouveroit peu de guerriers qui peuſſent faire comparaiſon de
leurs proüeſſes aux ſiennes; mais encore
ne me ſemblent-elles point ſi fort à re-
douter, que ſi j'eſtois ſecondé de vos
douces faveurs, la crainte m'empeſchaſt
de venir au parangon des armes avec lui,

fans que je creuſſe remporter le front
marqué du deshonneur du combat : Et
pleuſt-il au Ciel me preſenter une ſi digne occaſion pour rendre ma vertu ſignalée devant vos yeux.

Renaud n'avoit pas encore achevé de
parler qu'une gaillarde troupe de Chevaliers & de Dames ſe rendirent autour
de la Damoiſelle ; tous ceux ici eſtoient
l'ordinaire compagnie de Clarice, leſquels elle avoit laiſſez fort loin derriere
elle, ainſi qu'elle piquoit de toute ſa
force après la Biche ; ſi bien qu'eſtans demeurez quelque temps ſans la pouvoir
trouver, chacun d'eux ſe rempliſſoit deſia
d'apprehenſion qu'il ne lui fuſt arrivé par
malheur quelque accident : mais quand
ils la rencontrerent ainſi à l'improviſte,
leurs viſages monſtrerent bien la joye où
flottoit leurs cœurs. La Belle ſe voyant
ainſi accompagnée des ſiens, tourna vers
Renaud ſon gracieux aſpect, & en faiſant un agreable ſouris, lui diſt.

S'il eſt vray, Baron, que le Ciel vous
aye faict naiſtre ſi valeureux que vous
dites, & qu'aux dangereux exercices de
Mars, l'on vous puiſſe faire aller du pair
avec voſtre couſin, en qui les Deſtins ont
infus toutes les vertus requiſes à un Chevalier accomply ; faictes paroiſtre maintenant ce que peuvent les efforts de vo-

ftre lance : que fi vos proüeffes, ne font
pas moindres que celles de Roland, il
vous fera facile de remporter l'honneur du
combat avec cette troupe de hardis guerriers, combien que vous marchiez feul
contr'eux tous : Et fi vous venez à bout
d'une fi glorieufe entreprife, je dirai lors
que vos armes font bien paroiftre que
vous eftes vrayement le fils d'Aymon, &
que voftre efpée & voftre lance n'efle-
vent pas moins les François honneurs, que
les fiennes ont fait autrefois.

L'efperance qu'avoit Renaud de remporter la Palme deffus ces Chevaliers, &
de faire voir à Clarice, comme il avoit
quelque addreffe à manier les armes, lui
fit fembler ces paroles fi agreables, qu'-
elles lui comblerent l'ame de contentement, de forte qu'il repartit à l'inftant
mefme.

Il n'y a je croi perfonne à qui la charge que vos belles levres viennent d'im-
pofer, ne femblaft d'affez difficile execution ; mais les rayons de cefte incomparable beauté, rendent tellement mes forces avivées, qu'il me femble defia voir la
victoire, & cuëillir le laurier dont elle
veut faire ma couronne.

Auffi-toft il fait tourner fon courageux
courfier, & s'approchant des Guerriers,
fe planta droit à leur oppofite pour con-

fiderer à leurs vifages de quelle forte leurs
courages pourroient eftre compofez ; puis
il leur dift d'une façon affez audacieufe.

Chevaliers belliqueux, la colere ni le
defdain provenans de quelques injures re-
çeuës de vous, ne m'ont point mis les
armes à la main ; mais une beaucoup plus
belle & plus excellente caufe, me contraint maintenant de faire efpreuve de
mes forces contre les voftres ; il faut donc
que chacun de vous fe refolve au combat, afin de faire voir lequel de nous fe
trouvera le plus digne d'employer fes
jours au fervice de cette Dame, & faire
voir auffi par fignes clairs & apparens ,
qui de nous manie les armes avec le plus
de dexterité.

Alors le fort Alcafte, lequel après le
deceds de fon pere devoit regir les peuples de Teffalie, homme demefurément
fuperbe, & que l'amour brufloit de fes
flammes les plus vehementes, fit à Renaud cette aigre & mal gracieufe refponce.

Je te ferai voirement cognoiftre à cette
heure, comme a fçeu dire ta folle temerité, avec quelle adreffe je fçai manier
cette lance, & combien il s'y retrouve de
fermeté; je t'apprendrai auffi quel erreur commet celui-là, dont le jugement
n'eft pas affez folide, pour fçavoir bien

entreprendre felon la mefure de fes forces.

La mauvaife deftinée de ce Chevalier, l'avoit tiré du plus profond de la Grece, pour venir arroufer les campagnes de France de fes larmes, veu qu'il n'y eut pas fi toft apperceu la belle Clarice, qu'Amour luy fit fentir l'un des plus dangereux traicts qu'il aye jamais decoché : Et d'autant que quelques années auparavant il s'eftoit engendré une mortelle hayne entre l'Empereur & le pere de ce Guerrier, il n'ofoit pas donner à cognoiftre ce qu'il eftoit, de crainte que l'on ne luy fift recevoir quelque outrage : Mais l'amour l'ayant contraint de faire joug à fa tyrannie, il fe mit au fervice de Clarice, feignant d'eftre d'une bien plus baffe condition qu'il n'eftoit pas, & en cela la fortune luy ayda grandement. Et pource que c'eft une chofe fort rare, voire qui ne fe rencontre poffible jamais, que l'amour puiffe eftre, fans avoir toufiours la jaloufie pour compagne, Alcafte avoit faict à Renaud cette mal-courtoife refponfe.

Mais le Paladin, qui fe voit défier avec des paroles fi bouffies d'orgueil, retourne fon cheval, le faifant aller à bonds jufqu'à ce qu'il fe vift affez efloi-

gné ; puis il met la lance en l'arreft ;
l'autre Champion faifant le femblable de
fa part : Ainfi tous deux en mefme
temps empoignent leurs robuftes lances,
& tous deux en mefme temps commencent leurs courfes impetueufes. L'un
tafchoit d'adreffer fon coup dans le cafque de fon ennemy , à l'endroit où les
cheveux fe viennent joindre avec le
front ; & l'autre moins experimenté en
cette forte de combat , cherchoit de
rougir dans l'eftomac du fien, le fer ef-
moulu de fon bois ; de forte que les efforts de tous deux ne demeurerent pas
vains , car ils s'entre-choquerent d'une
roideur extraordinaire ; leurs coups toutefois fe trouverent bien differemment
affenez , le fort Alcafte atteignit le vaillant fils d'Aymon d'une fi extreme violence , qu'il ne fe trouve point d'homme avoir affez de fermeté pour s'empefcher de tomber à la renverfe ; & l'on ne
vit pourtant aucun figne en luy, qui le
peuft faire recognoiftre avoir efté le
moins du monde efbranlé : Mais l'ennemy fe fentit fi fort bleffé, qu'il luy fut
impoffible qu'il s'empefchaft de fouler
la terre du pefant fardeau de fon corps,
ayant le chef offencé d'une dangereufe
& mortelle playe , fi bien que la place
demeura toute baignée de fon tiede

fang. Renaud s'eſtant r'affermy ſur la
ſelle, court avec ſa promptitude accou-
ſtumée, contre deux des autres Chevaliers qui ſe vindrent preſenter à luy, il
en atteignit l'un ſur la teſte, & l'autre
dans la cuiſſe, tellement que deux coups
ſeuls luy en firent voir la fin. Il ſe jette
auſſi-toſt deſſus les autres, deſquels il
fend la preſſe de l'effort de ſa lance, il
fait jour par tout où il aſſene, & reduit
ſes ennemis en une peine extreme : mais
ſa lance ne luy dura guieres dans les
mains, car il n'en eut pas tiré cinq ou
ſix coups, qu'elle enjoncha la place re-
duite en plus de mille pieces. L'eſperance & la hardieſſe rentrerent dans les
ames des adverſaires, quand ils virent
les mains du Paladin deſarmées, de ſorte
que chacun d'eux s'avance ſur luy à qui
l'offencera le premier ; mais les poinctes
de ſon genereux courage ne rebouche-
rent jamais, bien qu'il ſe trouvaſt en un
eſtat aſſez douteux : Ainſi les grands & ‹‹
magnanimes cœurs, ſe ſentent allu- ‹‹
mez d'une force plus vigoureuſe, lors ‹‹
que la Fortune leur fait monſtre de ‹‹
ſon viſage.   ‹‹

Clarice cependant tenoit les paupieres
fixement arreſtées deſſus le Paladin, duquel la valeur incomparable. engendroit
en elle une grande admiration, qui luy

faifoit naiftre en mefme temps un côn-
tentement indicible qu'elle prenoit à le
regarder : contentement qui allumoit dedans fon fein la douce & bruflante paffion dont les jeunes cœurs fe deffendent
malaifément ; & tandis qu'elle honoroit
le Chevalier d'applaudiffemens & de
loüanges, Amour fe frayoit tout belle-
ment le chemin de fes penfées.

Les ennemis durant ce temps, def-
ployoient toute leur rage & leur ferocité deffus le Paladin ; l'un luy avoit defia
abatu la crefte du cafque, l'autre luy
avoit prefque mis fon efcu tout en pieces ; un autre le frapoit dans la face ;
l'autre fur le bras, & les coups de l'autre avoient defia fauffé en plufieurs endroits l'acier qui luyfoit deffus fon dos :
mais bien qu'il fe trouvaft affiegé de
tous coftez, fon brave courage ne laiffoit pas de le faire toufiours afpirer à
l'honneur de la victoire : tantoft il pique
fon Cheval pour le faire advancer, &
tantoft il retire la bride à foy ; & enfin
en fe retournant du cofté de la main
droite, il empoigne par le col celuy qui
paroiffoit le plus vaillant de tous, &
luy ayant donné une grande fecouffe,
le jetta rudement par terre à plus de dix
pas de luy ; fi bien qu'il demeura froid
& pafle, comme s'il n'euft plus efté pro-

pre qu'à mettre dans le tombeau. L'un
des autres penſoit bien avoir mis fin au
combat, par un coup qu'il enfonça d'u-
ne telle force dans l'armet du Paladin,
que ſa lance y demeura fichée : mais Renaud le hurta ſi furieuſement, qu'il le
fit culbuter de ſon Cheval ſur la terre.
Renaud ſe voyant delivré de celuy-cy,
en frappe incontinent un autre avec le
poing, duquel il eut auſſi bon marché
que du premier : puis il en aſſene encore
un d'un autre coup de poing ſi terrible,
que luy ayant rompu ſon caſque, il le
priva de vigueur & de tous ſentimens.

Tout cela ne ſervit pourtant de rien,
à refrener la rage de ce qui reſtoit des
ennemis. Lincus l'un d'entr'eux, joignit
le Chevalier d'une viſteſſe plus grande
que la flame n'eſt prompte, il le prend
au corps avec toute l'ardeur qu'il ſe
peut dire, ſe preſumant avoir les mains
beaucoup plus fortes & plus adextres
que ſon ennemy : ainſi ils jouſtent quelque temps tout à cheval qu'ils eſtoient.
Mais Renaud l'enleve enfin d'entre les
arçons, & après l'avoir fait quelque
temps piroüetter en l'air, l'eſlance dans
le milieu des ennemis avec une ſi grande
force, qu'il ne s'eſt jamais trouvé homme l'avoir eſgalée ; ce qui les fit tous
ſonger à la retraite, pour éviter l'ire &

le defdain d'un fi puiffant adverfaire.

Ce fut alors que la belle Clarice ne
fe peut davantage tenir, qu'elle ne cou-
ruft au devant du Chevalier victorieux,
& avec un vifage ferein, tefmoignant le
plaifir qu'elle recevoit de le voir triompher, luy vint tenir ce gracieux langage.

Grand Guerrier, c'eft affez fait recognoiftre vos genereufes prouefies : aucune de nous ne fçauroit demeurer en
doute de la deffaite de nos Cavaliers,
puis que nos yeux mefmes nous tefmoi-
gnent, comme la terre a gemy foubz la
cheute des corps d'une partie, & que
l'autre partie eft contrainte de céder à
la force & à la dexterité de vos bras :
ceffez donc de plus offencer perfonne,
& donnez fin à cet horrible combat,
puis qu'auffi bien la caufe en eft ceffée;
congediez voftre belliqueufe fureur,
puis qu'il n'y a plus icy perfonne qui
vous puiffe difputer la victorieufe Palme.

La mer Thirene agitée d'une fi furieufe tempefte, qu'il femble qu'elle ait
deffein de priver les flambeaux celeftes
de leurs feux, par l'eflancement de fes
efcumeufes ondes, ou d'envoyer des
vaiffeaux aux fubjects de Pluton, par
les abyfmes qu'elle faict voir en fes ef-

pouvantables entrailles , rend auſſi toſt
ſa colere eſteinte, & retire viſte la bride
de ſes furies, ſe faiſant auſſi nette de rides que le criſtal d'un luyſant miroir,
quand le Roy qui gouverne ſes Provinces bleuës, paroiſt dans ſon Char triomphant avec une face majeſtueuſe : ainſi
le Paladin n'eut pas ſitoſt ouy les agréables paroles de l'amoureuſe Clarice, &
n'eut pas ſitoſt jetté les yeux ſur la ſe-
renité de ſon beau front , qu'il mit bas
toute la fureur guerriere qui le tenoit
ſaiſi. Mais d'autant qu'Apollon commençoit deſia à faire decliner ſes ardentes
roües vers les campagnes d'Occident ,
l'on mit ordre de recouvrer des civieres
& des brancards pour charger deſſus les
bleſſez , que les Valets emporterent , &
puis les Chevaliers & les Dames raſſem-
blez en une belle bande , les ſuivirent
tout doucement, chacun deviſant de ce
qui s'eſtoit paſſé.

Renaud plus vaincu des beautez de
Clarice , que les Chevaliers deſconfits
ne l'eſtoient de ſa valeur, ſe ſentoit merveilleuſement heureux de la pouvoir
entretenir par les chemins , de la puiſſance que ſes admirables perfections s'eſtoient acquiſes ſur luy, & des rudes aſ-
ſauts que ſes beaux yeux luy livroient ;
il vint meſmes juſques à la prier (en

paroles un peu couvertes toutesfois)
qu'il luy pleuft avoir quelque pitié des
maux que l'amour luy faifoit endurer à
fon occafion ; mais tantoft elle feignoit
de ne rien comprendre en l'ambiguité
de fes paroles, & tantoft elle luy faifoit
des refponfes fi rigoureufes & fi altieres , qu'elles luy rempliffoient l'ame de
douleur & de regret , & rendoient de
beaucoup diminué le plaifir qu'auparavant il avoit receu : & bien qu'une ardeur pareille à celle qui brufloit le Paladin , fe fuft efpanduë par tous les os
de Clarice , elle ne voulut pourtant pas
qu'il recogneut de primabord la forte
» paffion qui l'agitoit. Pauvrette qui ne
» confidere pas , que de mefme que la
» flame brufle avec une bien plus gran-
» de vehemence, & peut caufer un tout
» autre effect , fi l'on la tient refferrée
» dans une fournaife ; qu'ainfi les flame-
» ches d'amour fe rendent bien plus vi-
» ves & plus cuyfantes , fi elles demeu-
» rent enclofes dans le filence.

Le Guerrier neantmoins, qui ne pouvoit avoir la cognoiffance de ce qui eftoit caché foubz cette femblance dédaigneufe , fe trouve affailly d'une infinité d'ameres & fafcheufes angoiffes.
» Bon Dieu ! combien fe trouve-t-il
» de femmes , qui portent toufiours
                              » peint

peint fur leur vifage un afpre & ri- «
goureux defdain, defquelles toutesfois «
le cœur tendre & delicat ne fçauroit «
refifter au moindre traict que leur «
defcoche l'amour ? Trop fimple peût- «
on bien vrayement appeller celuy-là, «
lequel fonde un jugement affuré de ce «
que recelent leurs cœurs, fur ce qui «
apparoift en leurs vifages ; car elles «
ufent de l'artifice de celuy, lequel «
faifant femblant de fuyr, attire fon «
ennemy à l'efcart, afin d'avoir meil- «
leur marché de fa deffaite. » Il femble
au Paladin, abufé par une telle feintife,
que fes merites ne foient pas affez grands
pour s'acquerir les bonnes graces d'une
fi parfaite Dame, & c'eft ce qui redouble fon ennuy : mais il a efperance de fe
faire fi fort renommer par les armes,
que fa belle vainquereffe fera contrainte
d'en eftimer les effects, lors que fes
oreilles en feront touchées. » Ainfi voit-
on comme fouventesfois l'amour eft à «
une belle ame, ce que l'efperon eft à «
un genereux Courfier. »

Toute la troupe ne fut pas fi toft arrivée au Chafteau, que le paffionné
Chevalier prit congé de Clarice, de fe
pouvoir retirer : elle employe toutes les
courtoifies dont elle fe peut advifer,
afin de le faire demeurer près d'elle ;

D

mais bien qu'elle radoucit ses regards audacieux, & qu'elle mit du miel en ses paroles, le Paladin ne se voulut pas arrester davantage en ce lieu, d'autant qu'il s'estoit deliberé de se rendre tellement recommandable dans les illustres & glorieuses entreprises, qu'il meriteroit de posséder les faveurs d'une si belle maistresse, si bien que son brave cœur se rendit inflexible à toutes ses courtoises semonces, & se voulut nier à soy-mesme, ce qu'il souhaitoit au monde avec le plus d'affection.

ALLEGORIE.

Renaud qui se dispose de quitter sa vie oysive, ayant ouy dire que les proüesses de Roland, rendoient son renom si celebre par le monde : descouvre comme l'émulation sert souvent d'un esguillon sensible, pour inciter un esprit genereux à ne s'adonner qu'à des œuvres vertueuses & honnestes. L'amour qu'il vient puis après à avoir pour Clarice, la desroute qu'il fait de ses guerriers, & ce qu'il l'accompagne

dans son Chasteau, demonstre combien
nous sommes faciles à nous laisser
brusler dans les flames amoureuses,
lesquelles, quand nous en sommes une
fois espris, nous font rechercher les
moyens de vivre vertueusement, afin
de plaire d'autant plus à la chose ay-
mée.

CHANT II.
ARGUMENT.

Renaud ayant quitté Clarice, de laquelle il estoit devenu esperduëment amoureux, rencontre Isolier avec un Chevalier Anglois, il eut querelle contre Isolier, sur ce qu'il vouloit aller à la conqueste de Bayard : ils se battent, mais enfin l'Anglois les appoincte, avec paction qu'ils iroient tous deux ensemble, & que celuy contre lequel Bayard se presenteroit, combattroit le premier. Isolier est celuy qui commence ; & ayant esté jetté par terre, Renaud prend sa place, qui dompte Bayard, monte dessus, & l'emmeine ; Isolier & luy trouvent par après un Chevalier, contre qui Renaud jouste pour avoir son escu ; il l'abbat de la lance, & Isolier acheve de le vaincre avec l'espée.

LE Paladin quitta cette agreable demeure, & en la laissant, il sentit que son cœur abandonna sa poitrine enflammée. Il ne se trouve rien qui puisse exciter aucune sorte d'allegresse en son efprit affligé : Rien au monde n'eft capable de donner de la confolation à fon ame oppreffée : Il voudroit bien eftre demeuré, & fe repent defia d'avoir quitté le doux fujet de fes peines. Cette belle Clarice, qui de libre qu'il eftoit plus que les Cerfs qui broffent dans les forefts, l'avoit rendu plus efclave que les forçats qui rament dans les galeres ; fix, voire fept fois il tourne fon cheval, & reprend mefme le chemin pour aller retrouver le bien dont il fe voit privé : & puis faifant tout le contraire, fe refoud de pourfuivre fon premier deffein, il y avoit en luy plus d'inftabilité, qu'il n'y en a pas en la pouffiere par le vent efparfe ; auffi eftoit-ce l'amour qui feul gouvernoit les refnes de fon entendement. Il fait bien une infinité de diverfes penfées, mais il ne luy eft pas poffible de s'arrefter fur aucune : bref, la paffion luy a tellement rendu l'ame malfaine, qu'il ne fçauroit joüyr un feul quart-d'heure de fa raifon : & preffé enfin du mal que cet efloignement luy faifoit fentir, il eft contraint de lafcher la bonde à fes regrets, & d'une voix foible & gemiffante, prononce ces triftes paroles, que les foupirs & les fanglots interrompoient à chaque bout de champ.

Fafcheux defir d'honneur , pourquoy
me tire-tu par force en des hazards fi
dangereux ? Helas ! comme veux-tu que
je tende à des entreprifes relevées , fi je
fuis tout à fait privé de cœur ? Le mien
a quitté la demeure de mon corps, pour
accompagner ce miracle de beauté ; &
puis qu'aux belliqueufes aventures , le
cœur eft de beaucoup plus neceffaire
que les forces , veux-tu qu'en eftant
ainfi privé , j'aille pluftoft acquerir de
la honte que de la gloire ? Peu fage que
je fuis , tant de courtoifes paroles , &
tant d'amoureufes actions , n'eftoient-
elles pas affez charmantes pour me retenir auprès de cette belle Princeffe , de
qui le fouvenir me remplit tout de feu ,
& fans laquelle mon ame ne peut goufter aucun repos ? Certes elles ne l'eftoient que trop , fans toy , cruel defir ,
qui t'es venu oppofer à mon contentement : C'eft toy qui as rendu vaines les
prieres qu'elle m'a faites de demeurer ,
& c'eft toy qui m'as forcé de refufer
fes agreables femonces, & qui m'as (infortuné que je fuis) fait efloigner le
bien que je cheris le plus au monde.

Renaud donna un petit de relafche à
fes foupirs , tournant piteufement le vifage, & regardant la terre avec une œillade languiffante , puis il reprit ainfi.

Helas ! en combien d'erreurs embroüil-
lay-je mon difcours ! & combien eft encores fol & trompeur le nouveau defir qui
me veut confeiller de retourner vers
ma Clarice ? Malheureux que je fuis ! où
ay-je le fentiment, de me vouloir arrefter à ce qui m'eft le plus nuifible ?
Ne dois-je pas ayfement cognoiftre,
qu'un homme dont les actes font obfcurs
& incogneus, ne fe doit pas approcher
d'une Dame dont les perfections font
fans exemple ? Que me ferviroit-il de le
nier ? En ma vie je'n'ay fait aucune chofe qui puiffe eftre eftimée meriter une
feule de fes œillades : auffi m'a-t-elle
bien monftré par des fignes affez apparens, que je ne devois pas eftre tenu en
un rang fort eflevé, puis qu'elle n'a faict
à toutes les paroles que je luy ay te-
nuës, que des reponfes pleines de def-
dains, & efgales à mon peu de merite :
& fi puis après elle m'a fait quelques
prieres de demeurer, elle a voulu par
fes courtoifies furmonter encore ma vilité & ma baffeffe. Je ne dois pas neantmoins me repentir de l'avoir quittée,
veu que je fçay bien qu'elle n'euft pas
eu fort agreable que je l'euffe prife au
mot, & je ne dois rien fouhaiter que
ce qui peut eftre entierement conforme
à fon vouloir. Alors que j'auray faict

remarquer mon courage par l'esclat de
mes larmes , l'audace de la vouloir servir ne me sera pas si mal-seante. Que
tarde-je donc plus que je ne parts , afin
de rechercher des occasions qui me la
puissent faire meriter ? Ce visage amoureux , qui m'apprend à mespriser toute
autre sorte de beauté , & qui m'embra-
se d'un feu qui ne se sçauroit jamais
esteindre , fournira les ayles de mon desir des plumes assez fortes , pour l'enlever jusques au Ciel de ses pretentions.
Et bien que je sois resté sans cœur, l'a-
greable figure qui m'est demeurée en sa
place, peut bien causer en moy d'autres
effects , que ne sçauroit pas faire mon
cœur mesme ; elle peut bien me bailler
une hardiesse autrement relevée , & exciter en moy des vertus bien plus brillantes.

L'amour cependant n'exerçoit pas
moins sa puissance sur Clarice , que sur
le fils d'Aymon ; elle est ensemble & de
feu , & de glace , & ne s'afflige pas
moins amerement que luy ; mais les larmes luy baignent bien davantage la face
que non pas à luy , d'autant qu'elles
sont plus ordinaires à son sexe. Elle avoit
tout le visage noyé de pleurs , lors que
le grand nombre de soupirs que son estomach exhaloit , la contraignit de parler
ainsi.   De

De quel mortel venin te fens-tu maintenant empoifonner l'ame, miferable
Clarice ? quel eft ce doux mal meflé de
tant d'amertume, qui te faict fentir en
mefme temps la trifteffe & la delecta-
tion ? Quelle eft la caufe de ce defir qui
fans ceffe t'efpoinçonne, de ce feu qui
te confomme toufiours, de cette efperance dont vainement tu te repais, &
de cette douleur qui te rend fi fort
affoupie ? Helas ! je recognois bien à veuë
d'œil, à cette heure qu'il eft trop tard
de s'en appercevoir, que le Dieu qui
rend les plus fuperbes ames affujetties,
efprouve deffus moy fes plus impitoyables fagettes ; c'eft luy fans doute que
je fens d'une fi revefche façon, fe rendre maiftre de mon cœur, comme de fa
nouvelle demeure, & je ne doute plus
auffi que ce ne foit luy qui fait naiftre
en moy ces flames & ces defirs, ces efperances & ces peines. Mais fi c'eft luy
qui d'un mefme coup me rend contente
& plaintive, quand fuft-ce qu'il eut jamais prife avec moy ? & quand fuft-ce,
malheureufe, que fes forces ou fes fub-
tilitez me firent fi facilement obéyr à fa
tyrannie ? comme n'eus-je affez de puiffance pour me deffendre de fes affauts,
ou de prudence pour éviter fes fecrettes embufches ? comment eft-il poffible

E

qu'il m'aye vaincuë, si je ne la cogneus
jamais? mais, peu fine que je suis, comment me suis-je donnée si volontairement à luy?

Tandis que Clarice continuoit ainsi
ses regrets, Renaud poursuivoit son
chemin, sans prendre aucun repos, jusques à ce qu'il arriva près d'un chesne
haut eslevé, duquel le feuilleux bran-
chage pouvoit ayſément deffendre ceux
qui se vouloient reposer dessous, , des
humides rayons de la Lune; & là il apperceut deux guerriers assis sur le tapis
esmaillé de fleurs, que le plus amoureux
moys de l'année venoit d'estendre n'a-
gueres sur la terre, lesquels redonnoient
avec le vin & les viandes, les forces &
la vigueur que les travaux du jour
avoient ostées de leurs corps. Ceux-cy
l'inviterent avec un langage fort courtois d'estre de leur partie, ce qu'il leur
refusa du commencement : mais enfin les
prieres s'estans renduës maistresses des
excuses, il mit pied à terre, & se plaça
à costé de l'un d'eux. Et après que chacun fut assez rassasié, ils reprirent les
discours qu'ils avoient entamez devant
le repas, le sujeƈt desquels estoit convenable à de si braves & vaillans Chevaliers.

Il vint à propos au fils d'Aymon, de

raconter comme il eſtoit venu là , pour
mettre à chef ſon entrepriſe contre le
Cheval vagabond ; mais auſſi toſt l'un
d'eux que l'on nommoit Iſolier , qui
eſtoit tenu pour brave & courageux
Chevalier , interrompit le propos du
Paladin , & luy dit avec un viſage tout
troublé : Faictes en ſorte , Baron , que
vous changiez cette penſée , il n'y a que
moy ſeul au monde à qui cette adventure puiſſe appartenir , & vous vous
monſtrerez bien privé de jugement ſi
vous y perſiſtez davantage.

Renaud ſe prenant à ſourire de ſes
arrogantes paroles , luy fit cette reſponce.

Le jour ne ſera pas ſitoſt apparu , que
je me trouveray au devant du Cheval
que l'on tient eſtre ſi dangereux à dompter ; je ne permettray jamais qu'autre
que moy emporte la gloire de ſa deffaite , & je ne ſuis pas de ſi peu de courage , pour ſouffrir une telle honte , ny
qu'il me ſoit faict une telle injure.

Iſolier , Eſpagnol de nation , ne put
ſupporter patiemment que l'on luy par-
laſt d'une façon ſi orgueilleuſe ; il mit
à l'inſtant meſme la main à l'eſpée contre
le Paladin , auquel il dit : Tu ne parti-
ras point de ce lieu que tu ne meures :
ou que tu n'aye abandonné l'entrepriſe
du Courſier.   E ij

L'autre Chevalier de leur compagnie estoit un noble Baron, de ceux dont on faisoit le plus d'estat au Royaume d'Angleterre, fort & hardy qu'il estoit, & qui pouvoit estre tenu en aussi bonne estime que pas un des plus renommez Guerriers de son temps, il avoit autresfois esprouvé ses forces contre l'indomptable Cheval; mais ses efforts estoient demeurez vains, combien qu'il n'eust pas tout seul couru le hazard du combat, ains qu'il se fust faict accompagner d'une bonne troupe de braves & vaillans Chevaliers : il n'y en avoit point qui sçeut mieux que luy avec quelle rage ce furieux animal traictoit tous ceux qui se presentoient pour le combattre, d'autant qu'il avoit veu deffaire devant ses yeux tous ceux dont il s'estoit servy pour escorte ; si bien que l'on luy entendoit mesme souvent dire, qu'il luy sembloit avoir acquis une nouvelle vie, d'estre eschappé d'un peril si dangereux. Ce Chevalier, dis-je, s'estant tourné vers le Payen, & le voïant desia pourveu de son casque, menaçant Renaud avec un fier regard : luy cria:

Tout beau, Guerrier, escoutez mes paroles, & ne ruez pas ainsi vos coups à la legere. Ne desdaignez point l'assistance d'un second pour une si estrange

& hazardeuſe entrepriſe, encores l'honneur que vous vous acquerez ne ſera pas ſi petit, ſi n'eſtant accompagné que d'un ſeul, vous oſez bien attaquer une beſte ſi effroyable.

Mais le Payen que la colere avoit mis tout en feu, & qui deſiroit de voir bien toſt la fin de cette ſubite querelle, interrompit ce diſcours, ſerrant le coutelas dans le poing, & après avoir raſſemblé toutes ſes forces, s'eſlança fierement contre le Paladin, ſur lequel il déchargea ſa large & peſante eſpée. L'eſcu de Renaud en fut atteint d'une ſi grande violence, qu'il cheut ſur la place ſeparé en deux parts, & le coup ayant encores paſſé plus outre, vint tomber ſur le haut de l'armet, qu'il envoya par terre, ſans toutesfois l'avoir entamé ; mais de là il vint deſcendre ſur l'eſpaule, & briſa tout l'acier qui couvroit cette partie, penetrant juſques près de la chair. Alors Renaud dont la force eſtoit comparable, arracha de terre une pierre ſi groſſe & ſi maſſive, qu'à peine un autre l'euſt-il peu ſeulement mouvoir de la place ; d'autant qu'elle eſtoit fichée fort avant dans la terre, & bornoit les confins des deux heritages ; il la ſerre toutesfois entre ſes mains, s'eſleve ſur les pieds, & l'en-

voye contre son ennemy, donnant un
certain branfle à son bras d'un tour de
corps, & employant tout son pouvoir
pour la pousser avec rudesse.

Les pierres que l'on oyt siffler à l'entour du fumeux Vesuve, n'esclattent
pas si fort comme fit celle-cy, lors que
la naturelle impetuosité qui sort des
plus basses entrailles de la terre, les
esleve vers le Ciel, par le moyen du
feu, qui se trouvant resserré dedans ses
cavernes profondes, contrainct tout ce
qui s'oppose à luy de luy eslargir le
passage. Le Paladin l'avoit dardée d'une
si estrange sorte, qu'en faisant un grand
bruit elle atteignit l'Espagnol par la
teste, où elle laissa une grande & dangereuse playe ; il ne luy profita de rien
d'opposer son escu au devant du coup,
afin qu'il demeurast sans effect, ou bien
qu'il luy fust moins nuisible, car la
pierre fut poussée d'une si extrême force, qu'ayant reduit l'escu en plus de
mille pieces, le Payen sentit une telle
douleur qu'il fut contraint de renverser
sur la place tout tremblant. Ses senti-
mens s'évanoüirent aussi tost, & demeurant privé de vigueur, les tenebres
s'emparent de ses yeux, & tous ses membres demeurerent immobiles, non pas
que la Destinée eut encores tranché le

fil de fa vie ; ce n'eſtoit que l'image de
la mort, & non pas la mort meſme
qu'il avoit peinte ſur le viſage, & neantmoins il ne laiſſa pas de demeurer une
groſſe heure eſtendu de ſon long, ſans
remuer ne pieds ne mains.

Touſiours la pitié ſert de compagne «
aux braves & genereux courages : Re- «
naud penſant avoir mis fin au combat,
par la deffaicte du Payen qu'il croyoit
eſtre mort, le voyla qu'il chaſſe de ſon
ſein la fureur & le deſdain qui le poſſe-
doient. Il s'afflige grandement de l'infortune d'Iſolier, & ſa belle ame s'attendoit à la conſideration du mal d'autruy. Mais il fut eſtonné que cet Eſpagnol, eſtant revenu de ſon évanoüiſſement, bien qu'il ſe ſentiſt encores grandement eſtourdy du grand coup qu'il
avoit receu, ſe remet ſur ſes pieds, &
accourt impetueuſement ſur luy l'eſpée
à la main ; toutefois le Baron Anglois
eſteignit cette fureur boüillante, par ſes
douces & ſages paroles, & leur ayant
repreſenté l'extrême peril où ils ſe vouloient tous deux mettre, appoincta la
querelle qui eſtoit à demeſler entr'eux.

Invincibles Guerriers, leur dit-il, ſi
vous ne deſdaignez point de ſuivre le
conſeil de celuy qui deſire de voir vos
jours long-temps prolongez, aucun de

vous n'efprouvera une telle adventure,
d'autant qu'il ne fe pourroit pas rencontrer fous le Ciel encore un peril autant évident, ny une chofe dont l'execution foit autant difficile; veu mefmes
que tout le courage, toutes les forces,
& toutes les rufes du monde reftent
inutiles contre les fougues de ce fauvage animal, & vos efpées ny vos cuiraf-
fes ne font capables de vous faire éviter
fa fureur. Mais fi vos volontez y font
tellement arreftées, que l'on ne les en
puiffe plus deftourner, uniffez-vous, &
marchez enfemble à cette entreprife, &
celuy contre lequel le cheval fe tourne-
ra pour l'offencer le premier, commen-
cera de mefme les premieres attaques,
l'autre regardant fans bouger de fa place, ce que fon compagnon fçaura faire
en cette terrible efpreuve. Toutefois fi
vous m'en vouliez czoire, & fi vous
aviez quelque foin de voftre vie, une
befte fi furieufe ne vous feroit point
ufer de tous ces vains refpects, vous
vous joindriez & combatriez enfemble,
& tafcheriez d'en emporter la victoire,
eftans unis de la forte.

Cet accord eft approuvé de tous les
deux Chevaliers, & tous deux delibe-
rent de fuivre un fi falutaire advis,
mefmement Ifolier, à qui le parti plaift

encores davantage que non pas à Renaud. De forte que les rayons du Soleil
n'eurent pas si toft penetré le voile obfcur de la nuict, que les Guerriers montrerent n'eftre pareffeux ni lents à fe lever, & à monter chacun fur fon cheval. Ils prirent le chemin du lieu où
eftoit l'efpouvantable Courfier, le Chevalier Anglois leur faifant compagnie,
& les y conduifant par les plus courts
fentiers. Il les entretenoit le long du
chemin du grand hazard que l'on cour-
roit d'approcher feulement de l'antre où
fe retiroit la befte : mais quand il s'apperceut que Renaud n'eftoit armé d'efcu, de lance ni d'efpée, il luy dit :

Croyez-vous, Chevalier, de vous
pouvoir rendre maiftre d'un animal fi
farouche, ainfi défarmé que vous eftes ?
ou bien voulez-vous prendre plaifir
d'accourcir vos années ? Le courage,
refpond le Paladin, eft l'arme la plus
forte dont l'on fçauroit eftre muny,
tellement que l'homme courageux ne
peut jamais eftre défarmé.

Ainfi cette guerriere troupe arriva au
lieu qu'elle defiroit, où l'Anglois prit
incontinent congé des deux autres, pic-
quant à toute bride d'un autre cofté :
Mais Renaud & l'Efpagnol mirent auffi-
toft pied à terre, laiffans leurs chevaux

paiſtre un peu à quartier d'eux, d'autant qu'ils vouloient combattre la beſte
à pied, afin d'aſſener leurs coups avec
plus de jugement, & ſe pouvoir avec
plus de facilité retirer, advancer, ou ſe
retourner quand il en ſeroit beſoin.

Les deux Chevaliers ne furent pas ſi
toſt deſcendus ſur l'herbe, qu'ils apperceurent le Courſier indomptable venir
droit à eux, faiſant plus de mille tirades
de ſes pieds, & plus de mille tours en
s'eſlançant furieuſement en l'air, & jettant ce ſembloit des flammes par les na-
rines. Il ne pardonnoit ni aux arbres,
ni aux plantes, ni aux roches, mais ſerrant les oreilles de rage, il hurtoit ſi
fort ce qui ſe rencontroit auprès de
luy, qu'il le reduiſoit en pieces. Si toſt
qu'il eut apperceu les guerriers, on euſt
dit qu'il les défioit au combat avec un
fier hanniſſement, & un battement de
pieds ſi terrible, que la terre gemiſſoit
deſſous. C'eſtoit bien au reſte le plus
beau cheval, & le mieux formé qui ſe
ſoit veu depuis pluſieurs ſiecles. Son
poil eſtoit bay & chaſtain, & ce fut ce
qui le fit nommer Bayard. On lui voyoit
le front paré d'une belle eſtoile blanche
comme argent, les cornes de ſes pieds
de derriere ſembloient eſtre d'un fin na-
cre de perle; il avoit le poitrail large,

gras & rempli, le ventre eſtroit, & la
teſte aſſez petite, ſon crin touffu s'alloit
renverſant ſur le coſté droit, ſes eſpaules eſtoient groſſes & charnuës, & ſes
jambes puiſſantes & ſeiches toutefois.
Bref, tel peut autrefois avoir eſté Cil-
lare, avant que l'Eſcuyer Amiclean eut
dompté ſa ferocité, & tels ont auſſi peu
eſtre les Courſiers qui trainent le chariot du Dieu Mars, avant qu'il euſt ac-
couſtumé leurs bouches à ronger un
mors: mais bien qu'il fuſt ainſi que nous
l'avons dépeint, & encores qu'il paruſt
pouvoir faire davantage de mal que la
plus effroyable furie, qui peuſt ſortir du
centre de la terre, le Paladin n'en fit
que redoubler ſa hardieſſe, & l'Eſpagnol
fit bien cognoiſtre qu'il n'en recevoit
aucun eſtonnement.

Iſolier fut celui contre lequel Bayard
ſe vint preſenter le premier, & afin de
pouvoir ſouſtenir ſa furieuſe rencontre,
il ſe met en poſture pour l'attendre, la
lance en l'arreſt, la force de laquelle ne
ſe trouva baſtante pour arreſter la cour-
ce de ce feroce animal, car elle rompit
en pluſieurs parts: mais le Payen monſtra ſon agilité, en ſe retirant à coſté,
pour donner cours à cette tempeſte, ſi
bien qu'il ne l'atteignit point, mais il ſe
retourna ſoudain contre lui, ayant deſia

l'efpée à la main. Il n'avoit pas entrepris le combat, en intention de dompter feulement le cheval; & l'ayant rendu
paifible, le faire propre à porter la felle
comme un autre, d'autant que ceux à
qui les moyens pour en venir à bout
eftoient incogneus, eftimoient cette chofe eftre hors de la puiffance des hommes, la cognoiffance que Renaud feul
en avoit euë par la revelation de Maugis, luy faifoit avoir un deffein contraire à tous les autres ; & c'eft pourquoy Ifolier avoit fierement empoigné
fon efpée, afin d'offencer Bayard de
toute fa force, & lui chaffer la vie du
corps avec le fer.

Bayard ayant arrefté l'impetuofité de
fa courfe, retourne haftivement deffus
fes pas, jettant en l'air tantoft l'un, &
tantoft l'autre de fes pieds ; l'Efpagnol
fe deffend courageufement, & l'affene
de plufieurs coups de coutelas, à l'endroit où fe faifoit voir l'eftoile blanche ; neantmoins il s'accufe de trop peu
de force, il fe fafche, & devient comme honteux de lui mefme, voyant toutes fes atteintes eftre vaines, & croit
que fes coups foient par trop débilement
pouffez, car il ne fçait pas que la peau
du Courfier eft fi dure & fi ferme, que
l'acier de la meilleure trempe n'eft à

comparaison que fresle & molasse. Il le
frappe toutefois de toute sa puissance, &
fait ouyr par un dru sifflement, le tranchant de son espée tomber roide en à
bas, si bien que Bayard se ressentant
enfin de ses coups, ploye le col, &
baisse la teste sous leur pesanteur : mais
il se releve incontinent avec une fureur
& une rage démesurée, & vient heurter
le Payen avec tant de roideur, qu'il le
fait tomber à la renverse, & luy fait
par mesme moyen perdre l'esperance
d'emporter cette glorieuse victoire.

Renaud, qui estoit resté spectateur
du combat, voyant la cheute que l'Espagnol venoit de faire, & que bien tost
l'on verroit sa vie esteinte, s'il ne luy
prestoit du secours, d'autant qu'il gisoit estendu de son long sur la place,
privé de toutes ses forces, & de ses premieres hardiesses, court le plus viste
qu'il peut vers le Chevalier, & comme
il en est assez près pour le pouvoir frapper, il serre fermement le poing, dont
il luy descharge un coup de toute sa
force, lequel fut si rudement poussé,
que la bouche de Bayard se vit incontinent teinte de rouge, le sang vermeil
en ruisseloit en grande abondance, ce
qui ne luy estoit encores jamais arrivé:
aussi en entra-t-il en une telle rage, que

la fagette d'un Scythe, ni le Faucon qui
fuit à tire d'aile la peureufe Perdrix, ne
vont point avec une fi grande viftefſe,
comme le Courfier fe vient eflancer fur
le Paladin , s'efforçant de fes morceures
à luy mettre le bras en pieces.

Le Chevalier fe retire un peu, & puis
en s'avançant auffi toft , redouble un
coup de poing plus rudement que le
precedent, duquel il l'aflena dans le milieu du front. Bayard luy tourne le derriere , & luy tire de telles ruades & en
fi grand nombre , qu'elles euffent efté
capables de jetter une haute montagne
par terre. Renaud efquive pour les éviter , & cependant il raffemble fon jugement , fes forces & fon induftrie , &
prend garde de quel cofté le Cheval
tourne la tefte. Il ne veut pas que le fer
luy ferve de deffence contre fa fureur,
il deffeigne de s'en rendre maiftre par
dexterité. C'eft pourquoy il fe tient toufiours à fes flancs , en telle forte qu'il
n'en peut eftre offencé ni de coups de
pieds, ni de coups de dents; neantmoins
en avançant une jambe pour s'efforcer
de le furprendre , il fut atteint d'une
dangereufe bleffure , car il receut une
ruade dans le cofté droit , qui luy fit
une telle douleur , que les forces luy
penferent faillir. Le coup pour cela ne

le fit pas tomber à terre, bien qu'il eut toutes les peines du monde à éviter la cheute ; & li cette fecouffe luy euft efté moins favorable, elle eftoit tirée d'une telle roideur, qu'elle luy eut brifé les armes & les os. Bayard augmente touliours fa furie, mais auffi le Paladin reprend de nouvelles forces, & évite un autre grand coup de jarret, qui luy fut tempeftueufement eflancé ; ce ne fut pourtant pas en vain que ce coup fut tiré, car venant à atteindre un puiffant chefne qui eftoit là auprès, il le rompit tout joignant le pied, & le fit tomber avec un grand bruiffement, combien qu'il fuft des plus gros qui fe viffent, & que fes racines fuffent auffi avant dedans la terre, comme fes rameaux eftoient haut eflevez deffus.

Renaud prend incontinent fon temps, & devant que le Cheval eut retiré fes jambes à foy, il les luy faifit, & les ferre tant qu'il peut de l'une & l'autre main. Bayard tafche de fe dépeftrer de ce qui le retient, mais les bras de fon ennemi font trop forts & trop nerveux; c'eft en vain qu'il tire de fes jambes, & c'eft encores en vain qu'il tourne felonnement la bouche pour offencer de fes dents ; en vain il fe fecouë pour faire quitter prife, & pour neant il tafche de

s'eſlever en l'air ; rien ne luy ſert
ſouffler d'une façon ſi eſtrange, ni de
faire voir par un effroyable hanniſſement, l'ire qu'il recele dans ſoy cachée.
Le fils d'Aymon ne laiſſe pas de s'en
voir bien toſt le maiſtre, bien que le
débat duraſt un aſſez long eſpace de
temps ; car enfin, avec une vigueur &
une force extrême, mais encores plus
avec une ſubtile induſtrie, il le fit tomber par terre ſur le coſté.

Comme la Mer, qui d'une tempeſte
enragée, ſembloit menaſſer d'engloutir
dans ſes ondes tous les vaiſſeaux qui la
ſillonnoient, & puis laiſſant auſſi toſt
ſon deſdain & ſa fureur, & reprenant
ſa premiere tranquillité, ſemble convier tous les Nochers de remettre leurs
voyles : ainſi le Deſtrier, qui par ſon
cruel regard rempliſſoit auparavant tout
le monde de crainte, n'eut pas ſi toſt
touché la terre, qu'il demeura doux &
paiſible, ſe reſervant toutesfois de ſon
courage & de ſon port altier, pour accompagner ſa douceur & ſa privauté.
Renaud le flatte, en luy paſſant doucement la main par deſſus le poitrail, &
puis la repaſſant deſſus le col, luy pei-
gne ſon crin avec les doigts, de quoy
Bayard faict paroiſtre qu'il ſoit bien
aiſe, monſtrant par un amiable hanniſſement

ment qu'il se plaist aux carresses de ce
nouveau maistre; & voyant le Chevalier
qui se laissoit ainsi assujettir, & qu'il ne
retenoit plus rien de la rage qui le pos-
sedoit auparavant, il despoüilla son autre Coursier de la riche selle qu'il portoit, & de tout le reste du harnois, qu'il
accommoda dessus Bayard.

L'Espagnol s'estant relevé de sa cheute, contemploit attentivement le combat que le fils d'Aymon avoit entrepris
au lieu de luy; & voyant qu'enfin il
avoit réduit le Cheval en sa puissance,
il demeura tout ravi d'admiration, de
ce que contre sa créance, tant de force
& tant de valeur estoit assemblée en des
membres encores si jeunes & si tendres,
comme Renaud paroissoit les avoir.

Le Paladin le vint saluer courtoise-
ment, s'enquerant de luy s'il n'estoit
point offencé du coup qu'il avoit receu
du Cheval; & après avoir entendu que
non, ils prirent ensemble le chemin que
leur fortune voulut qui se presentast
devant leurs Chevaux, par lequel ayans
trouvé la fin de la forest, ils furent guidez en une profonde & obscure valée,
où ils firent rencontre d'un Chevalier,
couvert par dessus ses armes d'une casaque verde, chamarée de passement jaune, lequel faisoit juger à sa mine superbe

E

& hautaine, qu'il estoit plein de vigueur & de force. Sur l'escu qui luy pendoit au bras, estoit naïvement portraict l'Archer qui perce indifferemment les cœurs des Dieux & des hommes : ses aisles dorées estoient appliquées proprement sur son dos, & la trousse remplie de diverses sagettes, lui pendoit mignardement dessus l'espaule droite, ses membres se voyoient si grassets & si potelez, que l'on ne l'eust jamais pris pour estre une peinture plate, & bien qu'il eût les yeux bouchez d'un bandeau, on ne laissoit pas de descouvrir une audace merveilleusement altiere ; dessous ses pieds le Dieu des armées se voyoit estendu & enchaisné, comme confessant que l'ombrage des Mirthes avoit offusqué ses lauriers & ses palmes. Renaud prit alors une forte lance, que l'Escuyer de son compagnon portoit, & piquant droit vers le Guerrier ainsi équipé, lui tint ce discours.

Cet escu me conviendroit beaucoup mieux que non pas à vous, Baron, & si vous en vouliez demeurer en doute, je suis tout prest de vous faire paroistre, comme j'ai la verité de mon costé ; preparez-vous donc pour en venir à la jouste, ou bien vous resolvez de m'en faire present ; c'est moi seul qui le dois posseder, puisqu'il n'y a personne au monde sur qui

l'amour defcoche plus de rigueurs que
deſſus moi, ni qui ſoit attaint plus au vif
de ſes flames; & que je n'eſpere point qu'il
donne aucun ſoulagement à mes peines, il
n'y a perſonne encores qui le ſuive avec
tant de conſtance & de fermeté.

L'eſpreuve des armes fera connoiſtre ſi
vos paroles ſont veritables ou non, reſ-
pond l'eſtranger, & ſi vous eſtes le vainqueur, je ne contredirai point que l'eſcu
ne vous demeure, mais j'eſpere de vous
voir bien toſt par terre, ſi mes forces ordinaires ne me manquent point maintenant. Et tout auſſi toſt il ſe retire aſſez
loing de Renaud pour donner carriere à
ſon Cheval : Le Paladin tourne Bayard
au contraire, ne ſe voulant pas monſtrer
moins diligent que ſon ennemi, pour faire la meſme choſe qu'il lui voyoit faire.

L'eſtranger atteignit vivement le fils
d'Aymon droit dans le milieu de l'eſtomac, & n'y eut guiere à dire qu'il ne le
fiſt tomber, car ce Chevalier eſtoit accompagné d'une grande force & d'une
valeur inſigne, & lui advenoit peu de
remporter le deshonneur d'un combat :
Mais Renaud le frappa d'une telle roideur dans le viſage, que ſi le caſque ſe fuſt
trouvé d'une trempe moins fine, il euſt
eu le teſt percé d'outre en outre, toutefois il fut contraint d'abandonner la ſelle,

& tomba lourdement fur la place.

Il fe releve au mefme temps, grandement eftonné de fe voir abbatu, car cette chofe lui arrivoit fort rarement, & neantmoins elle lui advint à l'heure qu'il en avoit moins de créance : auffi de defpit qu'il en eut, il dit au Paladin après lui avoir donné l'efcu : J'ai maintenant accomplie la promeffe que je vous avois faite, Chevalier, mais ce n'eft pas affez de m'avoir fait quitter l'arçon, il faut, fi vous voulez paffer outre, que vous vous rendiez ce chemin libre avec l'efpée.

Ifolier qui defiroit & efperoit faire voir par efpreuve, comme il meritoit dignement d'eftre compagnon de Renaud, lui dit en fe tournant vers lui : Laiffez-moi vuider cette querelle au lieu de vous, elle m'appartient de droit ; vous combattrez pour moi lors qu'il fe prefentera quelque entreprife plus hazardeufe ; & tout à l'inftant il mit pied à terre.

Ce fut lors que l'on vid commencer un brave & furieux affaut entre Ifolier & l'eftranger, lefquels fe frappent fierement de leurs efpées, tantoft par le haut, & tantoft par le bas. Ils fe font voir tous deux adroits à fe porter les coups, & tous deux fçavent fort bien comme il les faut parer, tous deux font d'une taille puiſſante, & tous deux ont le cœur plein de hardieſſe : ils n'ignorent point ni l'un ni l'autre comme il ſe faut avancer, ſe tourner ou ſe retirer, quand le temps & la neceſſité le requierent, & comme il faut quelquesfois ruer des coups à pleine force, ſe laiſſant emporter à la fureur, & quelquesfois auſſi les aſſener avec moins de violence. De ſorte qu'ils combattirent du moins deux bonnes heures, ſans qu'aucun advantage paruſt de l'une ni de l'autre part, juſques à ce qu'enfin la bonne fortune ſe tourna du coſté d'Iſolier, que l'on commença de juger le plus fort & le plus adextre.

Quand l'audacieux Eſpagnol cogneut que la victoire du combat le marchandoit, ſon ame ſe rendit plus aſſurée, & les forces accreurent d'autant plus en lui, qu'il les cognoiſſoit à veuë d'œil diminuer à ſon ennemi ; tellement qu'il fit ſentir à l'eſtranger de ſi grands & de ſi furieux coups, & le laiſſa tellement en le tournant tantoſt deçà, tantoſt delà, que n'ayant plus ſeulement la force de ſe ſouſtenir, il fut contraint de ceder le paſſage.

Ainſi l'eſcu où l'Amour ſe voyoit pour deviſe, vint en la puiſſance de

Renaud, qui s'en fervit du depuis en diverfes rencontres, & en un grand nombre de combats.

ALLEGORIE.

Les plaintes que Renaud fait d'a-voir refufé d'accepter les prieres que Clarice luy avoit faites de demeurer près d'elle, nous reprefentent en quel-les inquietudes d'efprit fe trouve con-tinuellement un amoureux. La victoi-re qu'il remporte fur Bayard, defcou-vre la vraye vaillance d'un prudent & avifé Chevalier, lequel en toutes fes actions fe fçait fervir du temps & de l'occafion pour rendre vains les avantages de fon ennemi. Ifolier, qui recognoiffant la valeur de Renaud, veut toufiours eftre fon compagnon, fait voir comme la vertu fe rend d'elle mefme aymable envers tout le monde.

CHANT III.
ARGUMENT.

Le Chevalier de la Sireine vient attaquer
Renaud , le prenant pour un autre : Re-
naud se deffend courageusement , & le
vainc ; puis il apprend de luy comme il
estoit envoyé vers l'Empereur, de la part
de Francard Roy d'Armenie , afin de de-
mander Clarice en mariage. Le Paladin
le quitte grandement affligé de cette nou-
velle ; & comme il tire pays avec Isolier,
ils trouvent Lancelot & Tristan élevez
en bronze , montez à cheval comme quand
ils vivoient. Isolier veut prendre la lance
de Tristan , mais la statuë y resiste &
l'en empesche , & permet à Renaud de
l'emporter.

APRE's que l'Espagnol & le vaillant fils d'Aymon furent partis de
ce lieu, où ils avoient vaincu le Guerrier incognu, cet estranger de qui le
pere s'appelloit Ronsalde, que les effets
firent du depuis surnommer le Fier ; Ils
traverserent diverses contrées sans pren-

dre aucun repos, soit que le soleil élan-
çaft ici bas ses bruflans rayons, ou soit
que la lune y jettaft ses froids regards ;
& pourtant ils ne trouverent aucune adventure remarquable, ni pendant la
clarté du jour, ni durant l'obfcurité de
la nuit, jufqu'à ce qu'enfin, ainfi qu'ils
piquoient à la main gauche, fur l'un
des rivages qui fert de bride au doux
courant de la Seine, ils firent rencontre
d'un Chevalier, dont les armes eftoient
couvertes d'une riche cafaque toute ef-
clatante de broderie d'or, deffus l'efcu
duquel les ondes marines eftoient por-
traictes, faifans fortir de dedans leur
fein la plus agréable partie d'une Sireine, retenant caché, ce fembloit, ce
qu'elle pouvoit avoir d'efcailleux. Ce
Guerrier eftoit d'une taille fort haute,
fes membres paroiffoient forts & robuftes, & l'eut-on pris à le voir pour
eftre tout compofé d'os & de nerfs.
Ayant apperceu Renaud, il lui crie : Je
t'ai maintenant attrapé, traiftre, indigne de porter le titre de Chevalier ; les
paroles & les coups furent une mefme
chofe, il frappe en parlant, & parle en
frappant, employant l'une & l'autre de
fes mains pour offencer griefvement le
Paladin ; il redouble fon coup, & l'affene dedans la temple d'une fi grande force,

ce, que Renaud se trouvant surpris lors
qu'il s'en gardoit le moins, faillit d'a-
bandonner les arçons, & pensa tomber
à terre demi mort.

Le fils d'Aymon, qui tout estourdi
des coups qu'il avoit receus, estoit
estendu de son long dessus la crouppe
de Bayard, revint incontinent à soi ; &
comme il se sentit offencer avec une si
grande injustice, il tourne viste son
cheval, tout transporté de rage & de
fureur, & pique contre son ennemi
avec une pareille violence, comme le
courageux Limier poursuit le Sanglier
devorant. Cet adversaire l'attend de
pied ferme pour lui descharger un coup
de tranchant sur la teste, l'espée bruit
en descendant à bas, de laquelle l'autre
se sçait bien garder en faisant un peu
gauchir son cheval, si bien que le coup
passa sans atteindre nullement le Paladin, lequel retourne vers l'estranger
plus viste que devant. Il passe sur lui,
& l'esbranle tant qu'il peut à force de
le heurter ; puis il tire son poignard,
dont il lui fait plusieurs playes dans le
costé gauche. L'incogneu frappe cependant de toute sa puissance, & donne de
si grands coups du pommeau de son espée dans les temples, dans le visage, &
sur la teste de Renaud, qu'un gros ro-

cher en euſt eſté renverſé par terre reduit en pouſſiere ; il le martelle d'une
telle ſorte , qu'il lui fait ſortir par la
bouche , par les narrines , & de deſſous
le caſque, une grande abondance de ſang.
Le Paladin de ſon coſté ne demeure
pas inutile , il s'efforce tant qu'il peut
d'offencer ſon ennemi , & l'atteint par
deux fois dedans le ſourcil de l'œil
droit, de façon qu'une double playe lui
rendit la face toute rougie de ſang.

Tandis que les deux Guerriers ſont
ainſi acharnez au combat , leurs chevaux
meinent de leur part une cruelle guerre
l'un contre l'autre ; celui-ci attaque celui-là , & celui-là taſche d'offencer celui-ci , tellement qu'ils ſe nuiſent grandement de heurts furieux , de coups de
pieds , & de morceures terribles , juſques à ce qu'à la fin Bayard le plus feroce , non ſeulement d'entre tous les
Courſiers , mais encores d'entre tous les
animaux , ſe vint eſlever ſi aſprement
contre l'autre Deſtrier , qu'il l'envoya
ſans deſſus deſſous , & ſon maiſtre demeura engagé dans la ſelle. Le cheval
eſtoit tombé juſtement à la renverſe ,
retenant le bras droit & la jambe droite de celui qui le guidoit ſous la peſante maſſe de ſon corps. Le Chevalier employe bien ſa vigueur & ſon induſtrie

pour se retirer de dessous le faix, sans
qu'il lui soit possible de se depestrer de
cet embarrassement, & cependant le
sang ruisseloit de ses playes à bondes
ouvertes, ce qui l'eust bien tôst fait demeurer plus froid que glace : mais le
gentil Paladin, chez qui la courtoisie
n'avoit pas moins de place que le courage & la valeur, ne voulut pas souffrir
que ce Guerrier s'en allast estre ainsi
l'hoste du tombeau. Il met pied à terre,
& l'ayant desgagé de dessous le cheval,
l'aide de ses propres mains à se remettre sur pied ; & puis s'estant un peu retiré en arriere, lui dist : Si vous l'avez
maintenant agréable, Chevalier, nous
paracheverons nostre combat.

L'estranger qui se sentoit lors en tel
estat, que la paix lui estoit beaucoup
plus utile que la guerre, tenant la teste
baissée, avec une humble contenance,
tendit son espée au Paladin, & lui parla
ainsi :

Guerrier, je suis contraint de confesser que vous m'avez vaincu du moins
autant par vostre courtoisie, que vous
avez fait par vostre valeur ; car si vostre
naturelle bonté ne m'eust point voulu
assister en l'extremité où je me suis trou-
vée, mes paupieres seroient sillées maintenant d'un sommeil perpetuel ; & tant

s'en faut que je croye plus, que ce fust
une bassesse de cœur qui vous aye porté
à ce que vous me fistes dernierement,
quand vous m'occistes deux Chevaux,
je ne doute point au contraire que vous
n'y fussiez induit par quelque droite &
legitime cause. Renaud fronça les fourcils, de l'estonnement qu'il receut de
ces paroles ; puis il fit une telle res-
ponce:

　Je n'ai jamais fait si peu de compte
de mon honneur, qu'il me soit seulement venu en la pensée d'employer les
forces de mon bras contre vos Coursiers, d'autant que je sçai bien que ce
sont des effets indignes d'un Guerrier,
que de tremper son espée dans le sang
des Chevaux de ses ennemis : mais comment pourrois-je vous avoir jamais fait
aucune offence, veu que je suis l'homme le plus trompé du monde, si ce n'est
aujourd'hui le premier jour que nous
nous sommes veus?

　Le Chevalier estranger ayant oüi çe
discours, demeura tellement esmerveil-
lé, qu'il fut quelque temps sans remuer
de sa place, regardant fixement le fils
d'Aymon depuis la teste jusques aux
pieds, & ne lui laissant aucune partie
sur lui qu'il n'y portast plusieurs fois
la vuë ; enfin il recognoist évidemment

l'erreur où il estoit entré, & voit comme l'escu que Renaud avoit nouvellement conquis, sur lequel Amour se voyoit portraict, avoit esté la cause de ce qu'il s'estoit ainsi mespris, ce qui le fit parler en cette sorte.

Baron, un Chevalier aussi meschant & inique, comme vous estes courtois & brave, & lequel porte sur son escu les mesmes devises que celles qui se voyent peintes sur le vostre, a esté celui qui m'a fait le tort que je vous viens de dire ; de sorte que transporté de juste colere, je me suis à l'abord efforcé de vous offencer, sans pouvoir faire distinction de vous & de lui, ayant esté trompé par le premier regard que j'ai jetté sur vostre escu.

Il vouloit poursuivre plus outre, & conter particulierement tout ce qui s'estoit passé entre ce traistre & lui, afin de rendre ses excuses plus fortes ; mais Renaud qui lui voyoit ruisseler le sang de tous costez en merveilleuse abondance, voulut que l'on prit le soing d'estancher ses playes, avant qu'il achevast le reste de son discours : tellement qu'Isolier se mit incontinent à le penser, d'autant qu'il sçavoit plusieurs bons preceptes de Chirurgie, cet art estant lors en fort grande estime parmi tous les Guer-

riers ; & quand l'appareil fut mis fur
chacune de fes bleffures , il reprit ainfi
fa harangue.

Je venois, dit-il, de l'endroit où l'armée d'Afrique fe voit eftroitement affie-
gée par celle de l'Empereur, & à peine
avois-je franchi les rudes paffages des
neigeufes Alpes , que je fis rencontre
d'une Damoifelle affez gracieufe, &
courtoife à la voir , laquelle me pria de
lui faire compagnie jufques en un fien
Chafteau , qu'elle me dit eftre fitué fur
l'un des rivages de la Seine : non feulement lui promis-je de la conduire, mais
encores je l'affeurai de la deffendre contre tous les accidens qui fe pourroient
offrir par les chemins, Ainfi nous mif-
mes-nous à cheminer enfemble, où j'en-
durai pour elle une infinité de peines &
de fatigues ; & ayans laiffé derriere nous
plufieurs Bourgades & Chafteaux, nous
arrivafmes enfin dedans le fond d'une
ombrageufe vallée , où nous fifmes rencontre d'un Chevalier , marchant d'une
façon affez fiere , lequel me vint dire
en paroles fuperbes.

Defpefchez-vous , Guerrier , de me
ceder cette Demoifelle, & ne repliquez
point à ce que je vous demande ; car fi
vous vous oppofez à mes defirs, non
feulement ferez-vous perte d'elle , mais

encores vous courrez fortune de la vie,
ou bien la valeur me manqueroit. Vous
ne meritez pas de posseder une si belle
& si parfaite Dame , & je juge à vostre
visage, qu'aussi bien demeurez-vous inutile auprès d'elle. C'est moi qui en dois
estre possesseur , puis que je vois esclatter en elle autant de gentillesse & de
bonne grace , comme chacun remarque
en moy de force & de courage.

La response que je fis à cet audacieux,
fut toute conforme à l'arrogance de son
discours. Je tiens ma lance preste, lui
dis-je , pour esprouver les grandes forces desquelles tu te vantes ; & si je ne
me trompe , ta valeur & ta generosité
doivent estre égales à ta courtoisie. Les
paroles cessent, & à mesme instant nous
partons de la main l'un contre l'autre,
chacun de nous s'efforçant de monstrer
sa vertu.

Combien que cette premiere rencontre fust grandement rude & furieuse, si
est-ce que pas un de nous n'abandonna
la selle ; il est vrai que mon ennemi receut un tel coup dedans le sein, que le
rouge se vit aussi tost adjousté dessus le
verd & le jaune de sa casaque ; il se re-
pentit à l'heure mesme de la faute qu'il
avoit faite, recognoissant bien à la playe
qu'il avoit receuë , que le vaincre lui

eſtoit un petit plus difficile qu'il ne ſe
l'eſtoit pas promis ; tellement que de de-
pit, il ſe retourna ſubitement vers moi,
& vint donner de ſa lance; qui lui eſtoit
demeurée entiere, à travers le ventre
de mon Cheval, & le fit tomber roide
mort deſſous moi. Sa cruauté ne demeura pas encores bornée par cette action
ſi lâſche, car au meſme inſtant il occit
auſſi le Courſier ſur lequel la Damoiſelle eſtoit monté ; puis il prit la fuite
d'une telle viteſſe, qu'à peine les vents
ou les eſclairs ſubits l'euſſent-ils peu atteindre. Je demeurai tout eſtonné de
me voir ainſi à pied, les eſguillons de
la colere m'ayans grandement eſmeu, &
après que j'eus rendu la Dame chez elle, ſuivant la promeſſe que je lui en
avois faite, je me mis à chercher par
tout celui qui nous avoit fait un tel outrage, reſolu d'en prendre une cruelle
vengeance ; mais la nuit a deſia par cinq
fois tendu ſur les voutes du Ciel ſa ta-
piſſerie eſtoillée, & Phœbus a tout autant de fois reſioui la terre de ſes douces œillades, depuis que je ſuis en queſte
de ce meſchant, ſans que j'aye peu
trouver aucun veſtige de ſes pas, ni rencontré perſonne qui m'en ait ſçeu apprendre des nouvelles.

Renaud ayant oüi tout ce diſcours,

ſe reſſouvint que le Chevalier que celui-
cy cherchoit avec tant d'impatience,
eſtoit ſans doute celui qui portoit une
caſaque verde & jaune, duquel il avoit
gaigné l'eſcu en combattant, où le Dieu
des Amans eſtoit peint pour deviſe ; &
pour contenter davantage cet eſtranger,
il lui fait tout le diſcours du combat,
& lui dit en quel lieu, quand, & comme ce fut que cet eſcu vint en ſa puiſſance. Puis il lui demanda des nouvelles
du camp, & ſi l'armée Sarraſine eſtoit
aſſiſtée d'une bonne ou mauvaiſe fortune : il s'enquit encores de ce Guerrier,
quelle cauſe l'avoit meu d'abandonner
le camp, veu qu'il lui ſembloit bien
eſtre Chevalier de valeur, & que c'eſtoit là le lieu où l'honneur & la gloire
s'acqueroient, plus qu'en nulle autre
part du monde.

Je vous tirerai hors de ce doute, repliqua l'Incogneu, & vous ferai l'ample
diſcours du ſujet qui m'a fait abſenter
de l'armée ; mais ayez agréable, afin de
tenir davantage d'ordre à mes paroles,
que je ſatisfaſſe premierement à voſtre
premiere demande.

L'Empereur, dit-il, a rangé tout le
plat pays en ſon obéïſſance, avec toutes
les advenuës de la mer qui lui ſert de
liſiere, ſi bien que les troupes Sarraſines

ont esté contraintes de se serrer dans
quelques forts assez mal munis, denuez
d'esperance d'aucun secours voisin qui
les puisse tirer du malheur qui les en-
veloppe; tellement que reduites à la plus
grande extremité qu'elles se trouverent
jamais, elles ne font qu'attendre avec
des faces paslies le dernier point de leur
vie & de leur entiere ruine. Le Roi de
Garbe, qui s'appelle Sobrin, & le Prince
d'Argile, nommé Atlas, sont ceux qui
surpassent en valeur tous les Mores, &
que l'on peut appeller à bon droit les
remparts & les deffences du camp; le
premier est un brave & courageux Chevalier, & l'autre est un espouventable
Geant. Mais dans l'armée Chrestienne,
les proüesses de Roland esclattent beaucoup plus haut que celles des autres Paladins, & n'y a point de vaillance qui
soit comparable à la sienne : de sorte que
le bruit de ses armes remplit d'effroi les
bataillons adversaires, & n'est pas jusques
à Sobrin & à Atlas, qui ne redoutent le
foudre de son espée.

Hiſtoire des Amours de Francard.

OR ſi vous avez maintenant le deſir, continua l'Eſtranger, de ſçavoir quelle a eſté la cauſe qui m'a fait laiſſer le camp, où j'euſſe peu donner de plus apparentes preuves de ma valeur, que je ne ſçaurois pas faire en cette Province de France, il eſt beſoin que je tire mon diſcours un peu de loiñg, afin que je vous puiſſe dire des choſes nouvelles & eſtranges d'un Roi, d'un puiſſant Roi, par lequel j'ai eſté envoyé vers le Grand Charles, & celui dont je vous veux parler, eſt le Prince à qui je dois obéïſſance : c'eſt de Francard, qui dedans l'Aſie poſſede le grand & floriſſant Royaume d'Armenie, avec pluſieurs autres qui le confinent, lequel n'a point ſon pareil entre tous les guerriers qui ſe font eſtimer ſur cette troiſiéme partie de la terre, ſi d'aventure je n'en exceptois Mambrin ſon couſin, à qui les Dieux ont octroyé par grace ſpeciale, une plus qu'humaine valeur.

Ce Prince eſtant encores en ſa plus verte adoleſcence, s'éprit de l'amour d'une très-noble, vertueuſe & courtoiſe Princeſſe; Clarinée, fille unique du puiſ-

fant Roy des Affyriens, fut celle-là qui
le fit brufler dans les plus vives flammes
que l'amour ait jamais allumées. Outre
ce qu'elle excelloit en beauté par deffus
beaucoup des plus eftimées de fon fiec-
cle, elle eftoit douée d'une royale prudence, & d'un jugement qui furpaffoit
l'ordinaire du fexe ; ce qui fit qu'elle
n'arrefta gueres à recognoiftre l'affection
que Francard avoit pour elle : & le
voyant fi rempli de perfections & de
merites, elle ne tournoit point les yeux
vers luy, qu'elle ne les euft remplis d'u-
ne agréable ferenité. Ainfi petit à petit,
avec fes douces & chaftes faveurs, elle
rendoit d'autant plus fenfible le feu qui
brufloit noftre Amant, lequel devint
plus que jamais defireux de lui plaire,
& de lui monftrer par quelques rares &
loüables effets, qu'il n'eftoit pas indigne
du bien qu'elle luy vouloit ; car il re-
cognoiffoit à veuë d'œil qu'il avoit une
auffi bonne part aux bonnes graces de la
Princeffe, qu'il euft jamais peu fouhaiter, & les douceurs dont elle rendoit
touliours fa face accompagnée, avec les
appas & les charmes qu'elle mettoit en
fes regards vers lui fouvent réïterez,
lui donnoient des tefmoignages certains
qu'elle ne l'aimoit pas moins qu'elle faifoit fa propre vie. Tellement que toutes

les actions de Francard ne tendoient plus
qu'à rechercher l'execution de quelque
grand exploit en faveur de sa belle mai-
ftreffe, qui lui peut tenir lieu d'un gage
affeuré de l'affection qu'il lui avoit voüée.
Et afin de fe rendre encores plus recommandable vers elle, il lui fit un
jour ferment qu'il chemineroit par toute l'eftenduë de l'Afie, propofant devant tout le monde, qu'elle eftoit celle
fur qui la Nature avoit le plus efgayé
fes induftrieufes mains pour la rendre
accomplie, & que jamais il n'eftoit forti
d'entre fes plus riches ouvrages, une
Dame en laquelle efclataffent tant de
beautez & tant de perfections. Il lui pro-
mit de jamais ne deveftir fes armes,
qu'il n'eut fait advoüer ces paroles, avec
les efforts de fa lance & de fon efpée,
par toutes les Villes, par toutes les Cours
des Princes, & par tous les lieux où il
paffëroit.

Ainfi Francard fe met à picquer à travers l'Afie, & les premiers qui efprou-
verent les forces de fon bras, furent
Dulicon, Thifbe & Algarde, effroyables
Geans, lefquels il renverfa fur la terre;
puis il vainquit Olbrand Roy de Tyr,
& tous ceux qui voulurent combattre
contre luy, quelques forts & vaillans
qu'ils fuffent, & quelque adreffe qu'ils

euffent à manier les armes, foit la lance,
foit l'efpée. De là il arriva en Babilone,
où eftant entré au combat avec un mon-
ftre, demi Homme & demi Leopard,
il le vainquit en la prefence du Sou-
dan.

Francard reprenoit defia le chemin
pour aller rendre compte de fes actions
à la Princeffe, glorieux de fe voir chargé de tant de defpoüilles arrachées des
mains ennemies, lors que paffant à travers les Indes, fes adventures le guiderent auprès d'un Temple merveilleufe-
ment riche & fuperbe à le voir. Ce
Temple eftoit nommé le Temple de la
Beauté, d'autant qu'il refferroit dans
fon enclos les portrais des plus belles &
parfaites Dames qui font maintenant,
qui feront cy-après, ou qui ayent jamais efté. Mais cinq ou fix Damoifelles
entr'autres y eftoient figurées, eftima-
bles par deffus toutes celles des fiecles
paffez, du prefent, ou des futurs : & ces
tableaux eftoient fi naïfvement élabou-
rez, qu'il n'y eut eu perfonne qui ne
les eut pris pour leur naturel propre.
Auffi tels ouvrages n'eftoient-ils jamais
fortis des mains des hommes. Un excellent Magicien les avoit autresfois fait
faire par des Demons, & avoit pofé à
la garde de toutes les entrées du Tem-

ple, des animaux eſtranges & eſpouvén-
tables ; de ſorte qu'il eſtoit impoſſible à
qui que ce fuſt , de voir ce qu'il tenoit
reſſerré de beau & de delectable, s'il ne
combattoit premierement contre deux
beſtes horribles , & s'il n'en demeuroit
victorieux ; mais la terre ne ſçauroit
avoir produit de Monſtre ſi cruel & ſi
inhumain ſoit-il , qui puiſſe engendrer
de la crainte dans l'ame de Francard ,
car il eſt trop bien pourveu de hardieſſe, de valeur & de forces. Sa curioſité
le porte , ayant ouï ce qui ſe diſoit de
ce Temple , de le vouloir conſiderer de
plus près , ſans apprehender nullement
la fureur des animaux qui le gardoient,
& qui avoient autresfois accourci les
jours de pluſieurs , qu'une pareille audace que la ſienne avoit conduits en ce
lieu. La crainte ne l'empeſche pas de
faire deſſein en lui-meſme , d'eſgaler
tout ce ſuperbe édifice à la hauteur
de l'herbe , ſi le portrait de la belle
qui cauſoit en lui tant de feux , ne ſe
trouvoit placé dedans , en l'endroit le
plus digne & le plus éminent de tous.

Il ne fut pas ſi toſt arrivé joignant le
Temple, qu'il s'en rendit par force l'entrée libre , paſſant au fil de l'eſpée tout
ce qui ſe voulut oppoſer à lui : & s'eſtant advancé juſques dans le milieu , il

se mit à contempler tous les beaux ouvrages qui lui servoient d'ornement, ce
qui lui fit bien tost oublier le dessein
qu'il avoit avant que d'entrer; car il vit
tant de graces, de beautez & de perfections assemblées en ses peintures vives,
qu'il s'accusoit de peu de jugement d'a-
voir fait si grand cas de celles de Clarinée, & bien-tost il sentit s'esteindre
en lui le chaud desir qu'il avoit eu de
la servir. Il faut confesser, qu'encores
que la Nature se fust monstrée assez liberale envers cette Princesse, de ses dons
les plus illustres & les plus precieux, il
se trouvoit là des visages si fort accom-
plis, que le sien auprès lui sembloit des-
nué de toute sorte de beauté. Son portrait aussi n'estoit pas entre tant d'excellentes peintures, qui servoient de ta-
pisserie à ce Temple, d'autant que le sage Magicien ne l'avoit pas estimé digne
de ce lieu; & s'en fust bien encores
trouvé un bon nombre d'autres capables
de donner de l'amour, qui pourtant n'y
avoient point eu de place.

Au pied de chacun de ces agréables
tableaux, se voyoit escrit en grosses lettres d'or, le nom de celle qu'il representoit, sa patrie, & le sang dont elle
estoit issuë, & encores estoit amplement
declaré l'estime que l'on en devoit faire,

re , & quand , . & en quel temps le fort
favorable devoit enrichir le monde de fa
beauté. Mais entre toutes les Dames du
fiecle prefent, des fiecles paffez , ou des
fiecles futurs, de qui les beautez fe font
trouvées dignes d'avoir des portraits
dans ce Temple , il s'en rencontra une
que l'on recogneut s'appeller Clarice,
par le nom qui eftoit efcrit deffous , les
attraits de laquelle ont tiré le cœur de
Francard dans des flammes beaucoup
plus vives , que ne pouvoient pas eftre
les premieres qui l'avoient efpris. Soit
qu'il y ait efté contraint par quelque fe-
crette deftinée , foit que la beauté de
cette Dame paroiffe eftimable par deffus
toutes les autres, ou foit pour ce qu'elle eft vivante , & en fa plus agréable
faifon (ce qui peut donner quelque ef-.
perance à ce Prince , d'en pouvoir eftre
un jour poffeffeur , ›› & c'eft ordinai- «
rement l'efperance qui engendre l'a- «
mour en nos ames.) ›› Tant y a que c'eft
fur elle que toutes les affections de Francard font maintenant tenduës. Il ne laiffe
pas d'eftimer avec admiration les beautez qui fe voyent figurées dans les autres tableaux , mais c'eft pour Clarice
feule qu'il foufpire, qu'il gemit & qu'il
brufle. Il fe mit en devoir de prendre
cette belle image ; afin de l'emporter

H

avec foi, combien qu'elle fuft fufpen-
duë tout auprès de l'Autel facré, au
deffus duquel, & tout vis-à-vis du Simulacre de la Déeffe de Cypre, refplen-
diffoit la lueur d'une lampe, faite d'un
fin & luifant criftal : mais il fut empefché d'enlever le portrait de fa place, par
l'admirable fcience d'Anacre, de qui l'enchantement ne laiffoit pas de durer, encores qu'il fuft decedé il y avoit defia
un bon nombre d'années. C'eftoit Anacre que s'appelloit le Magicien, autheur
de tant de belles chofes, & que pour fa
puiffance extraordinaire, l'on pouvoit
nommer à bon droit un nouveau Zó-
roaftre, ou un nouvel Atlas.

Francard voyant que fes peines eftoient perduës, & qu'il ne pouvoit venir à bout du rapt qu'il avoit deffeïgné
d'executer, fe refout de faire faire plufieurs portraits de cette figure aimée,
en papier, en toile, en bois, en marbre & en bronze ; & pour cet effet, fit
venir un bon nombre d'ouvriers fi excellens, qu'à peine s'en trouveroit-il
qui les fecondaffent, les images defquels
on eut pris pour la chofe vivante ; car
toutes avoient le mefme air, & fembloient faire les mefmes actions, & en
toutes fe remarquoit la mefme gentilleffe en chacun de leurs membres. Avec

ſes aimables portraits, Francard ſe procura à lui meſme, durant l'eſpace de quelques jours, une gracieuſe & delectable tromperie, juſques à ce qu'enfin le faſcheux Tyran des ames, ne lui a plus voulu permettre de tenir ſes contentemens bornez dedans de ſi vaines & de ſi fauſſes delices ; mais il lui a empreint un deſir ſur le cœur, qui le bruſle & le conſume plus vivement qu'il n'a jamais eſté. Il ne veut plus embraſſer une ombre muette, & à quelque prix que ce ſoit, il veut joüir de la choſe vraye & vivante, pour faire prendre fin à tant de trompeuſes attentes qui l'ont ſeduit juſques ici. De ſorte que ne pouvant plus endurer tant de feux, dont le braſier & les flammes s'accroiſſent journellement, il a envoyé vers l'Empereur, afin de s'offrir à luy pour l'aider à dompter entierement la puiſſance des Afriquains, & les faire dans peu de jours abandonner l'Europe, ſans qu'ils puiſſent jamais à l'advenir y poſſeder aucune place, au cas qu'il plaiſe à ſon Imperiale Majeſté de luy donner pour eſpouſe la belle & vertueuſe Clarice, ſœur du Roy des Gaſcons.

Il ſçait aſſurément qu'elle eſt ſœur d'Ivon, qui commande ſur la Province de Gaſcogne, duquel l'Empereur peut

disposer à sa volonté comme de son vas-
sal, & sujet de sa Couronne Imperiale,
ayant appris toutes ces choses partie par
l'escrit du tableau qui l'a rendu si fort
espris, & partie de la bouche d'un Gentilhomme de sa suite, qui avoit eu cognoissance particuliere de tous les Seigneurs de France. Que si sa demande luy
est accordée, comme c'est la croyance
de tout le monde, & le bruit commun
qui court dans l'armée, il permettra à
la nouvelle Reine de retenir tousiours
la religion & la foy de ses Ancestres,
si elle luy semble la meilleure & la plus
vraye; & lors qu'il naistra de leur Royale couche des successeurs à la puissante
Couronne d'Armenie, il veut qu'ils
soient aussi tôt portez au Baptesme, &
qu'ils suivent tant qu'ils vivront la Banniere de Christ, comme font tous les
Peuples sujets au Sceptre François. J'ay
esté celuy qui a proposé ces conditions
à Charlemaigne, ne luy ayant pas tenu
caché ce que j'avois charge de luy dire
outre cela, que s'il denioit ce contentement à Francard, rejettant une demande si honorable, il se disposoit de joindre ses forces avec celles des Mores,
pour le despouiller des Royaumes qui
luy rendent obéissance, & puis enlever
Clarice, malgré tous ceux qui se vou-

droient oppofer à fes armes victorieufes. Mais l'Empereur m'a fait une fort
honnefte & benigne refponce, pleine de
courtoifie & d'efperance, fans avoir
pourtant rien voulu arrefter, s'eftant
excufé fur ce que ce n'eftoit pas à luy de
refoudre cette demande inopinée, puis
que Clarice avoit encores fa mere & fon
frere, defquels la conclufion d'une telle
affaire defpendoit immediatement : ce
qui me fit auffi-toft aller trouver Ivon
en fa tente, auquel ayant fait entendre
le fujet de mon Ambaffade, il m'a fait
refponce, que devant que de m'engager
fa parole, ou bien de m'ufer d'un plein
refus, il eftoit bien neceffaire qu'il fceut de
Clarice, fi fes affections ne panchoient
point de quelque autre cofté. Je veux
avant que de rien refoudre, ce me dit-il,
fçavoir de ma fœur ce qu'elle a dans la
penfée, & fçavoir auffi quelles pourroient
eftre les intentions de la Reyne noftre mere, d'autant qu'elle a plus de pouvoir que
perfonne fur les volontez de Clarice.
Aprés que j'eus oüy la refponce d'Ivon, je
me mis en chemin pour venir trouver cette belle, afin de ne rien oublier de ce qui
depend de la charge d'un Meffager fidelle & affectionné, & ceux que l'Empereur m'avoit donnez pour guides fe font
par hazard efgarez de moy en traverfant

les facheux paſſages des Alpes. Voyla,
Chevalier, le ſujet qui m'a fait quitter le
camp pour venir en ces quartiers ; mon
diſcours vous peut avoir eſté ennuyeux,
pour avoir pris ſon commencement un
peu de loing, & pour luy avoir donné une
aſſez longue ſuitte : mais je ſuis bien aiſe
que vous ayez une pleine connoiſſance de
ma negociation, afin que ſi vos perſua-
ſions peuvent quelque choſe vers cette
Dame, & que l'occaſion s'en offre à vous,
vous faſſiez enſorte qu'elle ne deſdaigne
l'une des plus belles couronnes d'Aſie, &
qu'elle ne ſoit point cauſe de voir reduire
la France au dernier point de ſa ruine.

Durant que le Chevalier Payen faiſoit
cette longue harangue, Renaud bruſloit
de colere & de deſdain, & s'en fallut peu,
que le deſpit ne le portaſt à luy joüer un
tres-mauvais parti ; à la fin il prononça ces
paroles :

Voſtre maiſtre, dit-il, monſtre avoir
l'ame bien mal-ſaine, & le jugement fort
aveuglé, s'il croit avec ſon eſpée, ou avec
ſa lance, faire entrer de la crainte dans les
cœurs des Chevaliers François ; qu'il
vienne, qu'il vienne nous aſſaillir, accompagné de toutes ſes troupes coüardes &
mal-duites au meſtier de la guerre, il ver-
ra bien-tôt la corne de ſon arrogance
émouſſée, & fouler deſſous les pieds ſon

orgueilleufe outrecuidance. Mais s'il ne
defire pas qu'un fommeil perpetuel, luy
tienne dans peu de temps les yeux fer-
mez ; & s'il refte encores le moins du
monde de fanté dans fon entendement,
qu'il ne parte point de fon païs pour venir chercher une femme fi loing, autrement les menaffes qu'il nous fait, feront
les funeftes arres de fa mort affeurée, que
vous venez maintenant marchander de fa
part.

Le Paladin laiffa là cet eftranger, emmenant avecques luy le Chevalier d'Ef-
pagne, lequel l'avoit tant prié de luy
permettre qu'il demeuraft en fa compagnie, qu'il avoit efté contraint de le luy
accorder, combien qu'il ne l'euft pas
grandement agreable ; Il pique fans plus
lafcher une feule parole, rendant l'air
embrafé du feu qu'il exhaloit de fon
eftomac, feu duquel fe formoient entierement fes foupirs, lefquels par-
toient fans faire bruit, d'auprés de fon
cœur, qui lors fouffroit un milion de
peines. Il paffe & repaffe plufieurs fois
en fa fouvenance, les difcours que luy
avoit tenus le Chevalier de la Sireine,
& Amour ouvre cependant les portes de
fon cœur affligé, avec des clefs empoi-
fonnées, afin d'y donner entrée à une
infinité de penfers, qui font autant de

boureaux qui le mettent à la torture,
tantoſt un deſir le chatoüille , qui luy
faict naiſtre un peu d'eſperance , & tantoſt il ſe trouve enveloppé d'une dou-
teuſe crainte , ores celuy-cy cede à la
force de celuy-là , & ores celuy-là cede
à la violence de celuy-cy ; bref ſa poictrine eſt devenuë un champ de bataille ,
où ſes paſſions ſe font une perpetuelle
guerre , de laquelle tout le dommage &
la perte retombent à la fin deſſus luy.
Pareille mutinerie ne s'eſmeut point dedans les campagnes de l'air , quand les
Aquilons couroucez oppoſent tellement
leur puiſſance les uns contre les autres ,
qu'ils font eſtre longuement en doubte
lequel d'eux tous ſe fera juger le plus fort.
Et lors les giroüettes des tours , & les
coqs des clochers ne ſe retournent & retournent ſi ſouvent , comme ſa fantaiſie
troublée ſe porte à divers effets , ſelon les
diverſes paſſions qui l'aſſaillent. Il mar-
che un long-temps avec une contenance
fort triſte , jettant piteuſement ſon regard
contre la terre , & tenant le ſourcil fixe
& demy fermé ; juſques à ce qu'il fait
rencontre d'une choſe , qui le retire de
cette profonde réverie , & luy fait élever
un peu la veuë pour regarder un ſpectacle
fort rare , & qui n'en avoit guieres d'autres qui le ſecondaſſent. C'étoit deux

guérriers

guerriers armez de toutes pieces, qu'une
docte & laborieuse main avoit élevez en
bronze en ce lieu ; ils estoient placez
tous vis à vis l'un de l'autre, semblans
avoir leurs visages remplis de menasses
audacieuses : leurs escus estoient estroi-
tement serrez dans l'une de leurs mains,
& de l'autre ils tenoient en l'arrest chacun une forte & nerveuse lance, qui
n'estoit pas du mesme métail que le reste
de l'ouvrage, mais le mesme ouvrier ne
laissoit pas de les avoir faites : ils avoient
au milieu de leur estomac chacun un
écriteau traversé, où sur l'un se voyoit
escrit en grosses lettres d'or TRISTAN,
& sur l'autre LANCELOT. Ce bronze
clair & luisant representoit leurs faces
comme vivantes, où le courage & la valeur se voyoient naïvement ciselez ; leurs
chevaux sembloient hannir dessous eux,
& fraper la terre de leurs pieds, & un
peu à costé d'eux se voyoit une belle &
droite colomne, haut eslevée, sur le
marbre blanc & poli de laquelle estoient
gravez quelques vers aussi en lettres d'or.
Renaud surpris d'estonnement, regarde
avec grande admiration ce bel ouvrage,
lequel pour sa rareté obscurcissoit l'honneur de toutes les images que Phidias
aye jamais taillées, voire de celles qui
sont sorties de la boutique de nostre in-

I

genieux Pilon, combien qu'il excellaſt
autant en ſon art par deſſus ce Sculpteur
de la Grece, comme celui-cy ſurpaſſoit
en induſtrie ceux qui s'en eſtoient meſ-
lez devant lui. Le Paladin s'approche tout
auprès du marbre, & voit que les vers eſ-
écrits deſſus étoient tels :

> Lancelot, & Triſtan, ces foudres de la
>   guerre,
> Eſprouverent ici l'effort de leur valeur:
> De leurs grands coups ruez, gemirent de
>   douleur,
> Cette foreſt, cet air, ce fleuve, & cette
>   terre.
> Paſſant de ces deux Guerriers par un art
>   admirable
> Elevez en ce bronze, avec des traits
>   ſubtils,
> Ce ſont leurs vrays portraits, & tous tels
>   furent-ils
> Quand ils firent entr'eux leur combat re-
>   doutable.
>
> Les lances qu'on leur voit, demeurerent
>   entieres,
> Aprés le rude choc de leurs corps élan-
>   cez :
> Auſſi ſont-elles d'os, & de nerfs, amaſ-
>   ſez
> En des pays lointains, d'aucunes beſtes
>   fieres.

Et pour deux Chevaliers en ce lieu je les
garde,
Qui les paſſent encore de force & de pou-
voir :
Celui qui n'eſt point tel, ne les ſçauroi
avoir,
Que de les arrracher jamais il ne s'ha-
zarde.

Le fils d'Aymon, qui avoit desja
ouy faire le conte de cette adventure ſi renommée, diſt au Payen (de qui
le tout étoit ignoré, & qui eſtoit demeuré muet de voir une choſe ſi eſtrange)
comme Merlin le plus grand de tous les
Magiciens, avoit eſté le Sculpteur de ces
parfaits onvrages, & qu'il avoit auſſi fait
autresfois, les deux lances fatales & ſans
pareilles, deſquelles il avoit fait preſent à
ces deux fameux Heros, lorsqu'ils faiſoient encores eſtimer leur vaillance parmi le monde : mais qu'aprés que ces deux
grands Guerriers eurent cedé à la violence des Parques, il eſleva leurs ſta-
tuës en ce lieu, tenans encores les meſmes lances, dont ils s'aidoient au combat quand ils vivoient, juſques à ce que
deux Chevaliers qui les ſurpaſſeroient
encores en proüeſſes, viendroient à leur
arracher des mains, & s'en rendre par ce
moyen poſſeſſeurs.

Isolier qui tenoit le premier rang entre les plus audacieux, commença à dire; Quand vous me devriez estimer plus temeraire que vous n'avez encore fait jusques icy, si veux-je esprouver une adventure si étrange; & tout aussi-tôt il estend la main dessus la grosse lance de Tristan, desireux d'en estre jouissant; mais la puissante statuë apporta de la resistance au dessein de l'Espagnol, & luy donna un si rude coup du gros de la mesme lance, qu'elle le jetta à la renverse. O combien cet enchanteur Merlin a fait des choses esmerveillables en France & en Angleterre! la pluspart d'elles sont tellement esloignées de l'aparence de verité, que l'on les prendroit pour des songes ou des vaines chimeres; Renaud porte à l'instant la main dessus la lance, ainsi qu'Isolier venoit de faire, & la veut arracher avec une grande force, accompagnée toutefois de quelque crainte, & lors la statuë de Tristan panche la teste, & desserrant le poing, consent que Renaud prenne la lance qu'un grand nombre de Chevaliers avoient tant de fois tasché d'arracher en vain, & l'image s'incline toute comme si elle eut voulu donner à entendre que la valeur de celui qu'elle representoit, n'avoit jamais marché d'égalité avec celle du Paladin,

Le simple garçonnet ne cueille point avec tant d'allegresse, le fruit encores demy meur d'un petit arbrisseau ; ny ce n'est point avec tant de joye, & d'une si brulante affection, qu'un indigent se jette sur un tresor, que sa bonne fortune hazardeusemeut lui a fait rencontrer, comme Renaud prend avec un contentement extreme ; cette nerveuse & massive lance : mais pour ce qu'il ne leur estoit pas necessaire de demeurer là plus longuement ; ils s'en allerent chercher autre part des adventures nouvelles.

ALLEGORIE.

Renaud qui s'efforce de conquerir l'escu d'amour, nous fait voir comme un courageux Amant porte avec facilité sa vie dans le danger, pour des causes frivoles & legeres. Les nouvelles qu'il apprend de Clarice, nous donnent à connoître que l'estat amoureux est sans cesse rempli de travaux continuels. Isolier, à qui la lance de Tristan est refusée, nous demontre que ce n'est pas assez d'avoir une temeraire hardiesse pour

I iij

venir à bout d'une entreprise difficile, mais qu'il faut qu'elle soit se-
condée d'une genereuse valeur.

CHANT IV.

ARGUMENT.

Renaud, & Ifolier, piquans le long des bords de la Seine, rencontrent une groſſe troupe de Guerriers, qui faiſoient eſcorte à un chariot rempli d'un grand nombre de Dames. Ils combattent rudement contre les Chevaliers, deſquels ils tuënt une partie, & mettent l'autre en fuite; & aprés ce grand eſchec, le Paladin enleve Clarice, & l'emmeine avecque ſoi laquelle lui eſt incontinent oſtée par un eſtranger, ce qui le fait demeurer en une peine merveilleuſe.

AInsi que Renaud, & Iſolier faiſoient fouler au pieds de leurs chevaux, le ſuperbe rivage de la Seine, ils aperceurent à l'endroit où l'onde rapide traîne ſa boüillonneuſe eſcume, depuis ſa naiſſante ſource, juſques dans le ſein de l'Occean, une Barque venir droit à eux, qui ſillonnoit doucement les molles & liquides plaines de l'eau, eſtant ſecondée d'un vent aſſez gracieux, lequel aiſoit enfler une belle voile de toile d'ar-

gent. Cette Barque eſtoit parée de tous
coſtez de fleurs, de rameaux verds, &
de tapiſſeries relevées d'or ; & dedans le
fond ſe voyoient aſſiſes deſſus de riches
bancs, pluſieurs belles & gentilles Damoiſelles, qui ſe monſtroient toutes ſi
bonnes ouvrieres, à couler leurs blanches & delicates mains, deſſus les cor-
des harmonieuſes de divers inſtrumens
de muſique, que leur agreable concert
ſembloit adoucir l'haleine des vents couroucez, & arrêter le cours de l'onde
fiere & ſourde : & les troupes eſcailleu-
ſes des poiſons, avec celles des vertes
Naïades, quittoient à la foule leurs de-
meures humides, afin d'avoir à la ſuite
de ce vaiſſeau, les oreilles chatoüillées
par des accords ſi delicieux.

Vis à vis de cette belle & Royale Barque, marchoit avec une pompe fort eſtrange, ſur l'herbeuſe rive du fleùve,
un grand Ghariot de triomphe, qui
portoit dans ſoy une troupe de Deeſſes
terreſtres : l'eſſieu duquel eſtoit doré de
tous coſtez, & parmi la dorure eſclatoit
une infinité de pierres Orientales, qui
pouvoient de leur ſplendeur eſclairer la
plus obſcure nuit : les roües eſtoient auſſi
dorées, mais diverſifiées en pluſieurs
ſortes, par des clous & des lames d'argent. Le deſſus de ce Char excellent eſtoit

fait en forme d'Imperiale, dont la couverture eſtoit d'un riche pourpre, où mille belles fleurs eſtoient tiſſuës, auquel une epaiſſe broderie de perles, ſemées plus dru que la greſle tombée, ſervoit de bordure, & l'alloit croiſant & traverſant en pluſieurs parts, en forme de paſſement : Les ſieges eſtoient faits d'un yvoire ſi blanc, qu'il eût peu faire honte à la neigeuſe teſte de l'Appennin, & tout cet ouvrage eſtoit ſi induſtrieuſement élabouré, qu'il eut fallu penſer un fort long tems, avant que l'on eut peu juger, ſi l'art ou la matiere s'y devoient le plus eſtimer. Dix Cerfs des plus grands qui ſe puiſſent voir, qui tous eſtoient d'un poil blanc & poly, & qui avoient leurs rameuſes cornes richement peintes & façonnées avec chacun un cercle à l'entour de leur col, d'un or luiſant & pur, qu'un eſmail induſtrieuſement appliqué, varioit en pluſieurs couleurs, trainoient cette ſuperbe machine, où Amour ſembloit être en ſa plus grande gloire ; le frein qui regiſſoit leurs bouches, eſtoit auſſi tout d'or maſſif, à chaque bout duquel paroiſſoient deux boſſettes artiſtement élabourées : & ces amiables animaux eſtoient guidez par des jeunes pucelles merveilleuſement duites à une telle œuvre : Alentour du Chariot, mar-

choit une centaine de Gueriers, montez sur des forts & puissans chevaux tous
couverts de riches & fines armes ; & tout
au beau milieu se faisoit voir un siege,
esleveé par dessus les autres, & plus richement paré que pas un, qu'une Dame pleine de reverence & de majesté
remplissoit , laquelle en son grave &
royal aspect, surpassoit les plus accomplies en beauté & en bonne grace : & à
l'entour d'elle une trouppe de belles &
gracieuses Damoiselles , placées en des
sieges plus bas , faisoient un agreable
cerne. Telle se fait voir la sœur du clair
Phœbus, alors que durant une sereine
nuit d'Esté ' elle se pourmeine dans son
pompeux Chariot par les vastes campagnes du Ciel, ayant autour de soy pour
lui donner meilleure grace, une infinité de lumineuses estoiles : Et telle ver-
roit-on la Deesse aux pieds argentez,
traverser les Provinces bleuës, avec la
brigades de ses legeres Nimphes, trai-
née par ses Dauphins azurez, durant
que les inconstantes ondes sont en leur
plus paisible tranquilité.

Si les beautez & les graces qui se des-
couvroient en toutes ces courtoises &
gracieuses Damoiselles , pouvoient de
leurs amoureuses douceurs, navrer des
playes mortelles & incurables, les poitri-

nes les plus dures, & les plus infenfibles,
voire efchauffer d'une amoureufe ardeur,
les montagnes les plus glacées de la froide Scithie, qui s'eftonnera maintenant fi
chaque ame bien née, pleine de gentilleffe & d'honnefteté, fe fent au vif
touchée des poignans efguillons de cette paffion? Tu ne fus pas exempt des feux
que tant de divins foleils eflancerent,
humide Divinité qui prefides fur les
flots de la Seine, & ta froide liqueur
n'euft pas la puiffance d'empêcher que
les ardentes eftincelles n'en defcendiffent
jufqu'au profond de tes murmurantes
ondes. Ainfi voit-on l'acier fortant de
la fournaife, s'enflammer encore d'avantage, fi l'on refpand deffus quelques gou-
tes d'eau.

Mais Renaud, qu'amour avoit dés auparavant affujetty, fent plus que perfonne, les effets de ces cuifantes flames;
fa vehemente paffion le fait demeurer
immobile, & n'y a que fon cœur palpi-
tant qui ne peut avoir aucun arreft, qu'il
ne s'envole à toute force dans le fein
ou fur le vifage aymé de fa Dame.

Entre toutes les Damoifelles qui faifoient compagnie à l'illuftre & majefteu-
fe Galleranne, efpoufe du grand Roy
des François, paroiffoit comme un Aftre,
cellepour qui le Paladin fouffroit de fi for-

tes douleurs, laquelle s'allant pourmener avec les autres fur le rivage de l'eau,
arreftoit fur elle feule, les yeux de tous
les regardans ; ce qui fit fentir à Renaud
de nouvelles ardeurs , l'ayant ainfi ren-
contrée fans y penfer. Et tandis que d'une
paupiere arreftée, il confidere les admirables traits de cette face amoureufe,
qui de fes douces œillades, attiroit les
ames au lieu le plus delectable du Paradis d'Amour , plufieurs defirs luy naif-
fent de cette comtemplation, & les diverfes
penfées qui l'affaillent , lui remettent devant les ïeux le difcours que lui avoit fait le
chevalier, contre lequel il avoit depuis peu
combattu , & qu'il avoit fi fort bleffé.
L'aprehenfion qu'il a que cette beauté ne
foit deftinée pour un autre, le fait arrêter
long-tems fur cette penfée, & le foupçon
qui le faifit, va rodant tout autour de
fon cœur, comme s'il vouloit faire là fa
demeure : le doueil n'offufque pas moins
fes contentemens, que la crainte trouble fes efperances. Et preffé à la fin des
peines que fes paffions lui font fentir au
dedans, il eft contraint de fe plaindre
de la forte.

Helas ! dit-il, verrai-je donc un autre,
eftre poffeffeur de cette beauté, en qui
j'ai mis toutes mes plus faintes affections ;
ma vie fera-t'elle donc privée de tant de

mielleufes delices, comme la feiche &
& arride Branche fe voit defnuée de
vertes fueilles? Ah! cruelles & fâcheu-
fes deftinées, & vous aftres malencontreux, quand verrai-je cefler mes maux,
& tarir les fources de mes larmes? ou
bien fi quelqu'autre fe rend joüyffant de
ce qui feul au monde peut caufer en moy
de l'allegreffe, quand fera-ce au moins,
que je verrai mes jours noircis d'une
éternelle obfcurité? Il eft bien neceffaire que je meure, puis que la mort eft
une douce vie, à ceux qui fouffrent en
vivant, des tourmens fi infuportables que
font les miens, & fi mon afpre & cui-
fante douleur, me veut dénier fon aide
pour m'envoyer là bas, cette main hardie fuppléera à ce defaut, & me ravira
bientoft, ce qu'auffi bien les années
m'ofteroient, quand elles auroient achevé leurs cours en moy. Il faut, il faut,
que je rende mes jours accourcis, afin
qu'eftant defchargé de la vie, je me fente
auffi dechargé des martyres douloureux
qui m'affaillent. Puis fe repentant de ce
qu'il venoit de dire, il reprend ainfi fon
difcours.

He quoy! dois-je avoir recours à la mort
fi je peux aporter d'autre remede à mes
facheufes peines? combien fuis-je privé
de fens de repaiftre ainfi mon efprit de
tant de fantofmes vains? je fais bien pa-

roiftre que la lumiere de ma raifon eft
tout à fait efteinte : car que me fçau-
roit-il arriver de pire, que la mort, fi
au lieu de me rendre content, comme
je m'imagine, elle m'ofte toute l'efperance que je fçaurois avoir, de joüyr
des aggréables douceurs de mon Soleil ?
& bien qu'au jugement de quelques-uns,
il femble que je fois indigne de l'avoir
pour efpoufe, attendu l'inegalité de mes
richeffes aux fiennes, fi eft-ce qu'encores que la fortune fe foit monftrée vers
moy fi peu liberale de fes faveurs, qu'elle
ne m'aye departy Empire, Royaume,
ny trefors, elle ne m'a point ofté les
moyens de parvenir par vaillance, & par
induftrie au but où j'afpire avec une
fi grande affection : il faut donc me refoudre à me deffaire de celui qui eft la
racine de mes triftes afflictions ; mais il
faut premierement que Clarice demeure
mienne, puis qu'une fi belle occafion s'en
prefente. Car quand je l'auray maintenant enlevée de vive force, & que j'auray puis après defpefché le monde de ce
Maran d'Armenie, qui feroit celui qui
me la viendroit contefter : & qui pourroit empefcher que je ne me joigne à
elle par un Himen faint & facré, fuivant
les couftumes ufitées entre nous ? & qu'a-
prés tout comblé de bonheur, je n'eftei-

gne mes défirs violens deffus fon delicieux & chaste fein?

Si toft que cette penfée lui fut venuë,
il fait figne à Ifolier qu'il fe tinft preft,
& cependant il met en arreft la forte
lance, qu'il avoit n'a guere conquife, &
s'étant aproché des chevaliers, dont la
troupe bien rangée entouroit de toutes
parts le fuperbe chariot, il les defie avec
une altiere contenance, & en paroles hardies d'efprouver leurs forces contre les
fiennes par une joufte.

Le Mayençois Oren, qui eftoit natif
de Bayonne, ayant ouy la guerriere fe-
monce du Paladin, dit à l'une des Damoifelles, que l'on apelloit Alde, au joug
de laquelle il avoit affervy fes volontez;
je vous promets, ma belle, & vous vous
en pouvez tenir affeurée, que je vous
rendray bientoft cet arrogant prifonnier
entre vos belles mains.

Tous deux piquent en même temps,
l'un d'un cofté, l'autre de l'autre, & pas
un ne porte fa lance à faute ; neantmoins,
la force des coups, & l'induftrie de leur
affiette, fe trouva grandement differente,
d'autant que la lance d'Oren ne fit que
glisser par deffus la cuiraffe de Renaud,
fans y laiffer aucune ouverture, & eftant
demeurée encore toute entiere, elle alla
par après fendre l'air & le vent: mais

celle du fils d'Aymon attrapa tout à plein
l'escu du Mayençois, qu'elle fendit droit
par le milieu ; & combien qu'auparavant il eut resisté à tous les efforts que
les ennemis de son maistre lui avoient
fait recevoir dans les combats, il n'eut
pourtant assez de dureté pour empescher
que le coup ne fut enfoncé vivement
dans le harnois, encore qu'il fut d'une
trempe diamentine, & que passant plus
outre, il ne fit dans le cœur d'Oren,
une bien plus dangereuse playe, que celle qu'Amour y avoit auparavant faite.
Ce coup si fierement poussé, remplit de
crainte les cœurs de tous les autres Chevaliers ; mais il combla le sien de colere & de rage, ô superbe Aridan ! voyant
ton fils avoir la vie esteinte, ton fils que
tu cherissois avec une si tendre affection,
& qui t'estoit plus cher que pas une chose du monde : ce fut aussi ce qui te fit
avancer de courir plus viste que le vent,
ayant la lance dans le poing, afin de vanger sa mort sur celui qui en estoit l'autheur : mais ton corps fit gemir la place de sa cheute ainsi qu'avoit fait le sien,
car l'effort de ton ennemy te fit bientost
culbutter sur la terre, tremblant & demy mort, adjoustant dessus toy honte
sur honte, & dommage sur dommage.
Le Paladin ayant encores sa lance toute
entiere

entiere, la remet de rechef en l'arreſt;
mais l'orgueilleux Galuen, qui ne ſe
promettoit pas moins qu'une victoire aſſeurée, partit à l'inſtant d'entre la troupe adverſaire, & piquant bruſquement
contre Renaud lui tint ces paroles avec
une haute & audacieuſe voix. Je ſuis tout
certain que cette premiere courſe fera
voir la fin de noſtre combat. Il n'eut pas
ſi toſt dit, que leffet ſuivit ſes orgueil-
leuſes menaſſes ; mais il eut un ſuccez
bien contraire à ſes intentions, car il receut la premiere attainte dans le milieu
du ſein, qui l'ayant rendu grandement
navré, lui fit perdre toute eſperance qu'il
ſe promettoit de remporter l'honneur du
combat.

Alors Renaud ſe rafermit entre les
arçons, & raſſemblant toutes ſes guerrieres forces, ſ'eſlança d'une hardieſſe
extreme, en l'endroit où la troupe des
Chevaliers lui ſembloit la plus eſpaiſſe,
& les atteignans, qui deçà, qui delà
avec ſa fatale lance, il n'en reſta pas un
qui lui peut d'avantage faire reſiſtance.
Tellement qu'en cette premiere fureur,
il en rendit trois eſtendus ſur la pouſſiere, privez de ſentimens & de vie; ſix
autres furent treſgriefvement bleſſez, &
quatre demeurerent eſvanoüys comme
ſi l'ame les eut eu abandonnez. Malheu-

K

reux est celuy-là qui ne trouve pas af-
sez de vitesse pour esquiver des coups
poussez d'une force si desmesurée; car
jamais vostre boiteux forgeron (Celestes
Divinitez) ne fit casque, Plastron, ny
cuirasse, pour couvrir les Princes Grecs,
ou les Princes Troyens, qui fut d'assez
dure & forte trempe, pour resister aux
rudes & furieux coups que le Paladin
redoubloit.

Isolier qui regardoit attentivement ce
combat si fort échauffé, où Mars se
faisoit voir avec une face terrible, voulut faire paroistre la valeur & le courage qui l'accompagnoient tousiours; & ses
belliqueuses fureurs lui ayans esguillon-
né l'ame, il empoigne une grosse &
pesante lance, qu'il met en l'arrest, avec
une vigueur extreme; & s'estant fermement accommodé sur la selle, laisse la
bride à l'abandon sur le col de son cheval, & le pique tant qu'il peut : il regarde entre les autres Arnanque le Ver-
ceillois, avec une œillade furieuse, lequel venoit d'atteindre Renaud de deux
grands coups, l'un sur le front, & l'autre dans le bras gauche; & continuoit
encores d'employer son pouvoir pour le
travailler, mais Isolier eut bien tost bar-
ré de rouge la casaque blanche qu'il portoit; car le coup qu'il lui donna, lui

fit fortir le fang de la poitrine, en une
fi merveilleufe abondance, que fes luy-
fantes armes en demeurerent toutes teintes de fang. Cela fait, il paffe outre, &
tandis que le fier Hermande hauffoit le
bras pour fraper ce nouveau Champion,
il lui fourra dans l'aiffelle fa tranchante
efpée, laquelle s'eftant faite voye entre
les veines & les nerfs, lui fit demeurer
long-temps le bras fufpendu en l'air, fans
qu'il le peut remuer, ny deçà, ny delà,
en eftant empefché par l'efpée; de forte que fon bras reffembloit proprement
à ceux là de cire, qui s'appendent aux
temples, alors que l'on y fait des neuf-
vaines.

Mais que les deux vaillans Guerriers
euffent faict des preuves fi eftranges de
leurs perfonnes, que la terre fe voyoit
en toutes parts baignée d'une tiéde fontaine de fang qui couloit par ruiffeaux
des corps de ces Chevaliers, neantmoins
chacun d'eux commençoit à fe bien
laffer, des rudes coups qu'ils avoient receus, & de ceux qu'il avoient donnez :
non pas que leurs corps fuffent entamez de playes, mais il leur fembloit
avoir les os tous moulus, & leur chair
devenoit noire & enflée. Et tout ainfi
que dedans les plaines areineufes de la
bruflée Libie, fi une troupe de Pafteurs,

suivis de leurs maſtins, s'acharnent en
une guerre ſanglante & horrible contre
peux eſpouventables Lyons, qui preſſez
de la faim cherchent avidement la proye
les peureuſes brebis ſe tiennent tapies entre leurs ruſtiques remparts, ne ſçachans
bonnement ſi elles y doivent demeurer
ou ſi elles doivent chercher leurs ſau-
vetez par une fuite, la crainte qu'elles
ont les empeſchent de trouver de la ſeureté ny à l'un, ny à l'autre. Ainſi les
belles & gracieuſes Dames demeuroient
ſpectatrices du combat; monſtrans ſur
leurs faces demy-mortes, combien leurs
ames eſtoient troublées, & combien elles eſtoient aſſaillies de triſteſſe & de
crainte. Et comme le ſort ſe monſtroit
favoriſer les partys diverſement, de meſme le dueil & les apprehenſions eſtoient
diverſes en elles; & à meſure que leurs
paſſions ſe changoient, leurs viſages ſe
monſtroient variables en couleurs.

Durant que cette bataille demeura
quelques temps en tel eſtat, que la fortune ne ſembloit pas rire pluſtoſt pour
un party que pour l'autre; un Chevalier
natif de la Province à qui l'Ourſe ſert
de Zenith, près de l'endroit où le Rhein
ſepare pluſieurs neigeuſes montagnes, par
le courant de ſes ondes, prit une lance,
avec une ferme aſſeurance, ce ſembloit,

d'en-jetter bien toſt le Paladin ſur le pré,
auſſi ne lui cela-t'il pas la creance qu'il
en avoit, mais il le vint aborder avec
un tel lengage :

Tu verras à cett'heure, malheureux,
la fin de tes victoires, & de ta vie tout
enſemble : il eſt temps de te ravir tant
de proſperitez, qu'il ſemble que tu vueil-
le eſtablir ſur nos propres ruines.

Mais ce ſuperbe ignoroit cependant ce
que le Ciel deſtinoit de faire de luy : car
ainſi qu'il parloit encores, Renaud lui bail-
la un tel coup de lance dans la bouche,
qu'il lui tronqua par le milieu la langue
& le diſcours.

Peu s'en fallut qu'il ne le culbutaſt
ſur la place, tant le coup eſtoit rudement pouſſé, auſſi l'euſt-il fait ſans doute, ſi Fauſte ne l'en euſt empeſché, le retenant à toute force ſur le cheval, combien qu'il fuſt lors aux priſes avecques
l'Eſpagnol, lequel lui donna une malheureuſe recompenſe de ſa pitoyable action, car il lui avala d'un ſeul coup de
tranchant, le bras, dont il ſouſtenoit
pieuſement ſon amy, & depuis, il en demeura eſtropié toute ſa vie. Mais encore
qu'il ſe viſt être privé d'un bras, il ne laiſſa pas aller le chevalier d'Eſpagne, ſans
tirer de lui quelque vengeance : il le pour-
ſuit comme vaillant & courageux qu'il

eftoit, & le bleffe grandement dans la main droite, & puis il lui defcharge plufieurs coups deffus les flancs, qui neantmoins ne lui firent pas grand mal : mais au mefme témps il atteignit Renaud d'une telle force, qu'il le fift demeurer tout eftourdi fur la felle. Tandis que le fils d'Aymon eftoit ainfi eftendu à la renverfe fur l'arçon, prefque efvanoüy de la rude fecouffe qu'il avoit reçuë, toute l'audacieufe troupe ennemie l'entoure; & entre les autres, un Chevalier Guafcon ayant levé le coutelas fort haut, pour le fraper d'une façon impetucufe, il le vint defcharger par mefgarde fur fon frere Corax, fe rendant par ce moyen le miniftre de fes propres infortunes. Ainfi cette rude attainte ne fit point de mal à celuy pour lequel elle eftoit préparée, & celuy que l'on n'eut point voulu fraper tomba deffus l'herbe, jettant une voix languiffante & plaintive, & ayant les cheveux tous enfanglantez du coup qu'il lui avoit fendu la tefte par le milieu.

A l'inftant, Renaud devint plus furieux que l'on ne l'avoit point encore veu, & f'eftant relevé brufquement, il court, il tempefte, & fait jour par tout où il fe rencontre : Il te fit bien fentir la puiffance de fon bras, infortuné Fernan-

de : mais tu l'esprouveras bien plus griefvement, miserable Nise, car l'un de vous
rougira la poussiere de son sang, pour la
blessure qu'il receut : & l'autre exhala
son ame, avec les soupirs que la douleur
de ses playes lui fit lascher.

Comme quand l'on voit un rapide to-
rent precipiter ces ruineuses ondes du
plus haut sommet du sourcilleux Apen-
nin, dans le fond des voisines vallées,
l'on reconnoist bien d'avantage la violence de ses flots bouillonneux, s'ils rencontrent de l'obstacle aux passages qu'ils
veulent prendre : Ainsi le courage &
l'audace semblent s'accroistre dans le cœur
du Paladin plus il trouve de resistance
parmy les ennemis, & tant plus se sent-
il assailly par eux, tant plus fait-il recognoistre en luy de force & de generosité. Les merveilleux efforts de sa valeur mirent tellement l'espouvante dans
l'escadron adversaire, qu'ayant perdu
cœur, & par mesme moyen l'esperance
de pouvoir vaincre un si redoutable Guerrier, chacun se met à la fuite, qui deçà, qui delà : & Renaud bannit à l'heure mesme, la fureur & la colere que l'a-
nimosité du combat nourrit dans une ame
courageuse, autant comme il a de durée : mais venant puis après à finir, l'ire
en est aussi-tost esteinte. Et voyant tous

ſes ennemis épars par la campagne, que
la crainte preſſoit de picquer à toute bride, pour eviter les horreurs du tom
beau, il retient le mors de ſon cheval,
& ſe retourne avec une face gaye, ver
la troupe affligée des Dames, qui monſtroient bien à leurs paſles viſages, le
deuil où les cœurs ſe trouvoient envelo-
» pez. Certes la courtoiſie ne ſert pas
» moins de parure à la valeur, que les
» perles & les rubis à l'entour d'une cou-
» ronne de fin or. Auſſi le Paladin ſe
monſtra-t'il autant courtois à l'abord de
cette belle & illuſtre compagnie de Dames, comme il venoit de paroiſtre courageux & vaillant à la deffaite de leurs
Chevaliers. Il leur fait à toutes de fort
humbles & honneſtes reverences, & jettant un regard fixe vers la majeſteuſe Galleranne, lui tint un ſemblable langage.

　Grande Reyne, de qui le ſceptre puiſſant, regit avec tant de bonheur les Gau-
loiſes Provinces ; c'eſt avec tout le regret du monde, que je ſuis contraint de
faire devant vos yeux, une acte que je
ne devrois ſeulement penſer en voſtre
Royale preſence : veu meſme que tou-
tés mes intentions & mes volontez, ne
ſont tenduës qu'à vous rendre les reſpects
& les honneurs, que chacun doit à une
telle Princeſſe : Mais Amour, le cruel
tyran

tiran des jeunes ames, me contraint à cette
vilaine & malcourtoise action. Il faut que
je tire une Dame d'entre celles que vous
avez à voſtre ſuite, & que je l'emmeine
autre part avec moi. Ce Demon qui met
ſans-deſſus deſſous les ames les plus fermes & les plus conſtantes, s'eſt acquis
une telle ſeigneurie ſur la mienne, que
la reſiſtance que ma raiſon ſçauroit maintenant faire contre ſes efforts, ſe trouveroit tout à fait vaine. Voſtre Majeſté
tiendra donc s'il lui plaiſt pour excuſer
ma folle temerité, conſiderant que les
fautes des Amans doivent eſtre trouvées
legeres, quand elles ſont commiſes pour
poſſeder le bien que leur paſſion leur
fait deſirer : à afin d'effacer la coulpe d'un
tel forfait, je me rendray prompt toute
ma vie à vous rendre des ſervices très-fi-
de les & très-affectionnez.

Il n'eut pas ſi toſt achevé ſon diſcours,
qu'il enleve de force Clarice hors du Cha
riot, laquelle ſe ſentant ainſi tirer à l'improviſte demeura ſtupide & ſans pouvoir
parler ; & ſon ſang, qui de la frayeur
qu'elle eut, ſe retira tout à l'entour du
cœur, lui laiſſa le viſage de la couleur
d'un mort. La Reyne voulut bien s'oppoſer à ce rapt ; mais tout ce qu'elle put
faire demeura inutile, car le Guerrier
ne voulut point quitter une ſi douce

L

proye, quelques prieres ou quelques menaffes qu'on lui fceut faire. Il monta la
Damoifelle fur une hacquenée du meilleur amble qu'il s'en fut peu rencontrer,
qui fe trouva là fort à propos, & fe mit
à picquer pour la conduire en quelque
lointaine contrée, où chacun d'eux fuft
incognu, la pucelle le fuit avec des paupieres humides, qu'elle tient toufiours
tournées vers la plaine, où elle laiffoit
fes compagnes, & fes yeux, divins Soleils, lafchoient une infinité de larmes,
lefquelles en guife de precieufes perles,
venoient arrozer les lys, & les rofes vermeilles qui commençoient à recolorer fa
fa belle face : Renaud, qui lit dans le
le vifage de fa Dame la douleur exceffi-
ve qui la travailloit, s'attrifte & fe plaint
en lui-même pour l'aprehenfion qu'il a
d'encourir fon defdain : c'eft pourquoy il
s'efforce de lui banir du cœur ces me-
lancoliques humeurs, & afin qu'elle n'eut
point un fi grand defplaifir de cheminer
en fa compagnie, il tafche de l'adoucir
avec les plus humbles actions, & les plus
douces paroles qu'il lui eft poffible d'in-
venter.

D'où vous peuvent naiftre, Mademoi-
felle, lui dit-il, toutes ces facheufes plaintes, & ces ameres triftéffes ; Ponrquoy
couvrez-vous ainfi vos claires & Angeli-

ques lumieres deffous le voile obfcur de
la douleur? Peut-eftre que ce que vous
eftimez fi fort infuportable, fe fait pour
voftre bien, & pour voftre contentement ;
& ce qui fert maintenant de fujet à voftre affliction, fervira poffible de fonde-
ment à voftre entiere felicité. Pour Dieu,
ma belle, effuyez ces humides larmes,
& temperez le dueil noircy qui vous op-
preffe le cœur : Ce n'eft pas pour vous
faire aucun outrage que je vous ai enlevée, & que la terre s'ouvre pluftoft ponr
m'abifmer en fes plus baffes entrailles, que,
je vouluffe jamais vous donner occafion
de troubler la ferenité de ces deux aftres:
Il n'y a perfonne avec qui vous puiffiez
plus trouver de feureté qu'avecques moy.
veu que mes affections demeurent bor-
nées par vos volontez, & que jamais aucune chofe ne peut entrer en mon défir,
que vos beaux yeux ne l'ayent premierement agreables, puifque je ne voy rien
que par leur feule clarté. Il lui dit tout
de fuite, comme il ne l'avoit point em-
menée, porté par une folle & legere affection, ou guidé par un appetit avcu-
gle & defreglé : mais qu'il s'y eftoit conduit par jugement & par prudence. Et
là deffus il lui fait au long le difcours,
de ce qu'il avoit apris du Chevalier de
la Sireine , adjouftant encores beaucoup

du sien, afin de faire estimer ses paroles plus vrayes ; & finalement, il lui dit quel il estoit, & luy descouvrit son visage Martial, & sa perruque dorée.

Comme lors qu'à travers des nuës, les freres de la belle Grecque, descouvrans leurs amiables feux, les ondes & les vents iritez se calment incontinant, & l'horrible & obscure tempeste appaise tost après sa violence ; Ainsi le Paladin ne se fut pas si tost desbouché les yeux d'où sortoit un nombre infini de vives estincelles d'amour, que la mer de douleur, & les vents des souspirs & de la crainte, se rendirent tranquilles dans le cœur de Clarice, auparavant agité d'un orage terrible.

Cette Belle contemploit son Amant avec des pudiques regards, remplis toutesfois de mille douceurs attrayantes ; & le Guerrier jette des œillades pleines d'affections & de desirs, tantost sur le gracieux visage de sa Dame, & tantost sur sa poictrine d'yvoire, & devenu plus audacieux, il se veut tant émanciper, que de parvenir au dernier & principal poinct, qre l'amour fait souhaiter si ardemment ; aussi ne s'en faut-il esmerveiller, encores qu'il eut fait une chaste resolution de de ne porter jamais jusques-là sa pensée, que ce ne fut après un sacré mariage ;

car la chaleur de fa verte faifon , & l'occafion qui fe prefentoit , alors , lui faifoient
aifément oublier toutes fortes de fermens
& de promeffes. Mais cependant qu'il
eſtoit preſt de vouloir alentir le cuifant
défir qui le brufloit, encores que Clarice aportaſt une grande refiſtance à fes efforts, & qu'elle fit tout fon poffible,
pour couper chemin à fes prétentions,
ils aperceurent un Chevalier, veſtu d'un
habillement de couleur noiré, lequel
picquoit droit à eux fon Cheval étoit d'un
poil noir & luyfant, & fon regard étoit
fi terrible, qu'il euſt fait venir de la crainte dans les ames les plus affeurées : il portoit un efcu, où fe voyoit defpeint uu
grand Dragon tout marqueté, lequel paroiffoit eftre au milieu d'un lac de fang :
& de tout loing, il commença d'élever
le vifage vers le Paladin, & de luy crier
à haute voix.

Où fuis-tu incenfé ? où portes-tu une
fi belle & fi défirable proye ? depefche-
toy de reftituer ton larcin, & me laiffe
entre les mains cette Damoifelle , depef-
che-toy de la laiffer te dis-je , ou fi tu ne
veux obeïr à mes paroles, je te feray fentir combien l'efpée qne je porte eſt tranchante & bonne.

Ifolier, qui venoit affez loing après
le Paladin, arriva juſtement comme l'ef-

tranger achevoit cette superbe harangue,
laquelle ne pouvant supporter patiemment, il mit aussi-tot la lance en l'arrest:
mais il fut desarçonné dés la premiere
rencontre, & se laissa lourdement tomber par terre, & lors ce Chevalier noir,
tenant une morgue encores beaucoup
plus fierre que devant, dit au fils d'Aymon, mon bras reserve pour toy une atteinte bien plus furieuse que celle que
vient de recevoir ton compagnon, si tu
est si temeraire, que de mesurer tes forces avec les miennes.

A ces paroles le Paladin se sentant excité d'une extreme colere, pique Bayard contre l'estranger: mais le cheval
choppa si rudement vers le milieu de la
carriere, qu'il tomba, & fut longtepms
sans pouvoir se relever. Renaud n'attendoit rien moins que cet accident; car il
ne lui estoit jamais arrivé: il se trouve
pourtant engagé soubs son cheval, & employe toutes ses forces & son industrie pour
le remettre sur pied, & se l'oster de dessus,
il le pique en vain, & c'est en vain qu'il lui
leve la bride, afin qu'il se redresse, il
fait tous les efforts dont il se peut adviser, & neanmoins, il ne le peut faire
souslever tant soit peu, ny de l'une, ny
de l'autre de ses mains, ce qui le fait devenir fol de rage, & de despit; il le bat

& le frappe tant qu'il peut , & fans regarder par où. Mais Bayard demeure toufiours contre fa couftume ordinaire, eftendu fur la terre, comme une inutile maffe, fans fe pouvoir nullement remuer.

Et tandis que Paladin perd inutilement fes peines, l'eftranger frappe la terre de fa lance, & tout à l'inftant, elle ouvre fi largement fon fein, que l'œil eut peu penetrer jufques à fes plus profondes abifmes; il fe fit lors un bruit merveilleux, d'autant qu'il falut que la nature obeit malgré elle à la force de l'enchantement: mais tout auffitoft (eftrange & nouveau miracle) il fortit hors de cette fente, comme fi la terre le vomiffoit, un effroyable Chariot, tiré par quatre grands Chevaux, plus obfcurs & noirs que la plus infernale nuict ne fçauroit pas eftre; leur bouche étoit toute teinte d'une fanglante efcume, une fouffreufe fumée fortoit de leurs ronflantes narrines, des flames demy-bleuës fembloient eftre dedans leurs yeux louches & felons, & toutes ces chofes affreufes, eftoient accompagnez d'un rauque hanniffement, & d'un fier battement de pieds de forte qu'ils imitoient, voire furpaffoient en horreur le foudre le plus efclattant que l'on aye jamais veu piroü-

piroüetter par les airs.

Le Guerier inconneu, charge deſſus cet épouventable Char, la paſle & craintive Damoiſelle, eſtant plus que de-my morte d'eſtonnement & d'apprehen-ſion, & puis ſe met ſur le devant pour ſervir de Cocher, il touche en meſme tems ſur les chevaux qui ſe mettent au galop, & Iſolier encore tout eſtourdy de ſa nouvelle cheute, ſe remet en-ſelle, & court haſtivement après : mais les roües marchent d'une ſi terrible viteſſe, que c'eſt tout ce qu'il peut faire de les ſui-vre avec les yeux. Renaud cependant, s'enflamme de fureur & d'ire de ne pou-voir apporter aucun ſecours à ſa Dame, laquelle s'en va comme le timide Che-vreul, qu'un Loup cruel & affamé a de nouveau ravi, infortuné qu'il eſt, il ne luy eſt rien demeuré de l'allegreſſe infi-nie qui n'a guierre le poſſedoit, tous ſes contentemens ſe ſont changez en deſplai-ſirs, & de rage & de douleur qu'il ſent, il ſe mord les levres, & ſe fait craquer les dents les unes contre les autres.

ALLEGORIE.

Renaud qui occit les Guerriers de Gallerane, & emmeine Clarice : demonstre comme l'Amour & la jalousie jointes ensemble, induisent quelquesfois à faire des choses violentes, & injustes, & qui tournent mesme au prejudice de la chose aimée, Clarice que Maugis lui enleve, comme il est sur le point d'en tirer la jouyssance : nous fait cognoistre, combien les plaisirs de l'amour sont fuyards, & que le plus souvent, lorsque nous pensons estre proche de la fin desirée, c'est lorsque nous nous en trouvons plus esloignez.

CHANT V.

ARGUMENT.

Renaud pique aprés celui qui lui vient d'en lever Clarice, qu'il perd incontinant d veuë, dequoy il s'afflige amerement. I fait rencontre d'un jeune pasteur, duque il escoute les regrets; lesquels provenoien des peines que l'Amour lui faisoit endurer Le Paladin lui fait le recit de celles qu'i souffroit pour la même cause : Puis ayan apris quelques particularitez du Temple d'Amour, il s'y acheminent ensemble, où l'Oracle leur donne esperance de voir un jour leurs travaux recompensez.

L'O n avoit desja perdu le Chariot de veuë, & ses rapides roulemens avoient eslevé dans l'air une obscure poussiere, laquelle venant de plus en plus à s'épais- sir, embrunissoit la face sereine du Ciel; Quand Bayard s'estant relevé de terre, avec une ardente furie, fait plus de mil- le bonds, & plus de mille tours; il mons- tre bien comme l'esperon lui est sensible, & comme il est leger à suivre la main, d'autant qu'il est délivré de l'estrange en-

chantement. Le Paladin, bien qu'oppreffé de douleur, ne laiffe pas de reprendre courage, voyant fon cheval relevé :
il commence à le battre & à le picquer
de toute fa force, par le chemin que les
roües avoient laiffé imprimé de leur fuite. Le Deftrier va fi vifte, & change
fi fouvent fes affietes, que la terre ne garde aucunes traces de fes pieds : il va fi
rapide, qu'il femble un oyfeau, lequel
fendant impetueufement le vague de l'air,
fe fouftient balancé fur l'effort de fes
aifles.

La nuée devenoit toujours plus épaiffe, & petit à petit vint à s'eftendre tellement que les yeux d'un mortel, quand
c'euft efté mefme ceux de Linx, n'euffent pas fceu penetrer outre la longeur
de deux braffes. Le Ciel ayant troublé
fon agreable afpect, fait tomber foudain
une ravageufe pluye, de forte que Renaud ne fçait où fon cheval le meine,
& ne laiffe pas pourtant de piquer, pour
tafcher de recouvrer fa perte, toutefois
il dreffe la courfe de Bayard avecques
jugement, & continuë fon chemin à bride avalée, tellement qu'il ne donne aucun loifir de refpirer à fon cheval. Mais
quand le blond Apollon vint à def-atteler
fes Courfiers du joug, pour fe plonger le
chef dans les ondes ; la nuée s'ouvrit en

deux parts, & disparut incontinent en
s'évaporant parmi l'air, & lors Renaud
ne vid plus aucune marque du Chariot,
ni ne trouva plus Isolier auprès de luy.

Rien ne paroissoit plus devant ses yeux,
sinon la Seine, qui de ses ondes serpen-
teuses alloit separant la terre en deux
parts; & les arbres qui bordoient ses humides bords, qu'à peine encores les tenebres de la nuict qui s'avançoit, luy
permettoient-elles de voir. Mais qui se-
roit-ce qui pourroit avec la plume &
l'encre escrire seulement une partie
diverses passions dont l'esprit de ce Chevalier fut agité, durant qu'il fut en ce
lieu desert! Cette charge se trouveroit
par trop pesante pour les espaules d'un
mortel, & encores ne se trouveroit-il entre les Dieux que toy seul, Prince des
des montagnes Aganippides, qui s'en
peut tirer à son honneur. Son dueil into-
lerable lui pensa chasser l'ame du corps;
l'on vid l'heure qu'il perdroit tout à fait
le sens : & fut sur le point de se percer
le cœur avec son propre poignard : Il faillit à se lancer au milieu des vagues profondes, afin d'y esteindre sa tristesse &
sa vie: Ses soupirs enflammez dont l'es-
paisse vapeur eut peu obscurcir l'air, les
ameres plaintes qu'il faisoit sortir à la foule hors de son estomac, toutes ses lar-

mes, & ſes regrets lamentables n'eſtoient
rien que les moindres ſignes de la douleur qui l'oppreſſoit. Et neanmoins durant cette perplexité « l'eſperance ne «
laiſſa pas de le venir chatoüiller : auſſi «
ne meurt elle jamais en nous , tandis »
que notre corps ſubſiſte, & ſi quel- «
queſfois les maux dont nous ſommes «
aſſaillis, la rendent un peu foible & de- «
bille, elle ne demeure pourtant pas eſ- «
teinte, ains elle s'efforce toujours de «
penetrer les nuages de noſtre deſeſpoir «
& combat perpetuellement contre nos «
afflictions. »

L'eſperance, dis-je , tempera ſi bien
les ameres paſſions qui tourmentoient
le Paladin , & ſçut ſi dextrement adoucir ſon ame , qu'il ne ſe laiſſa pas emporter à la douleur ; mais il ſe reſolut
enfin d'aller cherchant ſa Clarice en
quelque part que le Soleil peut darder
ſes aimables raïons , ſoit durant que la
frileuſe ſaiſon rend les campagnes enfa-
rinées , ou ſoit durant que l'amante de
Zephyre tapiſſe les jardins de roſes &
d'œillets , & de ne point quitter cette
queſte qu'il n'eût recouvert la belle ,
qui tient ſon ſiege ſur la cime de ſes
penſers , quand bien la revolution de
pluſieurs fuïardes années lui devroit
griſonner le chef, tandis qu'il feroit cet
exercice.

Il ne demande feulement qu'à fçavoir le lieu où elle peut eftre, car il ne
doute point qu'il ne vienne à bout de
l'en tirer, malgré tout ce qui fe pourroit oppofer à lui, voire quand tous les
guerriers qui fe trouveroient depuis le
Nort jufques au Sud, fe feroient joints
enfemble pour fon dommage ; fes forces
lui font defia affez cogneuës les aïant
éprouvées en diverfes rencontres, &
l'amour ne fait naiftre en lui que trop
de hardieffe pour executer fes projets.
Ainfi le Chevalier s'en va tout à travers les plaines, comme noïé dans fes
amoureux foins, & comme enfeveli
dans fes profondes penfées : fi d'aventure il fait rencontre de quelque paffant par le chemin, il ne lui dit un feul
mot, ni même ne le regarde pas, & di-
roit-on à le voir qu'il a perdu l'ufage
de la parole & de la vûë. Il s'oublie
foi-même avec toute autre chofe, pour
tenir fon imagination arreftée fur le vifage qu'il adore, & s'il lui entre en la
fantaific de parler à l'abord de quelqu'un, il s'enquiert feulement fi par
fortune l'on n'a rien oüi dire de fa
Dame.

Tandis que Renaud pourfuit fon
chemin, n'aiant pour toute compagnie
que fes foucieufes penfées, le fon d'une

trifte & dolente voix , comme d'un
homme grandement outré de douleur,
lui vient frapper les oreilles. Le courageux guerrier pique incontinent Bayard
du cofté d'où il entend venir ce pitoïa-
ble bruit , fuivi toufiours de quelque
vaine efperance , car elle ne s'éloigne
jamais gueres des amans ; & il apperçut
auffi tôt un fort beau jeune homme affis
à l'ombrage d'un Pin brancheux , l'âge
duquel paroiffoit eftre des plus propres
à faire offrande à la belle Cyprienne ,
veu qu'il eftoit en la faifon qu'amour
fe fait entierement maiftre de nos volontez : fon menton eftoit encore net &
poli comme l'yvoire le plus fin, ou l'argent le plus efpuré , & ne voïoit-on
point aucune apparence qne le cotton
voulût commencer à paroiftre deffus :
fon veftement eftoit à la façon d'un
Pafteur , compofé d'une peau blanche,
femée par endroits de petites taches
noires , & une couronne de laurier &
de mirthe alloit entourant fa chevelure
dorée : des bottines de maroquin bleu-
celefte fervoient d'ornement à fes jambes difpoftes & droites , & à fes pieds
bien formez , le couvrans jufques au
deffus du genoüil, lefquelles eftans fen-
duës par le cofté, des nœuds de taffetas
verd-naiffant & jaune-doré en rejoi-

gnoient l'ouverture. Tel sans doute parut le blond Eudimion devant l'errante Cynthienne, lors qu'entourée de songes & de phantosmes nocturnes, elle abandonna son cercle pour le venir baiser à souhait sur une montagne de Carie, passant doucement auprès de lui la meilleure partie des heures de la nuit. Et telle apparoist le plus souvent l'estoille tant cherie par l'amoureuse Avancouriere du jour, alors qu'elle sort de l'Occean avec un visage raïonneux & coloré.

Ce beau Berger se plaignoit en de si pitoïables accens, qu'il eût peu esmouvoir à compassion les furieuses Ourses, encores qu'il ne s'y retrouve aucune humanité ; ses vermeilles joües, & ses yeux, qui pour leur clarté pouvoient faire naistre un nouveau jour, estoient remplis d'une tiede rosée, & les chauds soupirs qu'il faisoit sortir du fond de son cœur, enflammoient l'air tout à l'entour.

Helas ! Amour envieux de mon repos, disoit-il, pourquoi viens-tu me penetrer le cœur de tes cuisantes flames ? Pourquoi viens-tu troubler ainsi mes contentemens & mes aises ? quelle loüange, quelle gloire & quels honneurs en attends-tu ? ou bien quel triomphe

phe magnifique & pompeux esperes-tu, pour avoir pris en tes rets un pauvre Pasteur, lequel dès ta premiere atteinte s'est confessé ton esclave ? Je n'eusse jamais crû que la poitrine d'un villageois eust eu sujet de craindre tes foudroïantes sagettes, veu que celles-de Jupiter n'offencent jamais les basses courtines des cabanes champestres, & n'adressent leurs coups que sur les sourcilleux édifices. Mais puisque tu as voulu tellement profaner tes traits, que de les esprouver sur une chose si vile & si abjecte, tu ne devois au moins placer mon cœur en ce lieu, où toute sorte d'esperance lu iest interdite, tellement qu'il ne sçauroit faire autre chose, sinon de s'abhorrer soi-même pour ses temeraires affections. Perfide & desloyal, te peut-on nommer à bon droit, puisque sous l'ombre d'un bien imaginaire tu vas couvrant le mal certain & asseuré : l'objet que tu as mis devant les yeux de mon penser m'est par trop inégal, & c'est ce qui cause mes grieves afflictions. Helas Planettes inexorables ! quand est-ce qu'il se vit jamais un tourment pareil, & une fortune si estrange & si pleine d'amertume ? au lieu que les autres amours prennent leur estre de l'esperance, le mien se nourrit & prend ses forces du desef-

M

poir : le ruſtique belier ſuit la brebis
ſautelante le long des herbeuſes prai-
ries, ſecondé d'un doux eſpoir d'alentir le feu dont il ſe ſent bruſler : le ra-
mier ne bouge d'auprès de ſa compagne aimée, ni tandis que Phœbus nous
éclaire, ni durant que ſa ſœur nous départ ſes rayons : le taureau mugiſſant
combat en la nouvelle ſaiſon, plein
d'eſperance de ſaillir la geniſſe qui lui
plaiſt le plus dans le troupeau, & ſemble que ſa fureur en ſoit davantage al-
lumée, & bref l'eſperance n'abandonne
jamais les lieux où l'amour découvre
les effets de ſes flames, je ſuis l'unique
au monde où cette regle ſe trouve manquer, car elle ne vient nullement ra-
fraîchir le braſier qui me conſomme.

Cependant que le Paſteur ſe lamen-
toit d'une voix ſi fort ſouſpirante, Renaud écoutoit attentivement ſes plaintes ; & la grande pitié qu'il prenoit de
ce jeune amant augmentoit encore ſes
déplaiſirs, d'autant qu'elle ramenoit en
ſa ſouvenance ſes allegreſſes paſſées, &
le bien qu'il avoit ſi malheureuſement
perdu ; & quand il le vit avoir mis fin à
ſes regrets, il l'aborda courtoiſement
pour lui tenir ce langage, aïant toujours la vûë fichée deſſus ce viſage gracieux.

Gentil Berger, lui dit-il, qui d'une
si douce sorte exhalez hors de voſtre
ſein l'âpre douleur qui s'y recele, vous
vous plaignez, à ce que j'ai pû oüir
des rigueurs que l'impitoïable Amour
vous fait endurer, & accuſez la mali-
gnité des Aſtres qui détournent de vous
leurs benignes influences, pour ne point
favoriſer vos amoureux deſirs, & je
vous aſſure que vos ſoupirs & vos larmes ſondent juſqu'au vif mes fatales &
profondes plaïes. Mais de grace, faites-
moi ſçavoir la cauſe de voſtre duëil, &
ainſi le Ciel & l'Amour puiſſent-ils ſe-
conder de leurs faveurs vos paſſionnées
affections. Je ſuis un Chevalier, ſur qui
ſemblablement l'Amour & les Deſtinées
ont déploïé toutes leurs plus inhumai-
nes cruautez ; je vis ſans ceſſe au milieu
des ardeurs, mal plaiſant à moi-même,
& plus mal plaiſant encore au reſte du
monde ; & aſſurez-vous qu'il n'y a perſonne à qui vous aïez plus de ſujet de
faire le recit de vos miſeres qu'à moi,
veu que je ſuis tourmenté de pareilles
douleurs, & par aventure de plus fortes, & veu auſſi que l'on reçoit quelque ſorte de conſolation quand l'on fait
rencontre d'un compagnon de ſes mauvaiſes fortunes.

Le Paſteur aïant oüi ces courtoiſes

paroles, leva la face vers le Paladin, deſſus l'ivoire de laquelle ondoïoit un ruiſſeau de pleurs qui lui découloit dans le ſein, & lui dit:

Si vous croïez, Chevalier, recevoir quelque plaiſir d'apprendre combien l'amour m'a juſqu'à cette heure fait endurer de peines & de douleurs, & combien la fortune s'eſt toûjours montrée vers moi cruelle & outrageuſe, mettez pied à terre, & vous venez aſſeoir ſur cette herbe, & lors je vous en ferai l'ample diſcours, puis qu'ainſi que vous dites vous eſtes en l'eſclavage du tyran de nos ames, & qu'il exerce ſur vous ſes rigueurs ordinaires. Vous cognoiſtrez toutefois que mes tourmens ſont ſans exemple, & qu'il ne s'en eſt jamais ſenti de pareils, voire que ceux qui vous aſſaillent n'approchent en rien ceux dont je ſuis travaillé : mais auſſi deſirerois-je bien, que puis après vous m'appriſſiez de même les paſſions & les angoiſſes qui vous affligent.

Renaud lui aïant promis de lui en faire le diſcours, deſcend de cheval, & ſe range tout auprès du Berger, lequel commença ainſi.

Hiſtoire des amours de Florinde.

JE naquis au territoire de Numance, de l'homme le plus riche qui fût en la contrée : mais j'eus pour aſcendant l'étoile la plus malheureuſe de celles qui préſident aux nativitez ; j'entens parler de Numance, cette ſuperbe Cité, qui montra bien ſi oſée que d'oppoſer ſes forces invincibles à celles des Romains, dompteurs de l'Univers, & qui ſe rendit ſes campagnes humides du ſang Latin, laquelle par l'injure des années ne ſert maintenant que de retraite aux Paſteurs des Provinces d'Eſpagne.

Non guieres loing des murailles de la ville eſt ſitué un Temple beau à merveilles, que nos Anciens dedierent à Venus, où tous les ans le premier jour de Mai, les Chevaliers & les Dames des Citez voiſines, auſſi-bien que les Paſteurs & les Bergeres des villages s'aſſemblent à la foule pour rendre des honneurs ſolemnels à la Deeſſe ; & cet ancien uſage ne s'eſt point aboli, encores qu'à preſent noſtre grand Prophete Mahom ſoit adoré dans ce Temple. L'on propoſe des prix pour celui qui ſçait

lancer la barre avec une main plus puiſſante & plus induſtrieuſe: Pour celui
qui au jeu de la luitte ſçait avec une plus
grande force élever en l'air ſon ennemi,
& puis le rabatre ſur la terre: pour celui encores, qui avec l'arc & le trait,
peut percer le blanc où tous les autres
ont en vain pris viſée ; pour celui qui ſurpaſſe tous les autres à la courſe, & pour
celui qui ſe monſtre le plus adroit à remporter au bout de ſa lance, la bague plantée dans la lice.

Tandis, les femmes de baſſe condition,
font enſemble pluſieurs dances recreati-
ves, ſautans à qui mieux mieux: Mais les
Dames que le Ciel a colloquées en un
plus haut degré, & qui tirent leur naiſſance des familles illuſtres, ſe donnent
des baiſers tour à tour ; & celle qui aſ-
ſiet ſes levres avec la meilleure grace,
& de qui le baiſer eſt trouvé le plus
agreable & le plus ſavoureux, ſuivant le
jugement de tous remporte un nouvel
honneur, qui ſert comme d'un riche
ornement à ſa beauté. Et lors que les
ſiecles ne foiſonnoient ſi fort en malice
que fait le noſtre, & que l'on vivoit en
une liberté plus innocente, les jeunes
hommes qui avoient attaint le gay printemps de leur âge, ſouloient auſſi ſe
mettre peſle-meſle dans la troupe des bel-

les & amoureuses Damoiselles , & disputer avec elles en ce doux & plaisant jeu : mais le tems venant à se corrompre cette loüable coustume s'est petit à petit aneantie.

Desja la deuxiesme année s'est escoulée (je n'en ay pas seulement conté les jours, mais toutes les heures & les momens) depuis que pour mon perpetuel malheur , la gracieuse Olinde vint au Temple le premier jour de May : Cette Olinde admirable, seul subject des cruels supplices que j'endure, laquelle dessous un visage qui surpasse en beauté celui des Anges, cache un cœur plus sauvage que celui d'une Tigresse : Olinde fille du Roi de notre contrée, qui remplit toute la terre de son renom glorieux: las ! je n'eus pas si tost assis mon regard sur cette belle, qu'un frisson me courut par tous les os; à l'heure mesme mon cœur se fit de glace, mon visage pâlit, & peu s'en falut que mon ame n'abandonnast mon corps , puis une soudaine flame me saisit au mesme instant ,qui vint comme au secours de ma poictrine gelée , semant dessus mon visage une couleur de feu ; tellement que je ne pouvois trouver aucune sorte de repos. Helas ! tous ces signes apparens du mal qui s'emparoit de moy, ne me donnerent

pourtant pas deſlors la cognoiſſance de
mon humaine infirmité, car peu adviſé
que j'eſtois toujours attentif en la conſideration d'un ſi divin objet, je don-
nois de plus en plus vigueur à mon amoureuſe paſſion, avec une ſi douce & ſi ſuave nouriture. Je m'apperceus bien à la
fin de ma folie, mais de quoy cela me
put-il ſervir, puis que tous les efforts
que je fis pour me depeſtrer, demeurerent vains? & que toute ſorte de remedes ſe trouverent inutiles, pour eſtre
trop tard appliquez? d'autant que l'impetueux amour, m'avoit desja tout à fait
reduit deſſous le tiranique joug de ſon
Empire. Je recognoſſois bien mon erreur
demeſurée, & voyois aſſez clairement
combien il m'étoit mal convenable, attendu ma trop baſſe condition d'avoir
placé mes deſirs deſordonnez, deſſus une
Dame d'un ſang ſi illuſtre & d'un merite ſi relevé. Je voulois bien fuyr par
des chemins penibles & raboteux, avant
qu'un plus grand mal s'en enſuiviſſe:
mais cet homicide Roy de nos cœurs,
me contraignit à toute force de demeurer ferme à me cauſer à moy meſme des
tourmens & des peines.

Le Cerf las & alteré d'une fort longue courſe ne trouve point tant agreable le criſtal d'une fontaine claire & pure,

re; ni le treffle doüillet d'une verte
prairie, où les perles de rofée font encore voir leur efclat, ne plaift pas davantage au troupeau de Brebis que le
Berger a nouvellement fait fortir de fon
eftable; ny mefme le Pelerin qui tra-
verfe pays durant que Juillet nous fait
fentir fes boüillantes chaleurs ne trouve point tant agreable la rencontre d'un
frais & delectabe ombrage, comme la
veuë d'Olinde m'eftoit douce & plaifan-
te, encores qu'elle me fût mille fois plus
nuifible, que n'eût pas efté celle d'un
Bafiliq.

L'heure des jeux eftoit venuë, & desja
commencoit-on à lancer la barre, dont
un Pafteur gentil & adroit remporta
l'honneur par deffus les autres: la luitte
fuivit par après, au combat de laquelle
je courus incontinent, afin de paroiftre
plus agreable à ces beaux yeux nouveaux Roys de mes defirs; & le fort me
fut tellement favorable, que la voix d'un
chacun me jugea le plus fort de la troupe. Après les Chevaliers firent voir leur
adreffe à la courfe de la bague; puis les
Dames commencerent entre elles leur
jeu; & lors je vis plufieurs Damoifelles,
qui donnoient force baifers à celle que
j'adorois, lefquels en recevoient auffi
d'elle en contre-efchange, de bien plus

N

doux & plus delicieux ; fi bien que bruf-
lant d'une amoureufe envie, je me for-
mois à tout moment par l'entremife de
la penfée une delectable tromperie, d'autant qu'il me fembloit (heureufe decep-
tion) eftre de la partie avec elles, en ce
jeu agreable, où l'Amour & les graces
prefidoient.

Finalement la courfe vint en fon ordre,
le prix de laquelle, Olinde tenoit entre
fes belles mains. Je me difpofe auffi-toft
pour cet exercice , & combien que le
travail que j'avois pris à la luitte, m'eut
grandement laffé , mon courage ne demeura pas abatu : Amour me vint attacher aux talons des plumes viftes & legeres,
me rendant tellement le marcher facile, &
me faifant rouver le chemin fi uny, qu'en
peu de tems, je devançay tous les autres
& arrivay le premier que pas un au lieu
où toutes les belles & courtoifes Dames
eftoient affifes. Comme je me vis fi proche de mon Soleil, un glaçon de crainte me vint affaillir , de forte que je me
fentois agité comme le tendre jong à l'humide rivage de l'eau : mon ame vouloit
quafi defnier le mouvement à mon corps,
pour ne pouvoir fouffrir une fi divine
lumiere : mais à la fin Amour fit naiftre
en moy tant de hardieffe, que je fatis-
fis à une partie de mon defir ; car avec

une aftuce de laquelle je m'advifay fubitement, faignant d'avoir choppé d'un pied, je demeurai prefque tout eftendu deffus le fein de la belle Olinde. Qui pourroit jamais exprimer combien de douceurs & de plaifirs je receus en ce petit inftant? Helas je n'en dois pourtant pas dreffer des trophées, puis qu'ils me furent fi cherement vendus, & qu'ils augmenterent fi fort ma bruflante paffion, d'autant que fi j'eftois auparavant tourmenté de quelque chaleur, je n'eus depuis ce jour là endroit fur moy, qui ne fuft tout feu & tout flame. J'empoignai lors le prix propofé pour le vainqueur, & en le prenant, ferrai doucement la blanche & delicate main qui le tenoit, ce qui me fit augmenter la couleur deffus les jouës, & regarder la terre avec une humble paupiere. Voyez, Chevalier, où la temerité me porta, & fi l'Amour m'avoit troublé l'efprit, d'ufer d'une telle privauté vers une fi grande & fi noble Princeffe, moy qui ne fuis fils que d'un ruftique Payfan?

Mais desja le clair Phœbus s'eftoit efvanoüy de noftre Hemifphere, ce qui fit que par mefme moyen, mon clair Soleil difparut de mes yeux, & lors je reftai comme enveloppé de noires & obfcures tenebres : je demeurai tout froid &

immobile, pour le dueil cuisant qui s'augmentoit de plus en plus pour me tourmenter. O! que possible il eut esté bien
meilleur pour moy, que deslors mon ame
gênée eut voulu desnier son office à ces miserables membres, aumoins ne serois-je
demeuré avec des ennuys si poignans, pour
souffrir puis après des peines bien plus ri-
goureuses: en combien & combien d'an-
goisseux martires passai-je cette ennuyeuse nuict? combien d'ameres larmes decou-
lerent de mes yeux tristes & mornes? &
combien de soupirs ardens sortirent du
fond de ma poictrine, croyant de ne plus
jamais revoir les beaux yeux de mon Olinde, ni les divins attraits qui esclattoient sur
son visage? mais je les vis neantmoins
encores, & mon cruel destin le permit
pour me surcharger de malheur, ainsi
que je vous vais dire.

Olinde choisit pour sa demeure un
beau Chasteau, lequel domine tout le
pays qui lui est voisin: estant poussée à
ce faire par la douce temperature du Ciel,
soubz lequel est scitué, par la fertilité
des campagnes qui l'environnent, par
les collines qui le costoyent, abondan-
tes en vins delicieux, par la beauté des
jardins, par la fraischeur des ombrages, & par la pureté des eaux qui
s'y trouvent: mais sur tout, pource que

c'eſt l'endroit du monde le plus propre
pour la chaſſe, d'autant qu'il foiſonne en
toute ſorte de gibier, & c'eſt le ſeul exercice auquel cette Princeſſe ſe plaiſt,
s'y eſtant adandonnée dès ſon aage le plus
tendre. Ainſi la voyoit-on ſortir ſouvent,
à la meſme heure que le Soleil commençoit à quitter ſon humide couche, durant que le Zephire du matin laſchoit
encores ſes fraiches halaines, & lorſque les
herbes verdoyantes & les fleurs nouvellement eſpanoüyes eſtoient encores tou-
tet moüillées d'une roſée argentine : c'eſtoit alors dis-je qu'Olinde paroiſſoit,
toute entourée de Chevaliers & de Chaſſeurs, ayant joignant ſa perſonne une
troupe de belles & robuſtes pucelles :
& en cet equipage, elle ſuivoit tantoſt
la piſte d'un lievre peureux, tantoſt celle d'un Cerf à la jambe legere, & tantoſt elle-meſme, tendoit les rets pour
attraper les peu cauteleux oyſeaux.

Je fus bientoſt receu en ſa compagnie avec l'aplaudiſſement d'elle & de
tous les ſiens, d'autant que je ſuis aſſez
duit en l'art de Venerie, ayant paſſé la
pluſpart de ma vie, avec les plus doctes
& les plus experimentez Chaſſeurs ; de
ſorte que j'eſtois en eſtime, d'eſtre l'un
des plus adroits & des plus ruſez en ce
meſtier, l'un des plus agiles coureurs de

toute la contrée : outre que je fçavois
précifement les endroits, où les beftes fauvages fe peuvent trouver & prendre
avec plus de facilité. Sans ceffe je mar-
chois cofte à cofte d'Olinde, & fembloit
que je fuffe attaché à fon cofté : Que je
me reputois heureux, de mener en laiffe le chien qu'elle cheriffoit le plus, ou
de porter fon arc doré, ou bien d'avoir
l'efpaule chargée de fa trouffe remplie
de fajettes proprement empannées : mais
que je m'eftimois encore bien plus comblé d'heur, s'il m'eftoit feulement permis de toucher la robe dont elle alloit
parée ? Ainfi vefcu - je en ces contentemens, jufqu'à ce que l'aftre qui divife
les années en faifons , eut ramené de rechef le premier jour de May.

.Mais l'implacable Amour, qui tirant
les hommes d'un contentement à un autre, leur laiffe toujours un defir alteré
d'atteindre à un plus grand, & ne leur
fait point goufter un plaifir parfait, jufques à ce qu'ils foient arrivez au but où
il leur fait afpirer, me fufcita de faire
une entreprife fi hazardeufe, & dont l'effet me fut fi malheureux, que de là pro-
cederent toutes les peines & les tourmens
que j'ai fouffert du depuis : ce cruel ef-
touffa fi bien la lumiere de ma raifon,
que je ne peus jamais prevoir le mal qui

m'en pourroit arriver pour le balancer avec le bien que j'y pourrois avoir. Je deliberai de me déguiſer d'acrouſtremens de femme, & de me meſler parmi les Damoiſelles lors qu'elles viendroient à cette amoureuſe & plaiſante contention, ſe de donner des baiſers l'une à l'autre, afin de pouvoir par après (temeraire entrepriſe, & cauſe de l'eſloignement de mes plaiſirs) joindre ma bouche avec la ſienne embaſmée, d'où l'amour decoche un nombre infiny de traits inévitables. Je me promettois bien de venir aſſeurément à bout de ce que j'avois projetté, d'autant que le poil qu'un âge plus mur que le mien apporte quant & ſoy ne commençoit point encores à me brunir les joües. Si bien qu'en peu d'heure, je recouvre une robe recamée d'or, avec tous les autres habillemens qni m'eſtoient neceſſaires, & ne fis qu'un mien compagnon participant de mon ſecret, avec lequel j'avois toujours entretenu une amitié très-eſtroite.

J'arrivé ainſi équipé que j'eſtois dans le temple où ſe faiſoit ce duel amoureux, ayant un voile blanc deſſus ma teſte, qui me tenoit une partie du viſage caché, afin que perſonne ne pût entrer en défiance, la troupe des Dames qui concurroient pour emporter le prix de ce

delectable jeu, eſtoit ſi fort eſpaiſſe,
qu'il n'y en eut une ſeule qui s'enquit
de mon nom, ou qui eut la curioſité
de me connoiſtre. Je me meſle hardiment parmy elles, voyant que mon deſſein reüſſiſſoit, & que j'eſtois eſtimé fille, par les filles meſmes. J'embraſſe &
baiſe pluſieurs d'entr'elles, ſans y prendre gueres de gouſt, & ſans que mon
deſir y fuſt beaucoup porté, juſqu'à ce
qu'enfin je parvins à Olinde ; Olinde l'immuable objet de mes penſées, que j'ac-
collay lors auſſi eſtroitement comme le
follaſtre liere eſtreint le jeune ormeau,
& preſſai à l'inſtant ſes levres coralines
de ma bouche alteré d'Amour. Je luy
donnay des baiſers tout de feu, que je
reïteray pluſieurs fois, porté par un deſir trop glouton, & pouſſé d'une je ne
ſçay quel puiſſance cachée, de telle ſorte qu'elle demeura eſbahie, & toute
ſoupçonneuſe, & arreſta fixement ſes gracieuſes paupieres ſur les miennes, ce qui
me fit avec une façon timide, changer
en un inſtant de pluſieurs couleurs. La
crainte qu'elle recogneut en moy, lui
ayant augmenté au double le ſoupçon
qu'elle avoit desja conçeu, elle me regarde encores avec un œil plus arreſté,
& après m'avoir bien enviſagé (ah fortune malheureuſe !) elle vint enfin à me

recognoiſtre. Ses yeux eſtincelerent auſſi tot d'une extreme colere, & s'apro-
chant de mon oreille, elle me diſt tout
bas, toute fois avec une parole ſuperbe
& pleine de couroux, comment as-tu jamais penſé, traiſtre, de me tramer une
telle meſchanceté? comment, infame
Payſan, as-tu oſé commettre un tel forfait? ſors de ce lieu le plus habilement
que tu pourras, & fais eſtat de vuider
hors de ce Royaume, & de ne t'y rencontrer jamais plus : & ſi la peine que je
t'ordonne eſt legere, au regard de ta
profonde & audacieuſe malice, j'en veux
uſer de la façon, pour ne donner ſub-
jet à perſonne de parler; neantmoins ta
mort me ſeroit maintenant, autant voire
plus agreable, que ne m'eſt chere la vie
que je poſſede.

Helas! Chevalier, pourquoy vous racon-
tai-je ſi fort au long, ce que je ſupportay
lors avec tant de douleurs & d'angoiſſes,&
dont le ſouvenir m'eſt encore ſi cuiſant &
ſi faſcheux, que le cœur me fend maintenant en vous faiſant ce diſcours? Je
me fuſſe occis ſans ce mien compagnon
depoſitaire de mon ſecret, à qui nulle
choſe ne pouvoit eſtre par moy deſniée,
lequel retint ma main deſeſperée, & retint auſſi mon ſanglant deſir, avec beaucoup de peine, & après mille prieres. Je

me difposay auffi-toft de venir en France, où il fe trouve une grotte (s'il eft vray ce qu'en publie la renommée) dans laquelle il fe fait des miracles fi rares & fi eftranges, qu'il n'y a point de lieux au monde qui la puiffe efgaler en merveilles : Car Amour predict en cette caverne, par la bouche d'un Simulacre doré, les chofes futures à ceux qui lui rendent obeïffance, leur faifant des refponfes certaines, & leur donnant des confeils falutaires en leurs plus fafcheufes adverfitez, & en leurs plus dangereux perils, & ce jourd'huy matin lorfque le jour commençoit à poindre, un voyageur, homme deja fort âgé m'a dit que cet antre eftoit deffous une colline couverte de Myrthes, qui n'eft pas guieres efloignée d'icy, de laquelle il m'a enfeigné le chemin. Or fus, Chevalier, dites-moy maintenant quels martyres & quelles peines vous a fait fouffrir Amour, ou pluftoft votre cruelle deftinée, & puis nous irons enfemblement, fi vous le trouvez bon, en ce lieu fainct & facré, pour confulter ce divin Oracle.

Renaud fit au Pafteur une belle narration de toutes fes infortunes, puis ils prirent enfemble la voye qui conduifoit vers cette montagne, laquelle ils aperceurent fans beaucoup cheminer, d'autant que fon sommet s'eslevoit assez haut : & s'estans aprochez de plus près, ils découvrirent aussi la Spelonque, & virent qu'un grand feu en empeschoit l'entrée; vis à vis duquel estoit plantée une haute Colomne faite d'un acier luysant, où ces vers estoient gravez :

Les fideles Amans peuvent dedans ces flames
Passer asseurement :
Mais elles font souffrir aux infidelles ames
Un rigoureux tourment.

Cette colline avoit esté faite par art magique, & estoit toute composée d'une roche vive & resplendissante, comme tirant sur une couleur saffrannée, au bas de laquelle se voyoient entaillez aux lieux les plus apparens, les Trophées qu'Amour s'estoit acquis & les Victoires qu'il avoit remportez sur les autres immortels.

Florinde (c'estoit ainsi que l'on nommoit ce Pasteur) qui ne sentoit son ame entachée d'aucune perfidie ; & qui se pouvoit bien estimer des plus fideles en amour, s'eslança incontinent à l'endroit où le feu paroissoit le plus ardent, avec une aussi grande hardiesse comme sa foy

estoit ferme & entiere; & lui sembloit qu'il
traversast un air subtil & pur, tel possible comme peut être le moins solide
des Elemens, laquelle pour sa legereté
prend sa place au dessus de tous les autres.

Renaud qui s'amusoit à regarder les
fabuleuses amours des Deïtez anciennes,
voyant que Florinde estoit entré par le
milieu des ardentes flames, sans en prendre aucune apprehension, & sans avoir
senty douleur, ne se voulut pas montrer paresseux à le suivre : mais après
avoir attaché le courageux Bayard, son
amoureuse fidelité le fit aussi mettre à la
misericorde du Brasier allumé : & ainsi
il entra seurement dedans cette demeure
sacrée, où ils ne furent pas si tost arrivez, que trois jeunes Prestres jeunes &
beaux à merveilles, qui avoient la garde de ce lieu sainct, & qui estoient grandement affectionnez envers le Dieu qui
y presidoit, leur vindrent au devant en ce-
remonie, & les conduisirent près de l'Autel, au devant duquel il falloit qu'ils
fissent leurs prieres & leurs vœux, avec
leurs plus pures intentions, comme ils
estoient instruits par ceux qui les me-
noient. Mais le Paladin, en l'ame duquel
la vraye foy abondoit par une grace
singuliere, desdaigna de faire là ses of-

frandes, d'autant qu'il ne pouvoit croire
qu'il y eut aucune divinité; bien penfoit-il
que ce fut quelque Demon de l'air, ou
de la terre, qui abufoit par des paroles
pleines de menfonge, la fimplicité de ceux
lefquels avoient recours à luy. Ce qui le
fit lever de la place, & fe retirer un peu
derriere, afin de confiderer la vaine fuperf-
ftition de Florinde & des Preftres. Sans
doute auffi que l'Idole faschée de fe
voir ainfi méprifée, eut dénié toute refponfe au Chevalier, fi elle n'y
eut efté contrainte par la force de l'enchantement : Car Merlin qui avoit fait
ce fort, avoit tellement preveu à tout,
& l'avoit fait d'une telle vertu, que le
Simulachre eftoit toujours forcé de ref-
pondre, & pour quelque caufe que ce
fuft ne pouvoit rien taire de la verité.
Un Taureau blanc comme la neige, qui
n'avoit point encores gemit fous le peni-
ble joug de la charruë, & qui depuis
peu avoit la poictrine efchauffée de cette
douce ardeur qui rend les cœurs enamou-
rez, fuft eftendu de fon long fur l'Autel, & à l'inftant mefme facrifié en l'honneur du Dieu : & à toy gracieufe Paphien-
ne, mere de ce puiffant Archerot, furent
auffi immolées deux belles & blanches
Colombe
    Les facrifices achevez, l'on vit auffi-

toſt toute la grotte ſe mouvoir, comme par un ſubit tremblement de terre. La Mer ne fremit pas d'une façon plus horrible, quand l'Autan laſche deſſus elle ſon halaine violente, le lieu gemit & reſonne à l'entour d'un bruit eſtrange, que font pluſieurs voix incognuës, & lors la ſtatuë branla la teſte, battant les aiſles l'une contre l'autre, & faiſant claqueter l'arc & les Sagettes dorées qui lui pendoient deſſus l'eſpaule, puis on luy entendit prononcer ces vers :

> *Pourſuis, vaillant Renaud, tes deſſeins*
> *tous guerriers,*
> *Amaſſe ſur ton chef lauriers deſſus lau-*
> *riers.*
>   *Pour meriter Clarice.*

> *Un jour doit arriver qu'un Hymen gra-*
> *cieux*
> *Te fera remporter un prix ſi precieux*
>   *Dans l'amoureuſe lice.*

> *Au chemin de l'honneur dreſſe toujonrs tes*
>   *pas,*
> *Elle t'eſt toute acquiſe, & ne t'eſtonne*
> *pas*
>   *De quoy tu l'as perduë.*

> *Maugis eſt celuy là qui le rapt a commis :*

Mais il l'a dans le Char entre tous ses
amis
    Saine & sauve renduë.

Et toy gentil Florinde, il te faut suivre
    Mars :
Il te faut desormais pousser dans les ba-
    zards,
Si tu veux parvenir à la fin desirée.

Entre les Chevaliers, tu peux tenir ton
    rang,
Car tu n'es pas moins qu'eux issu d'il-
    lustre sang,
Et ton renom sera d'éternelle durée.

Ces deux Amans demeurerent encore en doute, après les paroles propheti-
ques de ce merveilleux Oracle ; toutesfois ils en resterent grandement conso-
lez, & chacun d'eux commença à chaffer hors de soy le dueil langoureux qui
tenoit son cœur oppressé.

ALLEGORIE.

L'amitié que Renaud & Florinde
contractent ensemble, peut se vir d'ex-
emple, comme nostre douleur n'est

pas seulement allegée , quand nous trouvons un compagnon en nos miseres : mais outre la compassion que nous prenons de celuy qui est affligé comme nous , nostre fortune semblable nous porte à luy vouloir du bien. Le Temple enchanté donne à coignoistre qu'il ne nous sçauroit arriver de si grands maux , qu'il ne s'y puisse trouver quelque remede , pourveu que nous ayons recours à Dieu , & que nous implorions le secours de sa toute-puissance.

CHANT

CHANT VI.

ARGUMENT.

Renaud paſſe en Italie accompagné de Flo-
rinde, ils arriverent dans le camp des
Chreſtiens, où Charlemaigne donne l'ordre
de Chevalerie à Florinde, auquel Roland
ceint l'eſpée. Renaud combat contre Atlas
qu'il tuë, & s'empare de Flamberge : Puis
ils combattent long-tems Roland & luy,
ſans ſe pouvoir rien faire. Florinde jouſte
contre pluſieurs Chevaliers qu'il renverſe
tous, & ſe retire après avec Renaud, com-
blez tous deux d'honneur & de gloire.

RENAUD & Florinde quitterent toſt
après cette obſcure grotte, & ſe re-
ſolurent de prendre enſemble le chemin
d'Italie où l'Empereur avoit desja reduit
l'armée des Sarrazins juſques ſur le bord
de ſon entiere ruine : car c'eſtoit là que
ces deux braves courages eſperoient de
faire devant les yeux du grand fils de
Pepin des entrepriſes autant relevées,
comme leur genereuſe valeur eſtoit à admirer : & Florinde ſouhaitoit avec paſſion,

O

que la main Royale l'honnoraſt tant, que
de luy appoſer l'ordre de Chevalerie.
Ils allerent traverſant cette Province de
la Gaule, que le divin Jule renomma ja-
dis par pluſieurs choſes remarquables
qu'il y fit, de là ils monterent les ſour-
cilleuſes Alpes, par deſſus leſquelles, le
grand Cartaginois s'ouvrit un difficile
paſſage, avec tant de labeur, & d'une
façon qni n'eſtoit pas encore uſitée,
afin de porter près de tes remparts (ô
floriſſante Rome) une cruelle & faſcheu-
ſe guerre, & puis ils entrerent dans les
agreables contrées Italiennes, marquées
encores de toutes parts de leur ancien
honneur, & ſitoſt qu'ils commencerent
à fouler cette terre, Renaud ſe prit a parler de la ſorte.

Je te ſaluë, belle & ſuperbe Province, illuſtrée par tant de Trophées & de
Palmes, & par un infinité de glorieux
exploits, dont la mémoire ne ſçauroit
jamais viellir. Je te ſaluë encores, mere des armes & des beaux eſprits, & d'un
grand nombre d'invincibles Heros & de-
my-Dieux, qui ſceurent faire marcher
leurs redoutables eſcadrons dans les
Royaumes Heſperiens, & planter leurs
victorieux eſtendarts, juſques dans les
regions Nabatheannes, & qui malgré
toutes les puiſſances ennemies, ſçeurent

avec une droite juſtice, & une force incomparable, donner la Loy à tout le
monde.

Le fils d'Aymon alloit ainſi deviſant,
jettant ſon regard de coſté & d'autre,
ſur ce delectable païs, lequel il voyoit
de plus en plus embelli de riches & po-
puleuſes Citez : mais il ne trouva rien
qui le puſt arreſter, & où il puſt faire
voir ſes proüeſſes, & la vertu de ſon genereux courage. Ils avoient desja traverſé une grande partie de l'Italie, ſans
avoir fait rencontre d'aucune adventure,
bien qu'ils euſſent fait la pluſpart de leur
chemin éclairez ſeulement par la froide
lumiere du Croiſſant argenté, juſqu'es
à ce qu'ils parvinrent enfin juſtement à
l'heure que le Soleil darde ſes plus mati-
neux rayons, près de l'endroit où les
François & les Mores eſtoient aſſemblez,
& commencerent à voir flamboyer les
troupes armées, & à deſcouvrir de loing
les enſeignes guerieres, que le vent faiſoit ondoyer par l'air.

Phœbus retiroit ſon chef de dedans
le ſein de l'Ocean, atrainant avec ſoy
les heures pour lui ſervir d'eſcorte, &
ſa face lumineuſe n'eſtant offuſquée d'aucuns nuages, & venant à donner à plomb
deſſus le luyſant acier, formoit par ce
moyen dans le Ciel plus de mille lam-

pes allumées, de sorte que par une certaine reflexion, les yeux qui s'arrêtoient
trop deffus, demeuroient esbloüis de
clarté, tellement que le camp fembloit à
lors le Mont-gibel, quand il rougit l'air
d'alentour de mille feux qu'il vomit.
L'Empereur avoit divisé fon armée en
trois parties, avec l'une defquelles il s'eftoit retiré deffus un petit tertre : le fage
Naymes, s'eftoit campé avec l'autre au
milieu d'une raze campagne : & la troifiéme eftoit conduite par le Duc Aymon,
qui tenoit un peu le devant. Et quant à
l'armée infidelle, il n'y avoit pas long-
tems qu'ayant efté par les Chreftiens entourée de toutes parts dans la campagne d'Afpremont, elle avoit efté taillée
en pieces, excepté quelques-uns efchap-
pez de la defroute, qui s'eftoient reti-
rez dans les fortereffes voifines.

Après que nos Amans eurent bien
contemplé le camp de loing & fatisfait
à une des parties de leur defir ; Florinde bien inftruit & informé du refpect
dont il devoit ufer en fe prefentant devant un fi grand Prince, prend le chemin de la montagne où le Pavillon Royal
eftoit tendu, au pied de laquelle Renaud
l'attend, qui ne voulut pas aller avec
luy ; Ainfi Florinde s'en va paffer à travers les rangs des Soldats de la Banniere

de 'Chrift tous armez à cru d'un fer bien trempé, les vifages defquels faifoient bien voir le courage & la hardieffe qui les accompagnoient. Il n'y en avoit pas un feul qui ne s'occupaft à quelque labeur utile & profitable. Car des ames viles, obfcures, & pefantes, qui s'efgayent à demeurer en l'oyfiveté, font chaffées de ce lieu, & ne permet-on point à la Déeffe laffive, ny à l'infencé fils de Semelle de faire là leur demeure, non plus qu'il ne s'y jöue point aux cartes ni aux dez, ou bien à d'autres jeux de hazards infames & inutiles. Toute cette puiffante armée eft regie avec une telle prudence, & une fi grande police militaire, que l'on la prendroit pour une Academie de toutes fortes de vertueux exercices; l'un darde un traict leger de deffus un arc courbé, & tafche à fraper la marque qui lui eft oppofée; l'autre couvert de fon efcu & chargé du refte de fes pefantes armes, monte agilement fur quelque montagne droite, avec une grande dexterité, & une extreme force; un autre fe lance legerement tout armé qu'il eft au delà d'un large foffé : qui tire des fleurets : qui apprend à voltiger; qui pique un cheval, & qui joufte avec la lance : & quelques-uns feuilletent des livres de l'art militaire, & où l'on voit la façon de bien fortifier des places. Bon Dieu ! comme cette ancienne regle & cette loüable couſtume ſe voyent maintenant abolies: helas! qu'il s'obſerve bien une autre forme de guerroyer entre les Peuples Chreſtiens: l'un s'amuſera toûjours à yvrongner : l'autre employera le tems à dormir inutilement: un autre aura toujours l'eſprit attentif au jeu , & l'autre eſmouſſera ſon courage & diſſipera ſes forces parmy les voluptez laſcives, ſans ſe ſoucier du ſervice de Dieu, ny de celui de ſon Prince : voilà le bon ordre qui ſe garde aujourd'hui dans nos armées, & voilà les beaux exercices qui ſe font ſous chacune des tentes. Eſt-ce doncques merveille ſi le cruel dragon, ſoubz lequel la Grece meurt à preſent languiſſante menaſſe avec un orgeuil inſuportable, tous les Royaumes d'Occident, & lui ſemble que desja il les devore , & les reduit deſſoubz ſa tiranique puiſſance ? Mais comment m'eſloigne - je tant de la route que je tenois? comme m'adonne - je ainſi inutilement à la douleur & au regret? ou me laiſſe-je tranſporter par l'amour que je porte à noſtre ſaincte foy ? & par la pitié que j'ai de la calamité qui menaſſe les peuples qui font hommage au Crucifix? reprenons les briſées que nous venons de laiſſer.

Florinde ayant seulement pris un Escuyer pour compagnie, se faict conduire à la tente de l'Empereur, & ayant abordé les soldats qui en gardoient l'entrée, en pria quelques-uns de le vouloir introduire vers sa Majesté : la venerable presence de ce grand Monarque augmenta la couleur dessus son visage, toutesfois ayant repris un peu d'asseurance, il pose le genoüil à terre d'une façon honneste & accorte, & usant toujours d'un profond respect, lui tint de semblables paroles.

La renommée qu'à bon droict tout le monde vous donne, Sire, d'estre par dessur les autres Princes de la terre, ce qu'est le Soleil par dessus les autres Astres qui decorent les Cieux, a mis en mon ame une loüable, mais trop temeraire envie, de recevoir par vos mains sacrées, le glorieux Collier dont les Chevaliers sont honorées : Veuillez donc, invincibe Monarque, m'accorder la très-humble Requeste que je vous en fais, sans mettre en balance le peu de merite que j'ay, pour recevoir un tel honneur.

L'Empereur qui se sent grandement satisfait du discours que ce jeune guerrier luy venoit de tenir, & le voyant en outre, d'une belle & noble representation, le fait Chevalier toutà l'instant, com-

bien qu'il ne sceut apprendre de luy bien
au vray , de quelle lignée il estoit issu.
Florinde voyant que le Grand Charles s'estoit monstré si prompt à satisfaire à son desir , supplie aussi le
Comte Roland de lui vouloir ceindre
l'espée sur le costé, afin que l'ayant re-
ceüe par cette dextre invincible , puissant fleau des ennemis de la loy de Christ,
cela lui fust un presage de bonheur en toutes les guerres où il se rencontreroit. Ce
vaillant Paladin , plein de gracieuse courtoisie , lui accorde incontinent sa demande, dequoy Florinde fait à l'Empereur
& à lui de grands & humbles remerci-
cimens, puis il reprend ainsi la parole.

Un Chevalier qui m'attend à deux
cens pas d'icy & moy , sommes possible les deux au monde, qui suivent avec
l'affection la plus pure, l'estendart de
l'enfant qui glisse de si douces affections
dans les cœurs ; Aussi avons nous fait serment irrevocable, d'employer nos armes & nos forces pour eterniser la gloire que ses traits & ses feux se sont acquis:
c'est pourquoy nous sommes prests de
bailler le choix des armes à ceux qui auront assez de hardiesse pour nous combatre
& de maintenir aux yeux de vostre Imperiale Majesté, que l'homme ne sçauroit
jamais parvenir à l'honneur de quelque
entreprise

entreprife genereufe que ce foit , fi l'a-
mour ne prend la guide & la conduite
de fes actions ; & partant grand, Monarque , s'il fe trouve icy quelques-uns de
vos gueriers, lefquels fe declarans tout à
fait ennemis de l'amour , veuillent nier ce
que nous entendons fouftenir, qu'ils fe
prefentent fur le champ , afin qu'eux mefmes demeurent les Juges de noftre diffe-
rend.

Cette propofition fembla bien partir
d'une ame pleine de gentilleffe & de courage , & quelques-uns fe trouverent là ,
à qui l'intention vint tout auffi toft de
la contredire : Charlesmagne voulut la
faire entendre aux Sarrazins par l'un des
Herauts de l'armée , & incontinent que
le bruit en fut efpendu par tout , plufieurs
Chevaliers fe prefenterent avec defir
d'entrer en lice ; & entre autres ceux qui
ne s'eftoient point encores veus arreftez
dans les lacs qu'Amour fçait tendre fi fub-
tilement, ou bien s'ils y avoient efté enve-
lopez , qui les auroient efprouvez fi
durs & fi fafcheux à fupporter, qu'ils en
auroient fecoüé le joug , & après en eftre
delivrez, auroient depuis confervé en leur
memoire les tourmens & les cruelles peines qu'ils y auroient endurez. Ce furent
ceux-cy qui voulurent employer leurs
efpées & leurs lances, pour fa re cheoir

P

par terre la gloire que l'on vouloit attri-
buer à l'amour.

L'Empereur avoit desja quitté la montagne où il estoit campé, & estoit descen-
du en la plaine entouré de tous ses Princes & Seigneurs, afin de voir avec quelle
asseurance les Guerriers incogneus main-
tiendroient leur defi ; Renaud qui devoit combattre le premier, attendoit avec
impatience les Chevaliers qui se preparoient pour jouster contre lui ; & le premier qui se presenta devant sa lance, fut
Gaultier de Mauleon, aussi fut-il le premier qui laissa vuide les arçons, car il se
vit jetter par terre du premier coup
qui fut tiré.

Il s'esmut un murmure confus entre
les spectateurs, ayans veu contre leur
attente, ruer un coup si furieusement ;
chacun en parlant selon sa fantaisie : mais
tout aussi tost le bruit cessa, d'autant
qu'Angelin s'avança incontinent. Angelin qui avoit toujours accoustumé de
vaincre, & qui ne s'estoit jamais veu
abattre, tous les deux Guerriers visent
à se donner dans le casque, ils se frappent,
& tout à l'instant Angelin fut renversé
sur le pré, n'ayant peu supporter l'effort
de la lance ennemie. Belanger qui vit la
cheutte qu'Angelin venoit de faire, voulut employer tout son pouvoir pour en

tirer vengeance, il pique de toute sa force, & fait aller son cheval plus viste que
ne sçauroit faire une sagette eslancée :
le coup que luy porte Renaud, luy fait
eschapper la bride de la main, luy fait
sortir les pieds des estrieux, neantmoins
il rapelle ses esprits, se rafermit sur la
selle, & retourne aussi tost à une nouvelle course : mais il se voit incontinent
estendu sur l'herbe, bien esloigné de son
Cheval.

Un bon nombre de Guerriers qui tenoient le party de l'amour, & qui luy
estoient devotieusement affectionnez ne
laisserent pas de se presenter à la jouste,
esmeus par une je ne sçai quel envie, &
par une fiere & superbe pensée, & tout
autant qu'il s'en presenta, laisserent vui-
des les selles de leurs chevaux, par les
rudes atteintes de la lance du fils d'Aymon. Tu fus le premier de ceux-cy qui
foulas la terre de ton dos, ô fier & superbe Richard, encore que ta force fut
extreme & que tes membres parussent robustes & nerveux, & puis Drusse, Alcaste, Orion, Poulion & Bresse n'arresterent gueres à te suivre. Tost après cette troupe, Sigismond se presenta pour
jouster, & aussi-tost fut-il comme les
autres mis à bas de son Cheval. Presque
au mesme temps tomba aussi Orin qui

trop furibond, faillit son coup, & n'atteignit nullement le Paladin, pour vouloir courir avec une trop boüillante affection. Arban son frere aisné se vit encores abatu au mesme instant, de mesme
qu'il avoit veu Renaud atterrer devant
luy son frere Orin, & puis Aldriman
leur troisiéme frere, vint après commt
eux à enjoncher la place.

Tandis que le fils d'Aymon faisoit avec
une telle facilité tourner les pieds con-
tre-mont à tous ceux que je viens de
nommer: voicy le sarrazin Atlas qui se
presente au combat, couvert depuis la
teste jusques au pieds, d'un fort & luysant acier; il semble à le voir que ce soit
une grosse & eminente Tour & le Cheval qui le porte paroist estre un puissant Elephan, Renaud cependant s'en-
flame d'un desdain courageux & guerrier
en jetant la vuë dessus cet orgueilleux
Payen, lequel vient à l'encontre de luy
le plus viste qu'il peut, sans dire garde,
ny sans prononcer une seule parole: le
Paladin fut pour le recueillir avec une semblable roideur, ayant mis la lance en
arrest, laquelle il ne porta jamais au bout
de la cariere, sans en avoir fait quelque
eschet: les esprits des regardans demeurerent en suspend, ne sçachant lequel
des deux Champions doit jetter son com-

pagnon par terre, à ceux-cy la doute &
le ſoupçon, & à ceux là le deſir & la colere
font battre le cœur dans le ſein.

Le fort Hector, & le vaillant fils de
Pelée s'aſſaillirent avec une ſemblable vigueur, & avec des volontez auſſi promptes & enflammez, à l'endroit où le Xan-
te traine ſes eſcumeuſes ondes, & où
la ſacrée montagne Idéenne cache ſon
chef dans le plus haut des nuës: voire
poſſible fut-ce avec une plus grande puiſſance, que Renaud & Atlas ſe choque-
rent dans leur large eſtomac, à la rencontre de leur premiere courſe : leurs
coups ſont pouſſez avec une telle violence, qu'ils en chancellent tous deux par
trois ou quatre fois: les chevaux ſe rencontrent auſſi bien que leurs maiſtres,
& encores que le courageux Bayard fut
de beaucoup le plus petit de corps il
monſtra bien qu'il eſtoit neantmoins le
plus fort, car il envoya l'autre les quatre fers en l'air, le donnant en proye à
la froide mort. Le Payen ſe releve, aſſez lentement toutefois, & avec de
la peine, d'autant qu'une jambe luy eſtoit demeurée engagée deſſous ſon cheval ; & cependant le Paladin ne le veut
jamais offencer, mais il deſcend à terre
ſans ſe ſervir de l'avantage qu'il avoit
deſſus ſon ennemy. L'orgueilleux Atlas

le gauffe de le voir s'eftre mis à pied,
& ufant de fuperbes menaffes, tire brufquement Flamberge hors de fon fourreau; Flamberge cette excellente efpée,
dont la valeur eftoit tant eftimable,
qu'il n'y avoit point de prix dont
elle peut eftre payée : Renaud tourne la face vers ce Geant, & fe tient ferme avançant le pied droict & tenant le
gauche plus retiré, & ayant pris la lance
par le milieu, s'avance courageufement au
combat ; l'Afriquain s'élance furieufe-
ment contre lui, & vient l'aborder avec
la main droite levée, prefte à lui defcharger un grand eftramaçon : mais le
chemin luy en eft empefché, car la lance du Paladin l'arrefte au milieu de fa
courfe, & lui perce l'efpaule d'outre en
outre. Toute la troupe des François jette des cris d'allegreffe, au lieu que les
Sarrazins s'affligent du defaftre arrivé au
plus vaillant de leurs guerriers: le Geant
fremit, & la bruflante rage qui le faifit,
luy remplit les yeux de feu, avec tout
le refte du vifage, & afin de pouvoir
empoigner la lance du Paladin, il quitte l'efpée qu'il tenoit en la dextre, laquelle lui demeure pendante à une chaifne
de fer, puis il tire de toute fa force, at-
trainant prefque le Chevalier par terre,
& luy ayant enfin arraché la lance des
mains, il la jette le plus loin d'eux qu'il

peut & reprend Flamberge d'une façon
plus felonne qu'il n'avoit fait auparavant.
Que ferez vous maintenant, valeureux
fils d'Aymon ? où pourrez-vous trouver
quelque secours, comment pourrez-vous
éviter les rigeurs des Parques, ainsi des-
armé que vous êtes.

Mais pour avoir perdu sa lance, il ne
perd pourtant pas le cœur, & ains plus
viste & plus leger que devant, il évite
par son agilité la fureur de son adversaire, lequel fait tomber à bas le fer tranchant, avec un sifflement dru & impetueux, neantmoins il n'atteint rien que la
terre, qu'il offence d'avantage que le
Paladin, & comme il vient à lever encores une fois le bras, Renaud prend son
temps, & entre viste sous luy, & luy,
porte un grand coup de poignard dans
la main à l'endroit où il se trouve le plus
de nerfs, puis il empoigne par la garde
l'espée de Payen, & la luy arrache de la
dextre, en laquelle ne luy estoit resté aucune force. Il ne fut pas alors en la puissance
du superbe Geant de l'en empescher, &
il cogneut bien dés-l'heure qu'il ne
pouvoit plus éviter la fin de ses jours.
Il voit, malheureux qu'il est, la mort
horrible qui se veut servir de sa propre
espée, pour luy trancher le fil de la vie.
Ceux qui pour ne cognoistre pas bien

encore le Chevalier, eſtimoient eſtre en
luy plus de temerité que de ſageſſe, l'ayant
veu marcher à ce duël ſi hazardeux, avec
un tel deſavantage, & ſans avoir daigné prendre un eſpée, l'eſtiment maintenant auſſi rempli de bon jugement,
comme il eſtoit plein de genereux courage, le voyant uſer d'une ſi grande
promptitude & dexterité, chacun d'eux
n'ignore point le grand renom que Renaud s'acquiert par tout où il ſe rencontre : mais pas un ne penſe que ce ſoit luy-
meſme qui combatte : Le vaillant Guerrier leve cependant le bras pour extirper tout à fait un germe ſi meſchant,
& ſi nuiſible au peuple Chreſtien, &
l'ayant atteint par le milieu du col, il
ſepare d'un ſeul coup ce corps monſtrueux d'avec ſon audacieuſe teſte : l'a-
me ſort toute vermeille de ſang, aban-
donnant cet inutile tronc, & ces gros
membres demeurerent froids comme la
glace. Ainſi ce ſuperbe Payen s'en alla en
blaſphemant viſiter, la ſombre demeure de l'Averne, où les plaintes, les douleurs & les gemiſſemens ſont perpetuels.

Renaud ayant ramaſſé ſa lance, re-
monte agilement ſur ſon cheval, mais
il ſe met premierement ſur le coſté,
Flamberge l'incomparable eſpée, d'autant
qu'il voyoit accompli le vœu ſolemnel

qu'il avoit fait autre-fois, puifqu'il avoit
arraché de force à un homme fi fier &
fi robufte, & par le bras duquel il s'eftoit veu en doute, de pouvoir remporter la vie fauve du combat qu'il avoit
eu avec luy, cette efpée fi propre à fa
main, & d'une fi fine trempe qu'il n'y
en avoit point au monde qui poignit ou
qui tranchaft mieux. Othon fe plaignoit
du Payen, de ce que, contre fon defir,
il eftoit entré au combat devant luy, &
fi toft qu'il le vit demeuré fur la plaine,
immobile ainfi qu'une fouche, & fe bai-
gnant dedans fon propre fang, il picque vifte fon Courfier contre Renaud,
ayant mis une forte lance en l'arreft :
mais il receut une fi rude atteinte du Paladin, qu'il fut contraint de tomber fur
la place. Et tout à la mefme heure, le
vaillant Hugues ne fut pas feulement def-
arçonné, mais le fer impitoyable le priva de fentiment & de vie : Ceftui-cy
avoit frappé le Paladin d'un fi rude coup
de lance, qu'à toute peine s'empefcha-
t'il de tomber de fon cheval, & Renaud
au contraire ayant failly fon coup ne
rencontra rien devant la fienne, finon
de l'air & du vent, ce qui le fit tellement tranfporter de rage & de colere,
qu'en peu de temps, il en defpefcha le
monde, & prefque en l'inftant luy ava-

la le chef, & luy enfonça son espée dans
le sein jusques aux gardes. La mesme la-
me qui transperça le cœur d'Hugues, penetra aussi bien avant dans celuy du
Grand-Charles, d'autant qu'il l'avoit
tellement aimé durant qu'il vivoit en sa
Cour, qu'il n'estoit possible de porter
une amitié plus grande; Il veut que cette mort soit vangée à quelque prix que
ce soit, & sent dedans soy un ver qui le
ronge, & un appetit glouton de vengeance qui le devore: il ne luy est pas
possible qu'il ne descharge son cœur:
& se retournant vers Roland qui estoit à
main gauche auprès de luy : il lui tint
semblables paroles.

O principal soustien de mon sceptre,
Nepveu que je cheris autant comme mon
propre enfant, avez-vous veu comme
cette main sacrilege, nous a privez du
gentil & courageux Hugues? voyez comme il nous abandonne en son âge le plus
florissant, & lors qu'il nous pouvoit le
plus rendre de services, & que nous le
devions d'avantage aimer; ah Dieu! combien fut-il vaillant & fort, & combien
nous fut-il bon & fidelle serviteur? helas!
qu'à bon droit toute la France doit jetter des larmes de sang, pour une mort
qui luy est si prejudiciable : mais qui
plus que nous d'eux, doit lascher des

plaintes, des soupirs, & des regrets, pour
le sort rigoureux de Hugues, puis que
nous sommes obligez plus que pas un autre, à ses grands & signalez services ? Hé
quoy ! vous verrez mourir un Chevalier si rempli de perfections & de merites, sans en prendre aucune vengeance?
Ce nouveau venu vous donnera de la
crainte, à vous, qui vous acquistes tant
de glorieuses palmes, lors que le fier Almont, & le fort Troyan se virent vaincus par vostre redoutable valeur ? Pour
Dieu, punissez l'orgueil de ce superbe,
& si vous desirez de me plaire, tirez une
cruelle vangeance de la mort d'Hugues,
& ainsi vous releverez la gloire des François, qui s'en va maintenant toute abatuë par la lance d'un incognu.

Avec ce discours, accompagné d'une
plus grande suitte de paroles, Charlemagne tascha d'esmouvoir Roland contre le fort estranger : Le Comte ne s'estoit point preparé pour la jouste, n'ayant
la vanité d'employer sa valeur en des
combats dont l'issuë demeuroit inutile ;
& pource qu'il n'avoit pas grande envie
d'entrer en lice, il ne fit aucune contenance de s'apprester, ains il declara
haut & clair, ce qui lui vint en la pensée, & dit entr'autres choses, qu'il eut
bien mieux valu conserver le sang Chres-

tien pour la ruine de l'Infidele, que de permettre qu'il fe refpandit foy - même ainfi à credit. Mais l'Empereur ufa de tant de prieres, que Roland ne luy ofa plus contredire, de forte qu'il fut contraint de fe ranger à fa volonté. Il eftoit defia tout couvert de fes armes excepté le vifage, d'autant qu'il n'avoit pas encore pris fon riche habillement de tefte : mais il fe fit apporter le cafque qu'il avoit gaigné fur Almont, & tout auffitoft le pofa fur fon chef guerrier. Renaud qui recognut bien à la devife de l'efcu, que c'eftoit le Comte fon coufin qui venoit contre luy, fe resjouyt grandement de ce que l'occafion qu'il avoit grandement defirée fe prefentoit alors, auffi ne s'efpargna-t'il pas à faire entrer l'efperon dans le flanc de Bayard, lui laiffant la bride toute avalée.

Divines Sœurs, qui tenez voftre docte affemblée fur la montagne au double front, ouvrez maintenant les threfors de vos charmeufes fciences, & me departez de vos douces faveurs, plus largement que vous n'avez encores faict jufques icy, afin que mon difcours foit auffi relevé comme le fujet que je luy donne eft grand & admirable. Et toy, fçavante & belliqueufe Minerve, vien fervir de guide à ma plume, ainfi que tu

conduifis les mains de ces deux invincibles Guerriers , car tu es auffi puiffante pour fecourir en l'un & en l'autre exercice , ceux qui veulent implorer ton
ayde , que Mars & Apollon le fçauroient
eftre tous deux enfemble. Jamais dans
les humides Royaumes de Neptune, deux
vaiffeaux ennemis & bien armez ne s'entre - choquent avec une fureur fi violente , que font ces deux Guerriers , encores qu'ils foient tellement pouffez à force de rames , ou par la vehemence du
vent qu'ils fe laiffent à l'un & à l'autre
des marques de leur inimitié , fi bien que
les liquides plaines en retentiffent tout
autour : Car avec des atteintes cruelles
& horribles , ces Paladins fe mettent leurs
efcus tout en pieces , faifant un fon ef-
pouventable à l'oreille : leurs efcus de
fine trempe eftant fauffez , Bridedor fe
laiffa tomber le premier à terre , & puis
Bayard en fit de mefme tout à l'inftant :
ces deux foudres de guerre ne fe monftrerent pas plus tardifs l'un que l'autre
à fe defembaraffer de la felle pour combattre à pied, chacun d'eux fe tient fur
fes gardes , & appelle toutes fes forces
& fon courage à fon fecours , ufant de
toute forte d'induftrie & de vigilance
pour fe parer des coups de fon ennemy,
& pour prendre le temps de l'offencer,

l'un & l'autre ayant desja recognu l'incomparable valeur de son adversaire. Roland se couvre l'estomac de son escu, estendant vers Renaud la main droicte en laquelle il tenoit Durandal: le fils d'Aymon esquive, & tourne dispostement tout autour de luy, adroict & allegre qu'il est, il tasche de le surprendre par quelque lieu descouvert, mais il trouve toujours en teste ce fin & advisé maistre des Guerriers, lequel ne change point de posture, pour quelque feinte ou signe qu'on luy fasse, il tient toujours le pied ferme, & ne dresse point la pointe de son espée autre-part que devant son ennemy. Tandis que Renaud tournoye de la sorte, taschant tousjours, mais en vain, d'offencer son cousin, il lui presente par mesgarde le sein un peu trop à descouvert: le Comte leve aussitost le bras, & feint de le vouloir frapper sur la teste, puis rabaisse aussi-tost l'espée, lui porte un grand coup dans la poictrine; lequel ayant faussé le plastron, & la cuirasse, luy fait une legere blessure, qui luy fit respandre plus d'ire & de dédain par les yeux, lesquels lui devindrent effroyables à voir, qu'elle ne luy fit verser de sang: il ne se veut plus tenir seulement sur la deffensive, ny ne veut plus tant s'amuser après les finesses;

c'eſt hors qu'il veut deſployer tout ce
qu'il ſçait faire, & monſtrer à deſcou-
vert toute ſa puiſſance r'aſſemblée ; Il
aſſenne le Comte deſſus la creſte de
l'armet, avec une force ſi deſmeſu-
rée , qu'il luy fait baiſſer la teſte
deſſous un ſi rude coup, tout chance-
lant, il s'en fallut bien peu, qu'il ne tom-
baſt de ſon long ſur la place. Roland toutefois ſe recognoiſt , & reprenant ſes
premieres forces, ſe met en la plus grande furie qu'il fut jamais, il roüille ſes
yeux enflammez , & ſemble qu'il faſſe ſortir de ſa viſiere des vives eſtincelles de
feu, le ſeul craquement de ſes dents fait
trembler tous ceux qui le regardent. Bref,
que ſçaurois-je plus dire, que ce ne ſoit
peu pour repreſenter une rage ſi demeſurée ? Jupiter ne ſçauroit eſtre plus terrible
lorſqu'enſon plus grand couroux,il deſſer-
re ſon foudre menaçant deſſus les hautes
montagnes d'Epire. Renaud qui void venir le Compte vers luy, avec un viſage
ſi plein de colere, ſe retire un peu des
coups, & porte l'eſcu au devant de l'endroit d'où il apperçoit venir l'eſpée : ainſi le Pelerin prend l'abri de quelque
couverture ou de quelque muraille,quand
il voit le Ciel troublé d'une groſſe & obſcure nuée, & quand un humide vent
ſoufflant ſon couroux par l'air, menaſſe

la terre d'une forte pluie. Je ne sçai si
ce fut pource que ce vaillant Comte estoit transporté d'une trop grande furie,
tant y a que sa tranchante espée luy tourna dans la main, neantmoins il assena si
rudement du plat, l'escu qui luy estoit
opposé, qu'il le fit tomber à terre tout
en morceaux, de là le coup descendit
dessus l'armet de Renaud, lequel il priva de sa creste dorée : ce casque estoit
d'un si fin acier, qu'il empescha bien que
l'espée ne passat outre : mais le Paladin
ne se put empescher pourtant de tomber
les deux genoux à terre : il se remet incontinant sur le pied, plus rempli de rage & de fureur qu'auparavant, & donne une atteinte si aspre dessus l'espaule
de son Cousin qu'il brise les armes qui
se trouvent dessous, penetrant jusques à
la chair, & sans doute que la cuirasse de
Roland eust esté rougie de son sang,
s'il ny eut point eu de fatalité sur sa peau,
car il ne l'avoit pas moins endurcie contre le tranchant d'un coutelas, que l'eurent autrefois Achilles & Cignus. Mais
qui pourroit particulierement represen-
ter les horribles coups & les diverses atteintes qu'ils se donnerent, veu que la
terre demeura toute semée des mailles,
des clous, & des escailles de leurs armes ? qui se trouveroit assez habile pour
nombrer

nombrer les merveilleux efforts de leur
force, & de leur dexterité, veu que le
Ciel n'en vit jamais de semblables ? ce Ciel
immense, qui tantost avec une infinité
de petits yeux esclairans, & tantost avec
un seul plus grand de beaucoup que pas
un des autres, descouvre à nud toutes
les humaines actions.

L'armée des Chrestiens aussi bien que
celle des Sarazins, demeura touste eston-
née de voir un combat si terrible : &
l'Empereur songeoit en lui-même qui pouvoit estre ce Guerrier incogneu : maintenant il croit que ce soit Francard,
ores il pense que ce soit Mambrin, &
puis il l'estime estre Clairel, l'extreme
valeur duquel la renommée faisoit brui-
re avec sa trompette sonnante jusques
au-delà du Nil & de l'Euphrate. Renaud qui se voit blessé dans le costé droit,
& dans l'estomac, & qui commence bien
à recognoistre que c'est en vain qu'il
pousse Flamberge sur Roland, d'autant
qu'il ne luy sçauroit faire aucune playe,
ainsi qu'il eut bien desiré, veut essayer
un autre moyen de le vaincre, & croit
certainement que s'ils s'attachent à un
combat plus estroit, il en remporta l'honneur : il a la main si forte & si exercitée
à la lutte qu'il ne doute point d'en avoir
le prix, s'il en peut venir là ; le Comte

Q

qui recognoiſt l'intention du fils d'Aymon ne fait point le retif, ains veut
monſtrer que cette ſorte de guerre luy
plaiſt autant que la premiere ; les voyla
qu'ils ſe joignent l'un l'autre des mains,
des jambes, & de viſages, Roland prend
ſon temps, & ſaiſit ſon Couſin par le
Col, Renaud d'autre-part, fait une cein-
ture au Comte par deſſous les flancs,
avec ſes bras robuſtes & nerveux & puis
le preſſe, le ſecouë, le tourne & le ſouſ-
leve, tantoſt avec le pied droit, il luy
lie le gauche, luy voulant faire le cro-
chet, ores il luy preſſe une eſpaule du
menton, & en meſme temps luy ſerre &
eſtreint les flancs avec une extreme force, afin qu'il aye plus de peine à reſpirer. Le Comte pendant ce temps adjouſte
d'un cœur franc & hardy ſa dexterité avec
ſa puiſſance démeſurée ; il ſe pend au
col du fils d'Aymon, & luy fait ſentir
une ſi peſante charge, que poſſible le
monſtrueux Tiphée ne ſe ſent pas d'a-
vantage oppreſſé de la montagne qui
l'accable, il ne leur eſt pas poſſible de
ſe porter à terre, ny l'un ny l'autre, &
d'autant que la vigueur leur manque, la
fureur s'accroiſt en eux, & encores qu'ils
ſoient hors d'halaine, & que tous baignez de leur ſueur, il ſemble que leurs
eſprits ſoient preſts de les abandonner, ils

ne laiffent pas neantmoins de continuer leur bataille obftinée, bien que le defir d'aucun d'eux ne puiffe reüffir : mais enfin, ils fe quittent pour retourner à leur premier combat ; ils remettent la main à l'efpée qu'ils font flamboyer haut & bas comme devant, & la terre recommence à trembler de leurs coups, envoyant en l'air un fon plus efpouvantable que n'eft le tonnere, quand il fort horriblement du fond d'une nuée entr'ouverte.

Mais le Grand - Charles ne fçauroit plus fouffrir que ces deux vaillans Guerriers continuent d'avantage cette rude bataille : il confidere le grand dommage que ce feroit, s'il venoit faute de l'un ou de l'autre, & puis qu'ils ont fait des preuves fi éminentes de leurs genereufes proüeffes, il ne veut pas que leurs efpées faffent voir la fin de leurs combat, d'autant qu'il y voit une trop grande incertitude : La valeur & le courage qu'il recognoift eftre au Chevalier incogneu, lui avoit desja faict mettre bas toute la hayne & la ranqueur qu'il avoit conceuës contre luy : « Que s'il n'eft « pas en noftre puiffance de refrenner « les foudains & premiers mouvemens de » noftre ame, les fages peuvent bien avec « un raifonnable difcours, vaincre leurs «

» affections defordonnées ; & ainfi ad-
» vient-il que l'amour de la vertu, qui
» fe loge & regne ordinairement en un
» cœur noble & bien aſſis, chaſſe tous
» les effects de l'ire, de la rage, & du
» dédain, dont l'on feroit porté contre
» une perfonne vertueufe, d'autant que
» les belles ames font attachées enfem-
» ble avec des liens d'amour fi forts & fi
» eftroits, que fi par malheur il arrive
» quelque accident qui les fepare, auffi-
» toft elles font rejointes & reünies de
» plus près qu'elles n'eftoient aupara-
» vant. Ce fage Empereur, qui changea en un inftant fa haine en amour, pouffa vifte fon cheval entre ces deux Guerriers : & de mefme qu'une forte barre
fert fouventesfois à feparer des furieux
Deftriers enflammez l'un contre l'autre;
le majefteux afpect de ce grand Prince
refrena les ames altieres & fuperbes de
ces Champions, aufquels il tint ces paroles accortes, afin de les rendre tous
deux delivrez de l'inimitié qu'ils fe portoient.

Ceſſez maintenant ce combat, que
vous avez entrepris pour une fi legere
caufe, & ne vous laiffez pas d'avantage tranfporter à la colere, & puifque vous avez
monftré par fignes evidens, combien chacun de vous eft courageux & vaillant,

faites aussi paroistre, comme vous sça-
vez bien vaincre vous-mesme, je le defire, & la raison le veut ainsi, vostre valeur est assez connuë de tout le monde,
permettez donc, je vous prie, vaillans
Guerriers, que d'autres que vous deux
exercent une nouvelle jouste, em-
brassez-vous en tesmoignage de bien-veil-
lance, afin que les querelles & les noi-
ses qui se trouvent entre vous demeurent assoupies, accordez-moy cette demande, puis que je le requiers affec-
tueusement de vous, desireux de voir
une paix calme & asseurée, où n'aguie-
res estoit une aspre & fascheuse guerre.
Et vous, brave Chevalier estranger,
qui avez les mains aussi fortes & robustes, comme vous avez l'ame courageuse
& hardie, aprenez-moy vostre-nom, &
me dites le sang duquel vous estes issu,
afin que j'aye une vraye cognoissance d'un
guerrier de si grand prix, & d'un tel
merite.

Alors Renaud fit cette responfe à l'Empereur, Que vostre Majesté, Sire, ne s'arreste pas, s'il luy plaist, à vouloir cognoistre ma basse qualité, & ma vile condition, mes levres ne pourroient pas prononcer mon nom, qui n'est encore en
nulle estime entre les Guerriers, sans que
la honte me colorast les joües, je m'ef-

forceray de me rendre propre à executer tout le reste de vos Royales volontez, & tiendray pour un honneur sans
pareil de recevoir vos sacrez commandemens: Mais je cederay toujours très-
volontiers la palme du combat à cet invincible Chevalier: & disant cecy, va
droit à son cousin pour lui baiser la main
avec une humble reverence: Roland la
retire, ne le veut nullement permettre,
ains luy fait un recueil tout plein d'humaines & courtoises actions, & luy de-
fere devant tous l'honneur de cette bataille, eslevant jusques au Ciel son incomparable valeur., & puis qu'il n'a peu
venir à bout de le dompter avec les armes, à tout le moins veut-il s'efforcer
de le vaincre par ses honnestetez, & par
ses courtoisies, & s'estant faict apporter
une riche paire d'armes, dont il avoit
autresfois despoüillé un Seigneur More,
qui estoient d'une dure & diamentine
trempe, & dont les escailles estoient jointes avec une grande industrie, il en fait
present au Chevalier estranger, & outre
luy donne encore une belle cazaque
de velours bleu-Turquin, relevée de
broderie d'or & d'argent, d'autant que
la sienne estoit presque toute en piece, pour les coups qu'il avoit receus en
combattant. Le fils d'Aymon ne voulut

pas en cela paroiſtre moins courtois que
ſon couſin, il ſe fait apporter par un
ſien Eſcuyer, la peau d'un des plus
beaux Lyons, qui ſe ſoit jamais veu en
Affrique, dont un noble Baron luy avoit
autresfois fait preſent, laquelle il pria le
Comte d'accepter : le poil qui la couvroit eſtoit jaune meſlé de blanc, & ſes
ongles d'or, avec ſa groſſe teſte dorée,
où le poil eſtoit fort long & eſpais, la
rendoient peſante à merveille ; & ce fut
avec un tel preſent, que Renaud rendit
le change de l'honneſteté dont Roland
avoit uſée vers luy.

Cependant, Griffon le Mayençois, attendoit les Chevaliers à la jouſte avec
une merveileuſe impatience, & monté
qu'il eſtoit deſſus un puiſſant Cheval,
arreſtoit ſur luy tous les yeux des regardans, avec ſon altiere & ſuperbe façon : Celuy-cy eſtimoit ſa valeur de telle ſorte, qu'il croyoit que ſes armes lui
avoient acquis un grand bruit ; Renaud
ſe preparoit desja pour courre contre luy;
mais Florinde s'y oppoſa, lui diſant que
c'eſtoit aſſez qu'il eut fait des actes ſi
relevez, que la mémoire en reſerveroit
toujours les tableaux dans ſon temple, &
qu'il luy devoit alors ceder la place, &
ne ſonger plus à rien qu'à faire penſer
ſes playes ſanglantes, veu que lui Florin-

de, n'avoit jufques là fait autre chofe,
que d'eftre fpectateur de la valeur d'autruy.

Voicy, ô Griffon! que l'on te rabaiffe
de beaucoup, tant d'orgueil que tu re-
celois en ta fiere penfée; pauvret, un
Guerrier feulement depuis trois heures,
te renverfe tout d'un premier coup, la
main d'un jeune adolefcent te fait faire
une honteufe cheutte, toy qui fut bien
fi audacieux, que d'eftimer ta proüeffe
plus grande que celle de Roland.

Florinde abatit encores puis après An-
foüys, Avine, Avore, Anfelme, & Denis;
Et puis il fit quitter les arçons à Salomon
d'Efcoffe, & à Albert d'Angleterre, & le
Parifien Biftagne, avec plufieurs autres,
furent auffi par luy renverfez par terre:
le cœur de Renaud baignoit dans l'allegreffe de voir faire de fi belles chofes à
fon compagnon ; & tout incontinant le
jour commençant à vouloir cacher fa face riante deffoubz le rideau de la nuit,
fit mettre fin à cette joufte : & l'Empereur fe retira dans fon Camp avec tous
les fiens.

Mais devant que de partir du lieu, il
avoit bien fait tout fon poffible pour retenir les deux Guerriers près de luy,
au moins pour quelque temps, & s'eftoit bien encores efforcé d'apprendre au
vray

vray de Renaud son nom, & sa patrie, avec tout ce qu'il estoit de besoin de sçavoir pour le bien cognoistre ; & voyant qu'il n'estoit pas en sa puissance de l'obtenir de luy, il fut contraint de refrener son curieux desir, & de finir les prieres qu'il luy en faisoit, acceptant pour bonnes les excuses de tous les deux Chevaliers, lesquels s'en allerent aussi tost en la plus grande diligence qu'ils peurent.

ALLEGORIE.

Florinde faict Chevalier par Charlemagne, est le portraict d'une ame vertueuse, laquelle s'acquiert de la gloire & de la loüange par sa propre valeur. Le refus que Renaud & luy font de se donner à cognoistre, sert d'exemple comme les ames genereuses fuyent les applaudissemens du vulgaire, aymans mieux meriter les honneurs sans les recevoir, que non pas en estre estimez dignes en apparence, sans neantmoins les meriter.

R

CHANT VII.

ARGUMENT.

Renaud & Florinde rencontrent le pere de Hugues se plaignant de la mort de son fils. Puis ils trouvent auprès d'un petit Fleuve plusieurs Guerriers, lesquels ploroient & regrettoient l'infortune arrivée à l'un d'eux. Celuy-là combat contre Renaud : & après avoir esté vaincu par le Paladin, il luy faict le discours du sujett qui le faisoit ainsi plaindre avec tant de Chevaliers, & ayant esté fort blessé, il meurt incontinant. Euridice reçoit Renaud & Florinde dans le Palais de la Courtoisie, & leur dit, comment & par qui, il avoit esté fondé.

LEs deux vaillans guerriers partirent du camp de Charles-magne, puis qu'il ne s'y trouvoit plus rien où ils peussent employer leur genereuse valeur : d'autant que les Mores s'estans resserrez dedans les fortes places, ne faisoient plus aucune saillie sur le Peuple. Chrestien. Ils s'en vont chercher des adventures nouvelles, poussez par un soing bruslant de faire esclatter leur reputation, & par un

beau defir d'honneur qui fans ceffe les
éguillonne, & qui ne leur fçauroit permettre de demeurer tant foit peu enve-
lopez dans la pareffe. Et cheminans ainfi
parmy l'obfcurité, ils apperceurent plufieurs torches allumées, lefquelles malgré les tenebres leur faifoient à plein difcerner toutes les campagnes d'alentour,
& tout incontinant, une voix lamenta-
ble comme d'un homme grandement outré de douleur, vint frapper leurs oreilles. Ce pitoyable bruit croiffoit toujours
de plus en plus ; & comme ils fe furent
approchez de ces flambeaux, ils avife-
rent un homme deja chargé d'un grand
nombre d'années, ayant atteint à peu
près l'aage auquel la vie humaine fe ter-
mine ordinairement, couvert d'une longue robe noire & trifte avec une face lar-
moyante & toute comblée de dueil,
lequel à fes angoiffeufes actions, faifoit
bien paroiftre qu'il eftoit tourmenté par
des afflictions fort griefves, & que fon
eftomach refferroit une grande rage &
une fafcherie qui furpaffoit l'ordinaire :
Il gemiffoit, & foupiroit, en jettant de
grands cris ; il fe plomboit le fein, il s'ar-
rachoit les cheveux, & fe defiguroit le
vifage. Celuy-cy eftoit le pere du deffunct Hugues, lequel bien que fort vieil,
pefant, & inhabile à porter les armes, ne

laiſſoit pas de ſuivre les eſcadrons François avec ſon fils, eſmu à ce faire par
l'amitié paternelle qu'ili lui portoit. L'Eſ-
toille qui preſidoit à ſa naiſſance jetta
bien ſur luy ſes œillades plus louches ,
puis qu'il vit de ſes propres yeux, l'accident deplorable advenu à ſon miſerable fils, & le voyant ſon dueil en fut
beaucoup plus amer & plus faſcheux à
ſupporter.

Comme ce bon - homme apperçoit le
corps tronqué de celuy qu'il aimoit avec
une affection ſi tendre, lequel ſembloit
eſtre au milieu d'un ruiſſeau de ſang, il ſe
laiſſe ſoudain tomber deſſus, où il s'afflige
demeſurement ; il luy prend & luy ſerre
les bras, & luy preſſe le coſte gauche
avec la bouche à l'endroit meſme où éſ-
toit la plus grande bleſſure. Ainſi ce pauvre pere demeure eſtendu ſur ſon fils,
preſque auſſi privé de ſes ſentimens,
comme pouvoit eſtre le treſpaſſé :
Mais à la fin les eſprits lui revindrent,
& par meſme moyen ſes plaintes & ſes
ſoupirs recommencerent, leſquels luy
firent alors laſcher ces triſtes paroles,
avec une voix qui coréſpondoit bien à ſon
amere douleur.

Mon cher & unique fils, ſujet de tous
les contentemens que je prenois n'aguie-
te au monde, & maintenant cauſe de tant

d'ameres douleurs qui m'y affaillent :
Helas fils bien-aimé ! je te voy privé de
ta belle ame, & encores, ce qui m'eft
le plus grief, pour une caufe fi legere ;
ô vœux ! que j'ay tant de fois faits en vain,
ô ! trompeufes penfées ; ô ! prieres jettées
aux vents ; ô ! decrets du Ciel mefchans
& injuftes, s'il eft loifible de vous appeller ainfi ? ô Dieu ! comme le permîtes
vous ? las ! que vous eftes heureufe, chere compagne de mon lict, qui l'avez engendré avecques moy, d'avoir payé le
tribut à la nature avant qu'un tel accident fût arrivé, la mort vous exempte
de fouffrir de fi cuifantes peines, & moy
tout au contraire, helas ! je me voy re-
fervé pour des fupplices qui n'ont point
leurs femblables. Mais où eft le chef fe-
paré de ce corps fans vie ? ah ! poffible
que quelque fcelerat l'aura ofté : Quoy !
je ne verray donc point ce vifage tant
aymé ? je ne baiferay point cette face
qui me fut fi chere ? & difant ces paroles, il tient quelque temps fes yeux arreftez en un endroit, & void la tefte de
fon fils demy-couverte de fang & de
pouffiere, il court vifte au lieu où elle
eftoit, & l'ayant tirée de dedans le cafque avec impatience, la baife plus de
mille fois, & la lave toute de fes pleurs.
Ce chef eftant ainfi découvert faifoit en-

cores voir lors je ne fçay quoy de fier &
de terrible ; le pere tient toujours la veuë
fichée deffus, le tournant entre fes mains
d'une façon piteufe ; ô ! combien tu es
puiffant, Amour paternel, il fe l'approche à tout moment de la bouche, fans
en prendre aucune horreur, puis il lafche
ainfi la bonde à la douleur qu'il tient re-
ferrée.

Qu'eft devenuë, difoit il, la lumiere
de ces beaux yeux ? où s'eft retiré l'honneur de ce gracieux afpect ? helas ! comme
ces jouës & ces levres fe voyent maintenant privées de leur grace & de leur
fraifche couleur ? Cette face craffeufe &
decolorée, eft-ce bien au moins celle qui
me fit autrefois fentir tant de joye &
tant d'allegreffe ? Las ! il n'eft que trop
vray que ce foit elle-même : & d'autant
qu'elle a rempli mon cœur de plaifirs
& de contentemens, d'autant le remplit-
elle à cette heure de regrets & d'ennuis.
Voilà mon fils les derniers offices que
je te rends, & que je devrois à meilleur
tiltre recevoir de toy. Voila que je te
ferme les paupieres avec cette miferable-
ble main, demeure doncques en eter-
nel repos. Et fi ces mains tremblottantes
ne font pas les vangereffes de ta mort,
ne m'en accufe pas, mon fils, le Ciel ne
l'a pas voulu ainfi permettre, puifqu'il

les a privées de leur force & de leur vigeur premiere, avec son tours plusieurs fois recommencé.

Renaud ouvre les portes de sa genereuse poictrine à la pitié, en oyant ces lamentations, & ces tristes plaintes. Il voudroit bien tascher d'adoucir les douleurs qui tourmentent ce bon vieillard, & s'afflige du mal qu'il luy voit endurer (car les afflictions d'autruy luy attendrissoient ordinairement le cœur) mais après avoir songé que ses consolations pourroient causer à ce pauvre pere, un effet contraire à son intention, s'il venoit à le recognoistre pour l'homicide de son fils, il jugea plus à propos de se retirer : ce qu'il fit, emportant avec soy une grande tristesse, de l'affliction de ce bon-homme. Les deux Guerriers passerent le reste de la nuit dessoubz une cabane de Pasteurs. Et quand l'aube vint de rechef chasser les tenebres de dessus la terre, ils se remirent à picquer, traversans plusieurs chemins rompus, & plusieurs passages difficiles ; jusques à ce qu'ils arriverent en un bois solitaire & tenebreux, lequel faisant outrage à soy-mesme, ne recevoit jamais les amiables rayons du Soleil.

Un petit fleuve qui tiroit sa source des montagnes voisines, serpentoit par le

milieu de ce bois, les eaux duquel eſtoient ſi noires & troubles, qu'elles cachoient comme envieuſes leur fond à
ceux qui y jettoient la veuë: auſſi ne
nouriſſoient-elles aucuns poiſſons, & les
Nimphes legeres ne cherchoient point ce
lieu pour retraite, toutes les ondes s'aſ-
ſembloient en un creux, après avoir cou-
lé quelque eſpace, formans un lac d'une
figure ronde, dont les rivages n'eſtoient
bordez que d'eſpines & de halliers, &
nul arbre n'y eſtendoit ſon frais ombrage, ſinon des Cyprez & des Ifs. Les
Chevaliers regardent autour d'eux comme eſtonnez, & nulle choſe qui puiſſe tant ſoit peu deleċter, ne paroiſt à
leur veuë, il ne ſe trouve là rien d'agreable ny de plaiſant, les yeux y ſont at-
triſtez de ce qu'ils peuvent regarder en
quelque endroit que ce puiſſe eſtre, le
jour y eſt ſans ceſſe tenebreux & obſcur,
toujours l'air y eſt nebuleux & triſte,
toûjours les arbres y ſont ſans feuilles &
ennuyeux à voir, & toujours la terre
y eſt veſve de fleurs & de verdure. Et
comme ils veulent paſſer outre, ils
aperçoivent aſſez près d'eux une ſepulture haut-eſlevée, autour de laquelle pluſieurs Guerriers eſtoient aſſemblez, qui
portoient tous des viſages de perſonnes
affligées juſques au deſeſpoir, car il s'ar-
rachoient les cheveux, ſe battoient aſ-

prement le fein, & faifoient retentir le
bois de leurs angoiffeufes plaintes, & de
leurs pitoyables regrets.

Ce fepulchre eftoit faict d'une roche fi
vive, & fi tranfparente, qu'il defcouvroit ce qu'il tenoit enclos, ainfi qu'eut
peu faire un verre fubtil & luyfant, ou
bien une onde claire & pure, fi bien
que les deux Guerriers arreftans leurs
regards deffus, penetrerent jufques au
plus profond,& y-virent(chofe prefque incroyable) une Damoifelle eftenduë, des
plus belles & des plus agreables à voir: elle
étoit morte il y avoit deja quelque tems,&
toute froide qu'elle eftoit, elle fembloit
brufler d'Amour & le Ciel & la terre :
une homicide & fanglante fagette luy tra-
verfoit fa delicate poictrine, & luy venoit fortir derriere l'efpaule, neantmoins
fon vifage faifoit voir plus de blancheur
que ne fait pas la neige que Junon fecouë quelquesfois de fon voile frileux
& gelé; & bien qu'elle eut les yeux fer-
mez, l'on ne laiffoit pas de defcouvrir
en eux tout le plus riche threfor de
l'Amour. Durant que les deux Guerriers s'amufent à contempler cette belle Dame enfevelie, l'un de ceux qui eftoient rangez à l'entour du tombeau, duquel l'affliction eftoit de beaucoup plus
grande que celle de tous les autres,

(encores qu'il tint les peines qu'il sentoit cachées dans son interieur « mais plus
» la douleur est celée, & plus elle nous
» est sensible) met son casque en teste,
monte à cheval, & se prit à parler de
la sorte à Renaud & Florinde.

Chevaliers, il faut que vous goustiez
de l'eau de cet Estang, elle est d'une telle
proprieté, que quelque homme que ce
soit qui en moüille seulement ses levres,
il s'engendre aussi tost en son cœur un
nouveau dueil & une amere tristesse,
qui le contraignent de demeurer icy
toute sa vie, afin de pleurer à chasque
moment cette Demoiselle trespassée; beu-
vez-en donc tout maintenant, sans d'a-
vantage tarder, si vous n'aimez mieux
que ma main vous fasse gouster la mort.

Renaud se prit à esclatter de rire, &
dist : Sus, Chevalier, venons en doncques aux armes, puisque vous le voulez,
que si vous cherchez des querelles de
gayeté de cœur, vous trouverez un homme aussi prompt à les vuider, comme
vous sçauriez estre à les faire, & si le
Ciel a destiné que vos mains me privas-
sent de la vie, mettez-vous tost en devoir de me l'oster.

Ainsi tous deux fiers & pleins d'audace, tournent leurs chevaux, & piquent
de toutes leurs forces. L'une des lances

donna dans l'eſtomac, & l'autre adreſſa
ſur la teſte, & toutes deux porterent
coup, car Renaud fut atteint ſi aſprement deſſùs le caſque, qu'il ne ſe put
empeſcher de tomber: mais ſa lance fatale entra bien avant dans le ſein de ſon
ennemy, tellement qu'il fut jetté ſur la
place bien loin de ſon cheval, tout ſei-
gneux & tout tremblant. Le Paladin ſe
releve legerement plein de colere & de
fureur, & ne veut point demeurer en
repos, qu'il n'aye premierement privé
de vie celuy dont il ſe ſent ſi fort offencé: toutes fois, lorſqu'il vid ce miſerable eſtendu ſur la terre, tout ſoüillé de ſon ſang, l'ire & la rage abandon-
nerent ſon cœur, & la compaſſion ſe
mit en leur place: Il court droit au bleſſé, auquel il deſtache viſte l'armet, afin
de luy faire recouvrer ſes ſentimens éga-
rez, & comme le viſage eut ſenty l'air,
ce Chevalier ouvrant les yeux pouſſa un
profond ſoupir hors de ſon eſtomac, de
quoy le fils d'Aymon ſe ſentit encores
plus attendri: neantmoins il s'enquit de
luy pourquoy il ſouſtenoit une ſi meſ-
chante & ſi pernicieuſe couſtume, indigne d'un brave guerrier.

Je ne veux pas refuſer de vous apprendre, diſt alors le Chevalier bleſſé,
pourquoy cet uſage eſt icy maintenant

obfervé, fi le peu de temps qui me refte à vivre me le peut bien permettre:
& fi cette couftume vous femble injufte
& mauvaife vous en accuferez en partie
ma cruelle & fafcheufe deftinée, pource qu'elle en eft la premiere caufe, m'a-
yant fait prendre trop à cœur, les infortunes d'autruy, & les miennes propres.

HISTOIRE
de Clitie.

DURANT mes premieres années,
continua le Chevalier incognu,
j'eus la fortune tellement à fouhait,
(& ce fut pour mon plus grand malheur) que je meritay d'avoir pour efpoufe cette Dame, que vous voyez icy
enfevelie. J'eftois tenu de tous pour un
Chevalier vaillant & courageux, & elle
fembloit eftre pluftoft une Deeffe des
Royaumes eftoillez, que non pas une femme, fi bien que fa face attrayante eut
facilement contraintà luy faire hommage,
jufques aux plus rudes & plus fauvages
efprits. Perfonne ne pouvoit affeoir un
œillade fur elle, qu'il ne fe fentît incontinant enflammer d'une amoureufe ar-

deur ; mais nul autre que moy ne pouvoit plaire à ses yeux, & il ne lui estoit
pas possible d'arrester autre-part ses pensées. Il estoit bien aussi en ma puissance
d'acquerir les bonnes graces de plusieurs
belles & parfaictes Dames, lesquelles ne
demandoient pas mieux que de me faire part de leur amour : mais j'aimois
tant ma chere moictié, & me plaisois tellement à ses douces caresses, que toutes
autres m'eussent semblé de nul goust.
Ainsi vescus-je long-temps en cet estat ;
heureux ce me sembloit plus que je ne
m'estois jamais osé promettre. Si cette
peste, helas ! qui remplit ordinairement
le monde de debats & de querelles, &
qui trouble de son noir venin l'estat
le plus tranquille de l'amour, ne fût
point sortie du plus creux de l'Enfer pour
venir troubler mes contentemens & mon
repos. La jalousie vint d'une façon trom-
peuse & fausse, assaillir le cœur de Clitie ma chere espouse. J'avois accoustu-
me d'aller souvent és environs de ce bois
à la chasse de quelque beste, & quand
le Soleil élançoit ses plus brulans rayons,
je me servois du taillis le plus touffu pour
me preserver de la chaleur : car notez
que ce bois estoit alors embelli de toutes parts de mille gentillesses & raretez,
qui rendoient son ombrage souhaitable

par deſſus tout autre, il n'eſtoit pas comme vous le voyez aujourd'huy rendant
les ames triſtes de ceux qui jettent ſeulement la vuë deſſus.

La pluſpart du temps ſe retiroit auſſi
avecques moy dedans ce frais & plaiſant
bocage, Hermille, belle & gentille Nimphe, laquelle ne s'amuſoit point à tra-
cer d'une eſguille deſſus un canevas, ny
à manier la quenoüille & le fuſeau, mais
ſon cœur audacieux ne ſe plaiſoit rien
qu'à lancer un dard, & à decocher un
traict de deſſus un arc & d'autant qu'elle
ſuivoit avec affection la Chaſte Foreſtiere, d'autant avoit-elle à contre-cœur
les exercices de la Deeſſe d'Athenes.
Elle avoit les membres blancs & polis,
& le viſage gracieux, viſage trop cruel
toutefois, puiſque c'eſt ſa beauté qui
me cauſe la mort. Et comme il arrive
ſouventesfois, que l'homme adjouſte ai-
ſement foy au menſonge, & que ce qui
eſt une fois entré en ſa creance, il l'af-
ferme eſtre la meſme verité, quelques-
uns m'accuſerent envers Clitie, d'eſtre
d'un cœur leger & infidelle, & d'avoir
fait banqueroute à la foy que ſaincte-
ment nous nous eſtions promiſe; luy di-
ſans, que je luy rendois une ingrate recompenſe de ſes pures & ſinceres affections, veu que durant les chaleurs de

l'esté , je me veautrois dans les plaisirs lacifs avec la Nimphe Hermille. Clitie desireuse de voir l'effect de ses faux
rapports, avant que de m'en faire aucun
bruit, & sçachant bien que ce lieu estoit toujours ma retraite ordinaire durant le chaud du jour, s'y rendit fort
long-temps devant moy & se cacha dedans le plus touffu du taillis, où elle se
resolut de m'attendre. Le travail que la
chasse me donna cette journée, me fit
rendre par après au lieu accoustumé ,
tous las & tout degoutant de suëur, &
m'estant jetté sur l'herbe, je vis tout
aussi-tost mouvoir des feuilles seiches auprès de ce lac, & entendis je ne sçay
quel bruit, qui me fit croire qu'il y
avoit là quelque beste cachée , je dardai,
malheureux que je suis, mon javelot a-
ceré, lequel s'en alla d'une vitesse rapide à travers les rameaux fueillus, frapper le tendre sein de ma Clitie. O Dieu!
Cette cruelle blessure la fit tomber à terre, & par mesme moyen l'esperance m'es-
cheut aussi de jamais gouster aucune liesse : elle lascha seulement un pitoyable
helas! qui me vint soudain penetrer le
cœur, sans que je recogneusse que c'estoit ma femme : je cours viste au lieu
d'où j'avois entendu venir la voix, & vis
(ah ! triste & fascheuse veuë) ma che-

re efpoufe qui gifoit à terre languiffante,
verfant fa vie fur l'herbe avec le pourpre de fon fang. Je m'agenoüille incontinant auprès d'elle, & luy leve la tefte
fur mon eftomac, preffant avec ma bouche fes amoureufes levres, je defagra-
phe fa robe, & cherche toutes fortes de
moyens pour eftancher le fang qui fortoit à gros bouillons de fa mortelle playe,
afin qu'aumoins la vie luy duraft d'avantage, & qu'avant que l'ame l'euft quittée,
je peuffe jetter des plaintes de noftre commun defaftre, je fais en forte qu'elle ouvre les yeux à demy, pour voir mes foupirs & mes ameres larmes, & pour oüir
mes regrets lamentables : & lors elle vit
mes yeux qui fembloient pluftot efpan-
dre des torrens que des pleurs ordinaires, defquels fa face mourante & fes paupieres ent'rouvertes, eftoient auffi moüillées que les miennes propres, & puis
elle m'oüit lafcher ces triftes paroles,
qui pour fortir fendirent à peine la preffe des fanglots.

O cheres delices de ma vie ! fidelle
compagne, doux fubject de mes contentemens paffez, quel eft le fort rigoureux
qui maintenant vous fepare de moy ?
pour Dieu, mon ame pour Dieu,
ne fuyez pas encores, helas ne vous
haftez pas tant de me laiffer ainfi def-

plaifant

plaifant & odieux à moy - mefme de me voir privé de ce qui caufoit toutes mes aifes : attendez un peu, divin efprit, ne quittez pas encores fi toft voftre mortelle efcorce, je veux courir une pareille fortune que vous, ô chere efpoufe ! il eft bien raifonnable que je goufte avec vous les amertumes de la mort, puis que c'eft avec vous que j'ay jouy des douceurs de la vie. Mais ne me deniez la clarté de vos beaux yeux mes foleils, fi vous ne me voulez afprement punir en me refufant les doux rayons de ces divines lumieres, regardez au moins la jufte vangeance de voftre mort, que je m'en vais faire fur moy-mefme.

Alors Clitie, tournant piteufement fon regard fur moy, lequel me paffant par les yeux me vint defcendre jufques au cœur, me dift.

Mes delices, puis qu'un malheureux deftin nous fepare ainfi violemment, ne foyez, je vous fupplie, contraire à mes dernieres intentions, & fi vous avez quelque pitié de mon defaftre; fi vous jugez que l'amour que je vous ay porté merite quelque recompenfe, faites au moins que je m'en aille affeurée, que vous accomplirez mes prieres : faites, dis-je, que je fois certaine quand je defcendray là bas, qu'après que je feray froide & pafle,

S

Hermille fafcheufe caufe de ma defaven-
ture, ne tiendra point ma place, & qu'un
Hymenée facré ne la joindra point avec
vous : faites-le 'cher fpoux, je vous en
conjure par toutes nos plus eftroites a-
mitiez : faites-le, ô ! le plus doux fou-
cy de ma penfée. Helas ! ce fut alors
qu'en eftandant les bras, elle m'eftrei-
gnit le col, & ferma en mefme temps fes
gracieufes paupieres, pour ne les ouvrir
jamais plus.

Je m'efcriay foudain en jettant une
infinité de fanglots, helas ! une vaine ap-
prehenfion vous a furpris le cœur, efpoufe bien aimée; ô Dieu ! faut-il qu'un
foupçon fans nulle apparence , & une
crainte fans aucune jufte caufe vous fepare de moy ? Las faut-il qu'une legere
& fauffe croyance m'envelope maintenant en des perpetuelles angoiffes? miferable condition de cette mortelle & trom-
peufe vie, puifqu'elle eft fubjette à des
adventures fi violentes. Je remarquay ce
me fembloit une certaine ferenité fur le
vifage troublé de ma Clitie, après qu'elle
eut oüy les chofes que je viens de dire,
il me fut avis que fon ame reçeut quelque allegreffe en fortant de fa terreftre
prifon, auffi pouvoit-il eftre vray, car
elle avoit poffible recogneu à mes veritables & finceres paroles, qu'elle avoit

esté desceuë par une fauffe & trompeu-
fe erreur.

Sa mort me fit tellement abandonner
au defefpoir, que peu s'en fallut que je
ne m'ôtaffe la vie, qu'auffi bien ne fupor-
tois-je plus qu'à regret ; Mais quand j'eus
de plus près confideré, que cette peine
eftoit trop legere pour une fi griefve offence, & que le cruel excez que j'avois
commis en donnant la mort à ma femme,
demeureroit par ce moyen impuni ; je
me refolus de vivre, afin que les peines
qu'endurent ceux qui vivent ennemis
d'eux-mefmes, & qui voyent avec horreur & d'un œil dedaigneux la claire lumiere du Soleil , fuffent les fupplices
vangeurs de ma faute irreparable : Et
afin que mes afpres douleurs s'accruf-
fent de jour en jour , en voyant fans
ceffe devant moy ce qui en eftoit la caufe;
je fis baftir cette tumbe pat un Magicien , qui la fit comme vous la voyez
d'une roche vive & tranfparente, & en-
ferra mon efpoufe dedans trefpaffée, ayant
encores à travers le fein le mefme traict
dont elle avoit efté occife, faifant que
la revolution de plufieurs fiecles ne luy
puft corrompre la chair ni les cheveux.
Mais ce lieu me femblant trop delectable & trop peu conforme à mon angoif-
feufe & trifte condition, je fis enforte

vers ce Magicien, qu'il me le rendit convenable en le faisant ainsi obscur & tenebreux, & en retirant tout ce qui pouvoit tant soit peu destourner mes noires
& ennuyeuses pensées; ce qu'il fit avec
facilité : car son pouvoir estoit si grand,
que d'une seule parole, il esbranloit la
terre & arrestoit la course du Soleil. Je
voulus encores par après avoir des compagnons en ma rigoureuse adventure, &
en mes ameres peines ; afin que la mort
regrettée de ma Clitie, fut autant pleu-
rée comme la perte en estoit grande ; &
pour cet effet, je fis jetter un sort d'une
telle vertu sur cette eau, que quelque
homme que ce fut n'en gousteroit jamais,
qu'il ne luy demeurast au cœur un dueil
poignant & sensible pour la pitié de celle qui
gist ici. C'est pourquoi vous voyez ces Chevaliers qui en ont beu, rangez à l'entour
de cette pierre, tenans tous le regard
fiché sur cette sepulture, & pleurans
avecques moy l'accident arrivé à mon
espouse. Je ne m'esloigne jamais guieres
de cette valeé obscure, ny le jour ny la
nuit, pour contraindre les guerriers
que le sort y conduit : d'avaler contre
leur gré de cette pernicieuse liqueur :
mais cette estrange enchantement doit
prendre fin avec mon ennuyeuse vie, &
chacun de ceux qui gemissent icy doit re-

tourner en son premier estat.

Ainsi ce Chevalier acheva son discours avec bien de la peine, encore n'en pust-il qu'à demy prononcer les dernieres paroles ; d'autant que l'haleine luy vint à manquer, & tout aussi-tost il souffla son ame dehors, laquelle s'en alla errante chercher celle de sa Clitie. Il n'eut pas si tost les paupieres fermées, que ceux qui lamentoient en de si pitoyables accens, se sentirent délivrez du dueil qui tenoit leurs cœurs oppressez, ils mirent fin à leurs regrets, car ils ne sentoient plus rien qui troublast leur interieur ; aucun d'eux ne sçauroit pourtant dire la cause qui leur avoit fait lascher tant de plaintes, ils se regardent l'un l'autre, esbabis de se voir en cet estat, & ne peuvent penser qui les avoit fait ainsi demeurer. Renaud qui estoit resté fort triste de l'accident arrivé au miserable Chevalier, se resjoüit neantmoins de voir ces Guerriers libres du malicieux enchantement, & afin de les oster du doute où ils estoient, il leur fait le recit entier de ce qu'il venoit d'apprendre du deffunct, & leur dit comme ils avoient esté delivrez par son moyen, de quoy les Chevaliers luy rendirent des graces infinies, luy faisant offre d'employer leurs biens & leurs vies pour son service ; Et

comme ils devifoient encores enfemble,
ils aperceurent (chofe merveilleufe à dire) s'eflever de foy-mefme un grand fepulchre affez haut de terre, lequel fut
pofé à l'inftant par une main invifible,
juftement à cofté du premier : Chacun
d'eux s'eftonne de ce nouvel enchantement, & leur femble cette chofe mer-
veilleufement eftrange & hors d'ufage :
mis ils furent furpris d'un bien plus grand
efbahiffement, quand ils cogneurent que
c'eftoit le Chevalier mort depuis n'a-
guieres qui giffoit dedans ce tumbeau ;
Ils virent encores au lieu le plus éminent
de cette pierre tranfparente des lettres
gravez, par lefquelles eftoit fort parti-
culieremeut defcrit la fin pitoyable &
mal-heureufe de ces deux infortunez, ce
qu'ayant efté quelque temps confideré,
les Chevaliers defireux de revoir leurs
maifons, defquelles il y avoit affez long-
temps qu'ils eftoient efloignez, fe fepa-
rerent qui deçà, qui delà, après s'eftre
faict plufieurs courtois & honneftes com-
plimens, ainfi que l'on a de couftume de
faire ès adieux qui fe difent entre les
gens qui fout profeffion d'honneur.

Florinde qu'un grand amour avoit
desja conjoint avec le vailant fils d'Aymon, demeura lors tout feul auprés de
luy, & tout de mefme que le naturel

inftinct d'un bon chien de chaffe eft de
chercher fans ceffe la befte, foit au fond
des tanieres, dans les buiffons, ou à travers les guerets : ainfi chacun de ces deux
braves guerriers, eguillonnez d'un genereux defir, cherche des nouvelles adventures, par les montagnes, par les bois
& par les plaines : & le troifiéme jour
enfuivant, à l'heure que le Soleil eftoit
à la moiétié de fa traite, ils aborderent
auprès de la mer Thirene, de laquelle
les ondes feraines & tranquilles, venoient
paifiblement battre le mol rivage : & en
mefme inftant ils fe trouverent dedans
un champ tout émaillé de fleurs, fur lequel paroiffoit autant de couleurs diverfes qui rendoient fa tapifferie agreable
à la veue, comme l'on voit des graces
& des beautez éclater fur la face amoureufe de celle qui m'a fi dextrement fceu
voler le cœur : d'un cofté fe voyoit la
fleur qui prit fon eftre par la mort de ce
Jouvenceau, qu'un impetueux palet priva de vie; D'un auftre cofté fe defcouvroit celle qui nafquit de cet infenfé,
qu'une folle erreur fit brufler de l'amour
de fa figure vaine; & en un autre endroit paroiffoit la rouge fleur, qui prit
commencement par le fang efpandu de
celuy duquel tu fus tellement efprife
(gracieufe Cyprienne) que tu dedai-

gnas pour luy les careſſes de ton Mars &
de ton boiteux, & quittas la demeure
de ton troiſiéme Ciel pour le ſuivre ſur
les aſpres montagnes, & dedans les obſcures foreſts. Le Nard, le ſaffran, les
lys, & la giroflée, eſpanoüiſſoient en ce
lieu leurs odorantes feüilles, & pluſieurs
autres belles fleurs s'y faiſoient auſſi voir,
dont la nature n'avoit jamais enrichi aucun autre jardin que celuy-là, par le milieu duquel un clair ruiſſeau portoit dans
la mer ſon criſtal liquide, en faiſant pluſieurs replis, dont le gracieux murmure
enchantoit l'oüie : Ses ondes entraînoient
plus d'or avec elles, que n'a jamais fait
le riche Pactole, & tout ſon canal eſtoit
ſi abondant en coral & en pierres pre-
cieuſes, qu'il n'eſt pas poſſible que The-
tis recele un plus riche treſor. Les cheſ-
nes, les haiſtres, les ſapins, ou les peuples ne deffendoient point cette terre
contre les cuiſans rayons du ſoleil : mais
les lauriers, les mirthes, les romarins,
& autres ſemblables arbriſſeaux y portoient ſeulement l'ombrage de leurs vertes & odorantes chevelures, & les gen-
tils oiſelets qui degoiſoient leurs doux
accents entre cette delicieuſe ramée,
faiſoient une muſique ſi charmante, que
les plus rudes & les plus ſauvages cœurs
ſe fuſſent contre leur naturel tournez à

la

la douceur, en oyant une telle harmonie.

Ainſi que Renaud & Florinde admiroient cet agreable ſejour, s'imaginans que tel poſſible devoit eſtre l'Eden, que l'Autheur de la nature choiſit pour la demeure de nos premiers parens, ils entendirent aſſez prez d'eux un Cor, dont le ſon frappoit doucement l'air, & tout auſſi-toſt ils apperceurent deux Damoiſelles merveilleuſement belles & gracieuſes à voir, l'une deſquelles portoit ſes cheveux entortillez autour de ſa teſte, & departis qu'ils eſtoient en pluſieurs treſſes d'une façon induſtrieuſe, un reſœil delié venoit par après à les raſſembler deſſus chaque nœud duquel l'or & les perles éclatoient. L'autre Damoiſelle portoit les ſiens negligemment épars, & ſembloit que les zephirs amoureux s'y vouluſſent eux-meſmes enchaiſner, ores ils les faiſoient doucement eſlever par ondes, tantoſt ils les renverſoient ſur le chef avec un agreable friſottis, puis follaſtrans avec eux, les ſeparoient les uns deçà, les autres de là, & ne demeuroient un ſeul moment ſans les attaquer de leurs ſoüeves haleines. Une robe de ſatin incarnat, toute brodée de fleurs-de-lys d'or, alloit couvrant le treſor des membres de celle-cy, & celle-là eſtoit

T

veſtuë d'un riche damas de couleur de
laurier ſacré, toute ſemée de rubis &
d'emeraudes: Elles eſtoient toutes deux
montées ſur des chevaux blancs comme
la neige, ſuperbement harnachez avec
des houſſes de toile d'argent qui deſcen-
doient juſques à terre, & leurs eſcuyers
portans chacun une deviſe, marchoient
après elles, habillez d'une meſme parure.

Sitoſt que ces Dames eurent abordé
les Chevaliers, elles leur firent une honneſte & courtoiſe reverence, & l'une
d'elles prenant la parole leur dit : Nous
vous requerons, braves guerriers, d'une
faveur que vous ne nous devez pas refuſer,
veu qu'il n'y va rien du voſtre, &
qu'elle ne vous ſçauroit apporter prejudice. Quelle choſe (courtoiſes Damoiſelles, repartit Renaud) vous pourroit
eſtre déniée, quand bien elle nous impor-
teroit ? que vos belles levres impoſent ſeulement telles loix qu'elles voudront à
nos volontez, & nous nous ſentirons heureux de pouvoir accomplir vos coman-
demens. Alors celle meſme qui avoit deſ-
ja parlé, ſe prit à continuer ainſi. Ce que
nous deſirons de vous, & que vous nous a-
vez déja promis de nous accorder, eſt, que
vous ayez agreable d'honnorer aujour-
d'huy de voſtre preſence, le Palais où
nous faiſons noſtre couſtumiere demeu-

re , nous n'en sommes pas beaucoup esloignez, car c'est celuy qui paroist à vos
yeux au dessus de cette belle colline,
laquelle en eslevant sa cime vers le Ciel,
semble jetter des regards amoureux dessus les campagnes qui l'environnent.

Elle n'eut pas si tost achevé de parler,
que les deux Chevaliers se rangerent
coste à coste d'elles, afin de leur faire
compagnie, & tenans ces prieres à une
singuliere faveur, les en remercierent autant que leur devoir le portoit. Ils prennent ensemble le chemin le plus court &
le plus beau, tellement qu'ils arrivent en
bref sur cette montagne voisine, que
mille diverses raretez rendoient admirable aux yeux d'un chacun, & de laquelle la mer Thirene baignoit doucement
le riche pied. Ce lieu s'appelle Pausilip-
pe, où la Nature a tellement desployé
sa science, qu'elle est demeurée ravie
en la contemplation des ouvrages qu'elle y a faits : c'est là que Clore a choisy
pour jamais sa retraite : c'est là que Po-
mone estale les plus grandes richesses de
son thresor : & c'est là que les graces e-
xercent des perpetuelles danses , ayant
Venus & les Amours pour compagnie,
lesquels ont bien voulu faire eschange de
leur ancienne Cypre , à un sejour si plaisant & si delicieux.

Comme ils furent arrivez au fomet
de cet agreable mont, ils ouyrent de rechef le fon d'un Cor & tout à l'inftant
le pont-levis du Chafteau s'abaiffa, d'où
fortirent un bon nombre d'autres Damoifelles, qui toutes avoient les membres beaux & bien-formez, avec un aimable & gracieux afpect : leurs habits
eftoient faits de riches eftoffes artifte-
ment enjolivez, & les douceurs avec les
courtoifies, eftoient naifvement portraites fur leurs belles faces, où fe defcouvroit aufsi une pudeur virginale. L'une
d'entr'elles à qui toute la troupe fembloit porter un grand refpect, vint recueillir les Chevaliers avec des paroles
remplies d'honneftetez, & d'une façon
de faire courtoife & gracieufe ; & prenant Renaud de l'une de fes mains, &
Florinde de l'autre, les fit entrer dans le
Palais Royal, riche & fuperbe certes,
tant pour la matiere que pour l'artifice
dont il eftoit compofé, car il ne fe voyoit
rien dedans qui ne fût parfait & accomply. Après qu'ils eurent monté le Royal
efcalier lequel eftoit tout fait d'un albaftre poly, ils entrerent dans une belle &
fpacieufe falle, d'où l'on defcouvroit à
plain & le rivage de la Mer, & les plaines voifines : elle eftoit tellement per-
cée, que quelque vent que ce fuft, y

pouvoit faire entrer son haleine, veu
qu'il y avoit autant de feneſtres devers
l'endroit où le jour s'alume, que de celui où il s'eſteint ; & encores autant du
coſté du froid Aquilon, que de celuy de
la Zone bruſlée, d'où ſouffle le peſteux
Autan. Au beau milieu de cette ſalle,
s'eſlevoit un Autel riche & luiſant à merveille, pour l'or & les pierres precieu-
ſes qui eſclattoient à l'entour, au deſſus
du quel eſtoit placé le portraict d'une
Dame, de laquelle les beautez eſtoient
tellement eſloignées du commun, que
rien ne lui pouvoit reſſembler qu'elle
meſme. Son regard eſtoit plein d'humanité, les plaiſirs & l'allegreſſe paroiſſoient en ces deux arcs voutez, ſon front
eſtoit ſerain, ſon ris gracieux & honneſte, bref les mignardiſes & les douceurs
eſtoient toutes aſſemblées ſur cette Angelique face, qui ſembloit attirer à force les cœurs de tous ceux qui la con-
temploient : elle tenoit ſes belles mains
ouvertes, comme fort liberales & promptes à faire des preſens, & au deſſous
d'elle ſe voyoit un marbre ſur lequel
ces vers eſtoient gravez en lettres d'or.

Entre les filles du Très-haut,
Je ſuis d'immortelle naiſſance,
Et ſur toutes ne me deffaut

Ny la vertu ny la puißance.
Mais l'homme qui n'a point son ame
Pleine de ma divine flame,
Ne sçauroit avoir le bon-heur
D'acquerir un parfait honneur.

Plusieurs autres images se voyoient attachées aux lieux les plus apparens de la salle, & fort differentes de visages & d'habillemens, comme elles estoient aussi de sexe, desquelles la vive peinture estoit tellement à admirer, que je doute si celles que fit autresfois Appelles, auroient approché de leur perfection, ou si Freminet en fit jamais de telles, encores que ses couleurs & son hardi pinceau fissent honte à la Nature mesme, & remplissent d'envie tous les plus excellens Peintres de nôtre siecle.

Après que les Chevaliers eurent assez arresté leur veuë dessus ces beaux portraicts, & qu'ils eurent particulierement consideré la merveilleuse richesse qui esclattoit de tous costez de la salle, ils supplierent celle qui les y avoit conduit, de leur dire, qui c'estoit que representoit l'image dont le dessus de l'Autel estoit paré, & pour qui avoient esté faites les autres attachées tout à l'entour : ils lui demanderent aussi, de quels parens elle estoit issuë, & quelles estoient les autres Da-

moiſelles qui avoient choiſi avec elle un ſejour ſi rempli de delices : mêmes ils s'enqui-
rent encores comme des Damoiſelles ſi
belles & ſi parfaites pouvoient eſtre en
ſeureté de leur honneur, & comme elles ne craignoient point de recevoir quelque offence des Chevaliers errans. A toutes leſquelles demandes, elle ne voulut
lors faire autre reſponce, ſinon qu'ils le
ſçauroient lors qu'il en feroit temps, &
puis elle les mena en une autre ſalle moins
grande que celle où ils eſtoient, en laquelle le ſouper eſtoit ſuperbement apreſ-
té.

Ainſi cette gentille trouppe de
Dames s'efforce à qui mieux - mieux de
faire ſervice aux deux Barons : l'une
leur oſte la cuiraſſe de deſſus le dos,
l'autre leur deſceint l'eſpée & le poignard, qui prend leur caſque, qui leurs
braſſards, qui leurs eſcus, & tout le reſte de leur harnois juſques aux eſperons;
& quelques - unes d'entr'elles apportans
de riches vazes d'or, dont elles ſe ſervoient couſtumierement, leur verſerent
ſur les mains des liqueurs odorantes. Une
vingtaine de ces Damoiſelles s'aſſeïent
à table pour entretenir les Chevaliers,
vingt autres prennent le ſoin du banquet,
afin qu'il n'y manque rien de ce que la
nature produit de delectable à l'appetit

de l'homme : Autres vingts fervent la fameufe liqueur du Pere Denys, meflée
avec de l'eau claire : & pareil nombre de
vingt accordent leurs harmonieufes voix,
avec le fon mélodieux des harpes & des
luths. Et fi toft que le vin & les viandes
eurent repouflé les importunitez de la
faim & de la foif, après, dis-je, que les
nappes furent levées, & que les tapis
rehauffez d'or monftrerent leur éclat, la
Dame qui paroiffoit avoir authorité deffus les autres, adreffant fa parole aux Chevaliers, leur dift.

HISTOIRE DU PALAIS
de la Courtoifie.

JE vous feray maintenant fçavoir, braves Barons, ce que tantoft vous defi-
riez d'apprendre. La fameufe Cité de Na-
ples, fcituée affez prez d'ici deffus le rivage de la mer, fut autresfois regie fou-
verainement par une Princeffe, illuftrée
de tant de rares, & excellentes vertus,
qu'il n'y avoit perfonne qui ne l'eftimaft,
& ne l'admiraft ; mais fur tout il ne fut
jamais fa pareille en courtoifie, car elle
en eut le cœur tellement remply, qu'elle a furpaffé en cette vertu tous les plus

loüables & les plus fignalez exemples,
que l'antiquité aye jamais produit. Cette
Reyne defireufe de faire efclatter des actes qui puffent conferver fa mémoire
jufques aux fiecles derniers, afin que fa
courtoifie, fût celebre & cogneuë autant
après fon trefpas, comme elle l'eftoit durant fa vie, fit par le moyen de l'art de
Magie, auquel elle furpaffoit tous les plus
doctes de fon temps, ce Palais au fom-
met de cette montagne, qu'elle voulut
dedier à la Courtoifie; & après qu'elle
l'eut confacré, elle le nomma le Palais
de la Courtoifie, de laquelle elle plaça le
portraict au deffus de l'Autel, comme
il eft encores aujourd'huy, & puis, elle
fit les images de tous les plus courtois
qui avoient jamais efté jufques à fon
temps, & de ceux qui feroient aprés elle, qu'elle appandit autour des murailles de cette fale, afin qu'elle en demeuraft plus embellie. Par après elle ordonna que tout l'or & tout l'argent qu'elle
poffedoit feroit depencé en ce lieu, en
faifant toutes fortes d'actions honneftes
& courtoifes, & quand le Soleil fe loge-
roit encores mille fois dans les maifons
du Cancre & du Taureau, le threfor qui
eft ici ne fe pourroit pas non-feulement
efpuifer, mais paroiftre tant foit peu diminué, veu qu'il eft fi grand qu'il n'y en

a point au monde qui l'égale, & que jamais aucun Roy de la terre n'en posseda un pareil : & voulut en outre cette
Princesse, que ce Palais avec les richefses qui y sont encloses, fût pour jamais gouverné par des personnes de nostre sexe, voir que ce fût par des Damoiselles des plus illustres maisons de l'Italie, lesquelles ne sont pas seulement
tenues de recevoir icy, tant les personnes qui leurs sont familieres, que celles
qui leur sont incogneuës : mais elles sont
de plus obligées d'employer leur soin &
leur dilligence, & de rechercher toutes
sortes d'occasions pour loger & traiter
en ce Palais, les Dames, Damoiselles,
& Chevaliers qui se presentent, aussi
bien les estrangers comme ceux du Pays:
& pour cette effet nôtre fondatrice voulut que deux d'entre nous fussent tousjours en queste aux confins de ce terroir, ou sur le rivage de la mer, pour
amener en cette retraite tous ceux qu'elles peuvent rencontrer; Et afin que nous
n'ayons aucune crainte de recevoir quelque offense en nostre honneur, elle jetta un sort sur cette montagne, & à deux
lieuës à la ronde, si merveilleux & si incroyable, qu'à peine y pourroit-on adjouster foy; neantmoins il est d'une telle vertu, que si quelque homme que ce

soit estoit si osé que d'attenter à nos biens,
à nostre honneur ou à nos vies, il brus-
leroit incontinent d'une flame invisible ,
qui luy causeroit à l'instant la mort ; Mais
comme cet enchantement sert pour la de-
fense de celles qui conservent avec pureté
leur virginale fleur, ainsi chasse-t'il d'icy
celles qui l'ont laissé fletrir, sans faire
compte d'un si precieux joyau : de mesme que l'onde marine ne sçauroit endurer les cadavres des morts en ses humides entrailles , de mesme , dis - je , que le
sage Pasteur tire soigneusement de son
troupeau les brebis atteintes de la Cla-
velée, ainsi les Damoiselles qui ont fait
banqueroute à leur honneur, vaincuës
par l'amour ou corrompuës par les presens , sont jettées hors d'icy par une force qui n'est veuë ni cognuë de personne.
Aussi quand nos parens nous ont une
fois placées en ce lieu , ils ne prennent
plus aucun soucy du gouvernement de
nos mœurs. Cette Reyne, nommée Albe,
dont la memoire se conservera jusques à
l'éternité, afin de paroistre courtoise en
toutes sortes d'actions, & pour se faire
estimer gracieuse & amie de ceux qui
vont cherchant des adventures difficiles,
fit par la mesme science Magique, un
Navire enchanté, qu'elle appella le Navire avantureux , d'autant que ceux qui

veulent bien courir dedans le hazard des
inconftantes ondes, ne manquent jamais
d'eftre conduits en peu de temps à la
rencontre de quelque adventure nouvelle;
le vaiffeau s'en va fillonnant les humi ;
plaines, fans eftre guidé d'autre Nocher
que du feul enchantement, & mefme les
Chevaliers errans à l'endroit où leur defir & leur hardieffe les pouffe, comme il
vous fera facile d'efprouver fi l'envie vous
porte de voir cette merveille, veu que
ce Navire eft en un port affez proche d'icy,
où la mer borne noftre territoire. Il ne
me refte donc plus qu'à vous dire, l'ordre que nous avons accouftumé d'ob-
ferver tous les ans. Il eft tel, que l'une
d'entre nous eft éleüe en l'affemblée ge-
nerale que nous faifons, qui doit prendre le foin de veiller fur les actions des autres; lefquelles doivent toutes ployer fous
fes commandemens, pourveu que ce qu'elle ordonne ne forte point des limites de
l'honnefteté & du devoir. Et quant à
moy, à qui le nom d'Euridice fut donné dés que j'ay commencé à voir la lumiere, je fus eflevée il y a quelques
jours à cet honorable degré; Guilante
furnommé le Gentil fut mon pere, lequel durant qu'il vefcut, commanda à
la Cité de Capoüë.

La Damoifelle fit une paufe à fon

difcours en cet endroit, & puis elle le
reprit incontinant, declarant aux Chevaliers la maifon & les parens dont eftoit iffuë chacune de fes compagnes :
mais la nuiét fe faifant defia voir embru-
nie de fes oublieufes obfcuritez, contraignit chacun de fe retirer pour prendre
fon repos deffus les delicates plumes,
jufqu'à ce que la nouvelle lumiere vint de
rechef embellir le Ciel.

ALLEGORIE.

Le pere d'Hgues fert d'exemple
du grand amour que les peres portent ordinairement à leurs enfans.
Par le guerrier qui fe tient auprés
de la fepulture de fa femme trepaf-
fée, eft demonftré une ame demefurément atteinte des paffions d'A-
mour. Renaud qui aprés avoir combattu, eft conduit au Palais de la
Courtoifie, nous fait voir qu'aprés les
honorables travaux, Dieu a de couftume de recompenfer abondamment
ceux qui fe fervent de la vertu,
prou guider toutes leurs actions.

CHANT VIII.

ARGUMENT.

Ainsi que Renaud est dans le Palais de la Courtoisie , Euridice lui monstre les portraits de ceux qui doivent à l'advenir estre les plus courtois au monde. Il s'embarque avec Florinde dedans le Navire adventureux , par lequel ils sont conduit en un lieu de la mer , où ils trouvent un grand nombre de Corsaires , qu'ils tuent ou noyent tous , excepté seulement un. Francard veut tirer Renaud au combat sur le subject d'une statuë de bronze qu'il avoit , laquelle representoit Clarice. Florinde occit le mesme Francard , & Renaud faict mourir Clairel.

DESJA l'Aurore éveillée, par le delicieux concert des petits oysillon quittoit plus joyeuse que de coustume, les froids costez de son espoux, & avec ses mains de roses rompoit & deschiroit le tenebreux manteau de la nuict, descou

vrant cependant aux humains ſes richeſſes les plus eſtimées ; l'eau, l'air & la terre,
ſourioient à la veuë de cette beauté, &
le Ciel verſoit ici bas de ſon viſage ſerein la fraiche roſée en forme de pre-
cieuſes perles, lors que les deux Guerriers, laiſſans la pareſſeuſe couche, veſ-
tirent leurs armes claires & luiſantes, &
s'en allerent accompagnez de cette noble troupe de Damoiſelles , viſiter les
beaux portraits de la ſalle , d'autant que
chacun d'eux avoit une extreme envie
de ſçavoir les noms fameux de ces Heros
futurs & ce que la Reyne Albe en avoit
dict durant ſa vie, s'eſtoit ſi bien eſpan-
du de bouche en bouche, que la memoire s'en eſtoit conſervée juſques alors.
Ainſi de perſonne en perſonne, l'hiſtoire
vraye de ces courtois demi-Dieux, ſe ſeroit
ſi bien gardée en la ſouvenance, qu'Euridice en ayant une cognoiſſance certaine,
en pouvoit rendre ſçavant qui que ce fut:
ce qui fit que pour ſatisfaire au deſir dont
les deux Chevaliers bruſloient également,
elle leur fit un tel diſcours, en tenant quelquefois la veuë fichée deſſus eux, & la
jettant auſſi quelquefois ſur les tableaux.

De ces deux (dit-elle) que vous voyez
là haut , deſquels le ſacré chef eſt orné
d'une pourpre ſaincte, l'un ſera nommé
Hypolite, dont le nom s'eſpendra depuis

le lieu où le Sol il puiſe ſa lumiere, juſques où il eſteint ſon flambeau, & l'autre s'appellera Hercule de Gonzague;
ils s'uniront un jour tous deux, pour
extirper du tout la pernicieuſe plante de
l'hereſie, & comme propres à mettre de
grandes entrepriſes à fin, & à ſouſtenir
les plus honorables charges, ils gou-
verneront enſemble heureuſement & la
terre, & l'Egliſe. Regardez celui qui
tient la plus prochaine place de l'Autel,
ſur le viſage duquel reluiſt une ſi grande majeſté, & de qui le chef eſt entouré
d'une couronne Ducale; Toutes les vertus qui peuvent rendre l'homme preſque
ſemblable à Dieu ſe trouveront infuſes
en lui : Il ſe nommera CARLES DE
GONZAGUE, & ſera Duc de Nivernois
& de Rethelois. Un Roy miracles de tous
les Roys qui ont regné juſques icy, &
qui regneront aux ſiécles à venir, lequel commandera ſur les peuples François,
& qui pour ſes Royales vertus, & pour ſes
guerrieres actions s'acquerrera le nom
de GRAND que l'on lui adjouſtera à celuy de HENRY, ainſi que l'on a faict
au GRAND CHARLES, qui regiſt aujourd'huy les meſmes peuples de France honorera le Prince qui repreſente ce
tableau; de l'Ambaſſade la plus belle &
la plus glorieuſe de toutes celles qui s'of-

friront

friront durant le regne de ce GRAND
ROY, aussi s'en acquittera-t'il si dignement, & avec une telle pompeuse, que
tous les peuples de l'Univers admireront
la magnificence Françoise : Un zele ar-
dant de voir ruynez les ennemis de la
Loy de Christ l'accompagnera sans cesse:
La Hongrie en pourra rendre des tes-
moignages asseurez, veu que ce sera là,
qu'en marchant en personne à l'assaut d'u-
ne place defenuë par les peuples circon-
cis, il recevra une playe si honorable ,
que son nom en demeurera gravé sur les
tables de l'Eternité. Mais le sang qu'il
espandra lors pour la querelle de Dieu,
ne fera qu'animer son genereux courage
contre ces infidelles, car il leur retournera
faire une nouvelle guerre sous les heureux auspices de LOYS LE JUSTE
FILS DE HENRY LE GRAND , plus
forte & plus sanglante qu'aucune autre
qu'ils ayent jamais esprouvée jusques a-
lors. Sa valeur, son courage, sa prudence à conduire une armée , & tant d'autres vertus eminentes qui le feront renommer par toute la terre, lui acquere-
ront l'honneur d'estre chef de la Croisa-
de qui se fera lors, & ses genereuses entreprises feront tellement favorisées du
Ciel, qu'il remettera le sacré culte de
a religion Chrestienne par toutes les Pro-

vinces où le barbare Croissant estendra
ses cornes audacieuses, & delivrera le
Sepulchre du Redempteur du monde,
des mains profanes qui l'auront usurpé.
Mais entre un si grand nombre de vertus celestes, qui reluiront en luy plus
vives que des flammes allumées il n'y
en aura point qui le fasse plus estimer
que l'honneste & gracieuse courtoisie,
laquelle il fera paroistre devant tous, par
une infinité de rares & excellentes actions, & en plus de mille sortes d'occasions, si bien que ses perfections serviront pour jamais de sujet aux marbres &
aux bronzes ; & fourniront de matiere
aux doctes proses, & aux vers d'immortelle durée. Tournez maintenant les yeux
sur celuy-là, lequel à son regard paroist
estre fils de Mars : voire être le même Mars
qui pourroit lui donner des loüanges esga-
les à ses divins merites ? Pour luy le Po
trainera plus gayement ses douces ondes,&
la mer aussi bien que les fleuves luiferont un
perpetuelhommage; Il feraappellé Alphon-
se second & gouvernera avec toute sorte
d'heur l'opulente cité de Ferrare. Cet
autre tenant un visage severe & une œillade grave accompagné de tant de majesté Royale, sera fils du grand François
Marie : Il se fera durant la paix d'avantage estimer que son pere, & pendant la

guerre on le jugera efgal à luy : durant
fon prudent & fage gouvernement. Ur-
bin ne fouffrira aucune perte ny dommage, mais un heureux âge d'or femblera fleurir parmy fes fertiles & delicieu-
fes contrées : Ce jeune Seigneur qui pa-
roift ainfi fier de vifage eftant né d'un
tel pere , fouftiendra le pefant faix de
plus de mille guerres, & commandera
fur un milion de foldats : ce fera un foudre dans les armées qui n'aura jamais fon
pareil, chacun l'eftimera pour un Capitaine prudent, & chacun le craindra comme
un guerrier vaillant & courageux; Auffi ne
gouftera-t'il jamais la mort, fi celuy demeure toufiours vivant, qui vit fans ceffe dans les cœurs & dans les bouches
des hommes. Ces deux affez efloignez,
qui paroiffent encores jeunes à voir leurs
faces , dont l'un porte la Mitre facrée,
& l'autre le coutelas au cofté : Ceftuy-
cy aura nom Annibal de Capoüe , qui
fera un jour à venir que Rome devien-
dra joyeufe, de trifte qu'elle eftoit auparavant : & ceftuy-là eft Staniflas , qui
fera Comte de Tarnoüe, lequel ayant la
force, & la valeur joinctes avec la prudence & le bon-fens, fe frayera une belle & large voye pour arriver à l'immortalité , & pourra bien eftre mis à bon
droict , au nombre des plus fameux &

redoutables guerriers qui ayent jamais
été. Cet autre sur le visage duquel reluit un
tel rayon de courtoisie, se fera nommer
Scipion de Gasuol, vray receptacle de toutes vertus, & de coustume civiles & honnestes : Il se monstrera tousiours grand
amy de Minerve, d'Apollon, & des
Muses : & de mesmes qu'il sera le soustien des vertueux, ainsi sera-t'il l'ennemy juré des vicieux : Tellement qu'esloigné du vulgaire des autres hommes,
sa renommée luy fournira des plumes
assez fortes, pour l'eslever jusques dans
le Ciel. Celuy qui fait paroistre sur sa
face avoir l'ame espoinçonnée d'un loüable desir de gloire, & que vous voyez
avoir les deux mains toutes ouvertes,
s'appellera Fulvio de Rangon, les vertus & les merites duquel, le feront estimer autant en son pays comme aux Provinces estrangeres. Celuy d'auprès arri-
vera au but du parfait honneur, par une
voye certaine & asseurée ; l'on luy bail-
lera le nom d'Hercules Fregose, & sera
cognu de tout le monde pour un rare
Escrivain, & pour un excellent Capitaine. Et cet autre, dont l'action semble si
douce & si humaine, sera Santinelle Sforcè.

Mais jettez maintenant les yeux de
cet autre costé, pour y voir un racourc-
cy de tous ce que les Cieux peuvent res-

ſerrer de beau : le Soleil pere de la lumiere, à qui nulle choſe ne ſçauroit eſtre cachée, ne vit jamais tant de rares
merveilles. Celle-là que vous voyez porter une couronne, & un manteau Ducal,
& de qui le viſage & l'aſpect recele une
Majeſté Royale, naiſtra de la maiſon de
Farneſe, & s'appellera Victoire, magna-
nime, ſage, gentille, & courtoiſe Dame.
Le tableau voiſin, repreſente Lucrece
d'Eſt, qui ſera le modelle accomply de
toutes perfections : Le ſainct & chaſte A-
mour fera ſes rets & ſes pieges ſubtils de
ſa chevelure doreé, l'Autheur des choſes créées placera dedans ſes yeux tous les
threſors du Paradis, & je ne ſçaurois dire ſi Minerve & les doctes Sœurs rece-
vront par ſon moyen des loüanges ou du
blaſme ; elle pourra augmenter leur reputation, puis qu'elle les imitera ; mais
auſſi la pourra-t'elle de beaucoup rabaiſſer,
veu qu'elles ſe confeſſeront eſtre par elles
vaincuës. Les deux prochaines d'elle, ce
ſont ſes ſœurs, toutes deux belles & ſages Princeſſes, riches de perfections, & de
vertus, leſquelles comme des vives lumieres de pieté & de devotion, monſtreront
parmi les trompeurs détours de ce monde
periſſable, le droict & aſſeuré chemin pour
arriver au Ciel. Et ceſte autre qui ſemble rendre l'air rayonneux à l'entour d'el-

le , aux feux de laquelle, Amour ainſi qu'un papillon à la chandelle, ſe vient luy-meſme bruſler les aiſles, s'appellera Claude de Rangon : elle n'aura beſoing de la plume d'autruy pour exalter ſes hautes loüanges, car ſes doctes eſcrits luy acquerront une éternelle renommée.

Euridice mit en ce lieu fin à ſon diſcours , ayant remply l'ame des Chevaliers d'un contentement indicible , leſquels s'eſtans dés auparavant reſolus entre eux de ſillonner les eſcumeuſes plaines de l'Ocean , ſupplierent cette courtoiſe compagnie de leur permettre de s'embarquer dans la Navire enchantée. Ce qui ne leur fut pas ſeulement accordé , mais encores en leur livrant le vaiſſeau , ces gentilles Dames les gratifierent de beaux & honneſtes preſens. Renaud rammena ſon Bayard bien mieux couvert qu'il n'avoit eſté ; car elles luy donnerent une riche ſelle avec le reſte du harnois, tellement ſemé de pierrerie de tous coſtez, que ſi l'on venoit à les regarder, la veuë en demeuroit toute gaye & contente : Le mors & les eſtrieux eſtoient tous faicts de pur argent, & le gros arçon eſtoit auſſi faict du meſtail meſme , qu'une graveure artificielle faiſoit encore davantage eſtimer. Florinde receut d'elles une caſaque pour veſtir par deſſus ſes armes,

fi belle & fi precieuſe, que jamais il ne
ſe vit un pareil habillement, de quelque
eſtoffe que l'on l'aye ſceu faire. Et je ne
penſe pas que les ouvrages d'Arachne,
ni meſme ceux tiſſus de la propre main
de Pallas, ayent approché de la perfection de celui-ci ; où la delicate éguille
conduite par une ſubtile main avoit repreſenté au naturel les entrepriſes glorieuſes de la ſœur de Phœbus. Ce que
l'induſtrieux ouvrier avoit par un art
admirable tracé deſſus ceſte caſaque, eſtoit la cruelle adventure de la malheureuſe Niobé ; fi naïfvement portraite
après le naturel, que la ſemblance paroiſſoit eſtre la choſe même. Elle pleuroit piteuſement ſes fils infortunez,
ſur le viſage deſquels eſtoit déja dépeint la face effroyable de la mort ; elle
ſe tordoit les bras d'une façon douloureuſe, & ſembloit regarder le Ciel avec
des yeux furieux & pleins de menaces.
La déeſſe ſe voyoit au deſſus d'elle à demi cachée dans une nuë, couverte d'une
ſimple robe retrouſſée ſur les coſtez avec
le carquois pendu deſſus l'épaule gauche,
ayant une partie de ſes cheveux négli-
gemment épars, & l'autre partie attachée avecques des rubans ; laquelle deſ-
cochoit ſon arc Turquois d'une fi grande force ; que le Laurier qui lui cei-

gnoit le front paroiſſoit en être ébranlé,
comme s'il euſt eſté frappé du vent,
il ſembloit qu'elle fit pleuvoir la colere
& la rage de ſon viſage troublé, & que
les ſagettes ſifflaſſent en fendant les airs,
voire qu'elle leur euſt attaché des aiſles
avant que de les eſlancer, tant leur chute
ſembloit violente. Les filles de Niobé ſe
voyoient vis à vis de leur mere ; leſquelles
avec des faces ternies & demy-mortes,
ſe jettoient à corps perdu deſſus le ſein
de leurs freres deſia treſpaſſez ; elles tenoient toutes des actions differentes,
d'autant que celle-cy eſtoit eſpriſe de
dueil, celle-là de crainte, & l'autre eſ-
prouvoit deſia la mort. L'une ſembloit
vouloir ouvrir les levres, afin de conſo-
ler ſa mere affligée, avec un pitoyable
diſcours, & un homicide traict lui entre
dans la bouche, que l'on eût dit lui couper
à l'inſtant la parole & la vie. Une autre
eſtendant le bras droit, ſembloit quaſi
vouloir donner quelque ſecours à ſa ſœur,
lors qu'une fleche lui vint percer le ſein,
qui lui fait ſouffler ſon eſprit tout auſſi-
toſt. La troiſiéme giſſoit eſtenduë ſur la
place, d'un coup de traict qui lui venoit
de percer le flanc : Et une autre ſembloit s'approcher d'elle pour la plaindre,
ainſi qu'une ſagette lui vient traverſer le
corps, & l'attacher avec ſa ſœur comme

un

un ferme cloud joindroit deux morceaux
de bois ensemble. La cinquiéme paroissoit bien estre surprise de grande crainte, par sa main qui sembloit tremblotter, & par ses actions troublées : elle tenoit un pied levé, & le corps comme à
demi suspendu en l'air. L'autre sœur pense avoir recours à la fuite, quand une
mortelle playe lui arreste les pas. La pauvre Niobé s'abandonne aux regrets & au
desespoir, cependant qu'elle cache ce semble de son corps propre, la derniere de
ses filles, laquelle toute pentelente, paroissoit couvrir ses membres de la robbe
de sa mere desolée.

Les deux Chevaliers n'arresterent guerres à se rendre au port où estoit la fatale barque, auquel ils ne furent pas si tost
arrivez, qu'ils sauterent sur la poupe ;
& incontinent qu'elle sentit avoir sa charge, elle laissa le rivage avec une telle vîtesse, comme un trait leger part subtile-
ment de l'arc dont il est élancé : les escu-
meuses ondes murmurent dessous la Navire courbée, & le bord va s'éloignant,
qui se perd aussi-tost de vûë. Rien ne paroissoit déja plus aux yeux des Chevaliers
que les eaux & les Cieux, & d'autant
que le Soleil declinoit vers l'Occident,
d'autant la Mer poussoit-elle la Navire
du côté de l'Orient : elle tient toûjours

X

un droit chemin fans vaſſiller ni à droit,
ni à gauche, & ſingle en haute mer conduite par le ſeul enchantement, flottant
d'une vîteſſe qui ſurpaſſe celle des autres
vaiſſeaux : Tellement qu'elle ſort à la fin
de la Mer Tirene pour entrer en une autres Mer. Le Ciel tranquille & ſerain
commençoit à éclatter de mille feux, &
le Soleil ayant retiré ſon viſage de nous,
avoit entraîné le jour avec ſoi, lorſque
les guerriers ouïrent un bruit comme de
la voix d'un homme à qui l'on vient de
faire quel outrage notable duquel il ſe
plaint avec grands cris, & en parole fort
hautes. Le Navire tire à l'inſtant vers
l'endroit d'où s'entend venir le ſon, gliſ-
ſant deſſus les ondes plus legerement que
ne ſçauroit faire un Dauphin agile; &
comme les Chevaliers ſe furent approchez de plus prés, ils apperçûrent deux
vaiſſeaux joints & accrochez enſemble,
les navigeans de l'un deſquels tiroient de
dedans l'autre, des Chevaliers liez & ga-
rottez, & des Dames qui ne l'étoient pas,
qu'ils faiſoient paſſer dans le leur, y
tranſportans auſſi toutes les marchandi-
ſes, armes, & meubles, qu'ils leur trouverent, & les viſages de ces vainqueurs
faiſoient bien paroître qu'ils étoient Pi-
rates, & perſonnes qui s'adonnoient ſans
ceſſe au butin des Navires paſſantes par

cette côte. Le fils d'Aymon affifté de Florinde, s'élance entre les deux Navires, ufans à ces Corfaires de paroles aigres & menaffantes, de quoi l'un d'entre eux qui fembloit être le Capitaine de cette Barbare troupe, & qui portoit la mine du plus vaillant & du plus hardi de tous, dit à fes compagnons : Avez-vous ouï dire, que les hommes aillent rechercher leur propre mort ? Voyez-le maintenant en ceux-ci, lefquels s'en viennent à crédit pourchaffer leur dommage malencontreux. Et fe retournant vers Renaud, il lui dit, Sus, malheureux, mets bas les armes, & te rends mon prifonnier, ainfi tu pourras échaper la rigueur de ta contraire deftinée, regarde à ne contredire point mon vouloir, puifque j'ai encore la volonté de te pardonner. Le fils d'Aymon, fans s'amufer à payer le difcours du Sarrazin par des paroles femblables aux fiennes, lui porte un coup d'eftoc dedans le fein, qui lui chaffa l'ame du corps tout à l'inftant. Et de même que les Abeilles irritées, s'élancent toutes enfemble contre le vifage du Payfan, qui leur a occis leur Roy, refoluës de perdre plûtôt toutes la vie, que fa mort demeure fans vengeance, ainfi cette troupe de voleurs s'avance à l'improvifte fur Renaud, en faifant des cris horri-

bles ; & s'ils s'étoient montrez tardifs à
défendre leur compagnon, ils ne se montrerent pas paresseux à offenser le Paladin.
Mais où courez-vous, miserables, chercher la peine que merite vos méchantes
& detestables actions ? Votre promptitude vous conduit tous à la mort, & non
pas à la vengeance de votre capitaine occis. Renaud, prudent & avisé qu'il est,
employe contre ces Barbares tout ce qu'il
a de force, de valeur & de courage;
Florinde fait le même, non moins desireux que lui de voir la fin d'un peuple
si pernicieux, mains, jambes, bras, têtes, & quartiers du corps sanglans, se
voyent à même temps sauter par l'air; les
homicides coups vont toûjours redou-
blans, & les deux épées des Chevaliers
luisent comme des subtils éclairs, & fou-
droyent comme des tonneres grondans,
Il ne se trouve point là d'écu ni de casque, qui puisse resister à leurs violentes
atteintes, & toutes les fois qu'elles des-
cendent sur les ennemis, non seulement
leurs armes n'en peuvent supporter l'effort, mais encore leurs yeux n'en sçauroient endurer la splendeur.

Le vaillant fils d'Aymon en coucha huit
par terre, des huit premiers coups qu'il
lança dessus eux; & du neuviéme coup,
il fendit l'armet d'un de ces brigands par

le beau milieu, & lui rendit les cheveux
tout rouges de son sang : le blessé se retirant un peu à quartier, porte la main
dessus sa teste pour sentir si la playe étoit
fort grande : mais cependant qu'il s'amu-
se à toucher sa premiere blessure, un autre plus rude coup lui tombe sur la main :
Florinde l'aborde, & d'un grand revers
lui abat cette main qu'il avoit levée ; ce
qui le remplit de fureur & de rage, il
s'élance contre le Guerrier, & en lui tirant de grands coups de droit & de travers, ne prend pas garde qu'il se découvre & fait jeu à son ennemi, dequoi le
judicieux Chevalier s'apercevant, fait glis-
fer son épée dans le sein du Pirate, & lui
ayant atteint le cœur, il ne lui demeura
goutte de sang dans les veines. Il occit
encore Licus, Euribante, & Orgolte,
divisant le premier depuis l'épaule jusques au flanc, au second il abatit la moitié du visage, & le troisiéme eut les deux
bras avalez. Alferne sans doute eût encore reçû la mort par ce bras invincible,
mais il en fut empêché par Foleric, &
Lanfranque, lesquels voulans donner secours à leur compagnon, lui sauverent
la vie par leur commune mort. Les deux
Guerriers semblent des traits dardez par
la foudroyante main du Jupiter courroucé, tant leur fureur est aspre, leurs

atteintes terribles, & leurs proüeffes admirables. En moins de rien la plûpart des
Payens goûterent l'amertume du trepas,
& aucun d'eux n'oppofe plus fes armes
pour faire tête, jugeans auffi-bien que
c'étoit une chofe vaine : & ceux qui ref-
pirent encore le doux air de la vie, choi-
fiffent plûtôt de fe jetter dans les ondes,
qu'entre les bras de leur ennemis, croyans
y trouver plûtôt de la mifericorde.

Il ne reftoit deja plus rien de cette
trouppe de Barbares, qu'un feul qui s'é-
toit retiré dedans l'une des Navires, vers
lequel Renaud s'acheminoit ardamment,
afin de lui faire tenir un femblable cho-
min qu'à fes compagnons. Mais l'invention dont ce Pirate s'avifa tout à l'heure,
lui fauva la vie pour ce coup. Il prie &
fupplie le Paladin avec des paroles fort
humbles de lui vouloir laiffer encore
quelque peu de temps à vivre, afin qu'il
le puft avertir de quelque chofe qui lui
importoit grandement, ce que lui ayant
été accordé, il commença ainfi fon difcours.

Votre deftinée, Chevalier, vous fait
pourchaffer votre mort en nous ôtant la
vie, vous offenfez le grand Mambrin, le
plus robufte de tous les hommes, & le
plus puiffant de tous les Rois qui commandent fur les peuples Sarrafins ; le-

quel nous aime & nous cherit comme ſes
plus fideles ſujets , & ſes plus affectionnez ſerviteurs ; & ne doutez pas qu'il ne
prenne de vous une auſſi cruelle vengeance , comme l'eſcorne que vous venez de
faire à ſa redoutable valeur , eſt honteux
& inſupportable. Nous ſommes les miniſ-
tres de ſes volontez , & avons ravi de force les Damoiſelles encloſes en ce Navire , afin de les luï conduire par aprés , car
il envoye écumer toutes les mers , & ro-
der par toutes contrées , ſeulement pour
recouvrer les plus belles & les plus parfaites femmes qui ſoient au monde : & ſi-
tôt qu'il aura ſçû les nouvelles certaines
de notre perte , ſon deſir ne pourra être
ſatisfait & content , qu'il n'aye exercé ſur
vous des ſupplices horribles & cruels : &
quand bien vous me livrerez à la mort ,
ainſi que vous avez fait tous mes autres
compagnons , il ne laiſſera pas de ſçavoir
notre ſort rigoureux : Il ſçaura même particulierement , ſi ce ſont des Payens ou
des Chrétiens qui auront fait une telle
boucherie de ſes ſujets , d'autant qu'un
grand Enchanteur qui demeure en ſa
Royale Cour , lui en donnera une parfaite connoiſſance. Mais ſi je trouvois en
vous tant de courtoiſie , que vous me per-
miſſiez encore de vivre , & de m'en retourner vers mon Seigneur , j'eſpererois

tant faire vers ſa Royale Majeſté, que
j'impetrerois le pardon de vos erreurs.
Renaud interrompit ſon langage pour lui
dire.

Va, je te donne la vie, afin que tu
puiſſe dire à ton maître la mauvaiſe aventure advenuë aux executeurs de ſes de-
teſtables volontez, & s'il en veut prendre
quelque vengeance, & que le deſir lui
vienne de combattre avecque nous : tu
lui pourras dire, que nous ſommes des
guerriers de l'Empereur, & que nous ſe-
rons prêts à toutes heures de lui faire raiſon : Le nom de cet autre Chevalier eſt
Florinde, & je m'appelle Renaud ſur-
nommé de Clermont, fils du Duc Aymon, qui ne le crains nullement, comme il connoîtra par effet s'il en veut venir à l'épreuve des armes : auſſi qui pourroit craindre un homme tel que ton maître, qui n'a jamais connu ni l'honnêteté
ni la raiſon, comme il fait voir par ſes
vilaines actions? Or Sus, tu peux entrer
dans ton vaiſſeau, & faire voile quand
tu voudras, puiſque pour ce coup le Ciel
t'a voulu garantir de la mort.

Le Corſaire part tout à l'inſtant, & le
Paladin ſe tournant avec un viſage plus
ſerein qu'auparavant, vers le lieu où
étoient les Chevaliers & les Dames, chaſſa
par ſes courtoiſes paroles, la griéve af-

fliction que refferoit leurs cœurs troublez, au même temps il fe prend à leur délier les mains, que ces brigans leur avoient attachées derriere le dos, Florinde en voulut auffi faire de même, fi bien qu'en peu d'heure ils rendirent les prifonniers libres des liens qui les preffoient ; & puis, ils apprirent les noms de chaque guerrier, & de chaque Damoifelle, & fceurent comme celle qui remportoit l'honneur de la beauté par-deffus toutes les autres, poffedoit le puiffant Royaume d'Arabie, & s'appelloit Auriftelle, fille de Pandion : tellement que chacun pour fatisfaire au prieres des Chevaliers, fe donnoit à connoître à eux, avec le plus de marque qu'il pouvoit ; & aprés s'être tenu un affez long difcours, les deux Barons retournerent de nouveau dans la Navire enchantée, refufans les riches dons que la Reine leur vouloit departir d'une main liberale. Le vaiffeau démare au même temps, & chemine d'une pareille vîteffe, que s'il avoit l'efperon dans le flanc, jufques à ce qu'aprés avoir fait un fort long-chemin, il tourne fa courfe vers la terre, & vient frapper de fa proüe le rivage fableux.

De même qu'une grande pierre tombante, arrête fa chûte rapide alors qu'elle arrive à fon centre, ainfi la barque n'eut

pas à peine touché le port, qu'elle demeure ferme fans fe mouvoir plus. Les
Chevaliers defcendent fur l'arene mou-
vante, & commandent à leurs Ecuyers
de mettre les felles aux Deftriers, & de
les tirer de la Navire, laquelle ne fe fentit pas fi-tôt déchargée de ce qu'elle tenoit en clos, que laiffant vîte la terre
derriere elle, & guidée par la Mer du
feul enchantement, elle retourne legerement à la rade accoûtumée : & cependant les Chevaliers apperçoivent fur le
tapis émaillé d'une raze campagne, un
pavillon tendu, qui tenoit autant de place & paroiffoit auffi fuperbe à l'environ,
que fçauroit faire un grand Palais : les
deux Guerriers dreffent incontinent leur
chemin vers cette riche tente, & arrivez qu'ils font auprés, ils entrent dedans
par une por e fort large, jettant les yeux
de tous côtez ; & ce qu'ils y virent à
l'abord, fut un haut pilier d'albâtre, élevé au milieu de la place, deffus lequel
étoi entaillée une jeune Dame, qui n'é-
toit vêtuë que d'une fimple juppe, ayant
fa treffe toute éparpillée fur les épaules:
plufieurs facrifices fe faifoient au devant
de cette Image, comme c'étoit la coûtume entre les Afiens, lefquels, tranf-
portez de folie, honoroient leurs Idoles
trompeufes, par des facrifices vains : le

Bœuf cornu tomboit gemiſſant ſur la terre, & les ſimples Agneaux avec les humbles Brebis l'empourproient de leur tiede
ſang, le tranchant couteau ayant percé
la gorge & des uns & des autres. Un grand
feu allumé rempliſſoit le lieu d'une clarté reſplandiſſante, dans lequel ces ido-
lâtres Payens, ſuivant l'uſage de leurs
ſottes erreurs, jettoient grande quantité
d'odeurs de l'Arabie, dont la ſuave fumée ſe mêlant petit-à-petit parmi l'air,
alloit par aprés embaûmer les Cieux.

Renaud ayant fixement arrêté la vûë
ſur l'Image, ne tarda gueres à la reconnoître, il ſoupire en voyant les beaux
yeux, d'où l'Amour lui avoit décoché
le premier trait, duquel il ſentoit encore la bleſſure ; & d'où même il avoit
tiré les douces cuiſantes flammes dont ſa
poitrine ſentoit encore les ardeurs. Il reconnoît les liens dorez, deſquels cet enfant s'étoi ſervi pour lui empriſonner
le cœur, qu'il ſentoit bien être encore
au beau milieu de ces agreables nœuds :
il reconnoît ce front ſerein, ce viſage
gracieux, cette bouche emperlée cloſe
d'un coral animé, & ce ris mignard, autour duquel les amours voletent comme
des Abeilles ſur les fleurs. Et tandis que
ce brave Guerrier ſe ravit en la contemplation de l'aimable objet de ſes penſées,

un Chevalier de ceux qui étoient dedans le Pavillon, d'une grande & puiſſante ſtature, & d'un aſpect hautain, tourna ſa face orgueilleuſe vers le Paladin, avec une action ſuperbe, & un regard plus rempli de fierté & d'audace, que n ſeroit pas celui d'un Lyon furieux, & lui tint ces paroles pleines de menaſſes & d'injures.

Guerrier incivil, pourquoi ne mettez-vous pas pied à terre, pour adorer cette divine Image? Comme êtes-vous ſi temeraire que d'aſſoir en ma preſence un ſi fixe regard ſur cette merveille des yeux? Sus, confeſſez & reconnoiſſez votre erreur, ſi vous n'êtes deſireux d'avancer votre mort, deſcendez de cheval, & faites auſſi deſcendre votre compagnon, afin de faire en ce lieu des ſacrifices avec moi, je veux que vous avouyez auſſi que de tous les mortels, nul autre que moi ne merite pas de placer ſes affections ſur une ſi parfaite choſe; voir que perſonne autre, n'eſt pas digne d'avoir ſouffert des peines & des travaux, pour des beautez ſi accomplies.

Qui êtes vous? lui répondit Renaud, & quels ſont les mérites dont vous vous vantez ſi fort? au moins faites que je le ſçache, je ne vous contredirai point la premiere partie de votre diſcours, car les

beautez exquifes qui fe voyent en ce portrait, me contraignent d'avoüer qu'elles
doivent être adorées ; mais quant à votre
fecond point, il n'eft pas poffible que j'en
demeure d'accord. Si tu ne le fçais, repliqua l'autre Chevalier, je fuis Francard
Roi d'Armenie, & cela te fuffife.

A ce nom de Francard, le fils d'Aymon
devint tout de feu, fon fang boüillant
fe raffembla tout au tour de fon cœur,
lequel fe dilatant aprés jufques à la face,
y repandit une couleur de vive flamme,
tellement qu'il fit au Payen une réponfe convenable à l'arrogance de fes paroles : Je foutiendrai par tout, dit le Paladin, que tu es l'homme dn monde le
plus indigne de placer tes penfées en un
lieu fi haut, & ne tiendra qu'à toi que
cette épée ne te montre prefentement,
que je ne te dis rien que la pure verité.

Le ver ne ronge point un bois vieil
d'une telle forte, comme Francard fe
fentit prendre de colere, d'oüir les paroles piquantes de Renaud, ce qui le fit
mettre fa cappe à l'entour de fon bras,
& attaquer le Paladin tout defarmé qu'il
étoit, fans avoir rien que la feul épée à
la main. Renaud fe prit à fourire, comme par dédain, & lui dit, Allez prendre vos armes, Chevalier, & ne vous pré-

cipitez pas au danger, avec une telle impatience. Cette meurtriere épée, repliqua l'autre, suffira seule pour me vanger de ta folle témerité. Ah ! repartit Renaud, il me seroit mal convenable de combattre de la sorte, d'autant que je n'y acquerrois pas de l'honneur.

Le Payen sans vouloir d'avantage attendre, tire de grandes estocades contre le Paladin, mais il tourne vîtement Bayard un peu à l'écart & dit :

Guerrier, je ne combatterai point contre vous, que je ne vous voye couvert de vos armes: je suis Chevalier comme vous pouvez voir, & votre procedé mal-honnête, ne sçauroit en rien faire diminuer ma franchise.

Tu te trompe, répond le Sarrazin, si tu penses m'appaiser par des paroles: & à même-temps il poursuit Renaud de telle sorte, qu'il eut bien de la peine à esquiver les coups qui lui furent ruez.

Il ne fut pas possible à Florinde, de supporter d'avantage une telle arrogance, mais armant son courage d'un juste desdain, il lui dit Maran, dénué de toute valeur & hardiesse, puisque tu vas cherchant de l'avantage, dedans ton desavantage même, tourne, tourne tête devers moi, si tu as tant de desir de faire connoître tes proüesses à l'essai, aussi-

bien tu ne merite pas, qu'une si victo-
rieuse épée que celle de ce Chevalier,
fasse gemir la terre soubs la cheute de
ton corps.

Comme l'Ourse qui s'efforce, tranf-
portée de rage, de dechirer de ses ongles
crochus, celui donc elle a reçû la playe,
& si quelque autre neanmoins la vient
attaquer par derriere, elle se retourne,
& laisse le premier pour se jetter sur celui qui l'a le dernier offensée : ainsi le
Payen n'employe plus sa dextre que contre Florinde, qu'il tenoit auparavant em-
pêchée pour le dommager d'un autre : il
pointe son épée contre lui, & puis soudain il la leve & la fait tomber en bas,
avec une fureur extraordinaire. Florinde oppose l'écu au devant du coutelas de
son ennemi, lequel se brise en autant d'endroits qu'il est frappé, & à la fin les
coups furent si rudement poussez, qu'il
y en eut un qui tomba sur le bras de
Florinde, où il fit une playe, & de là
descendit jusques sur l'arçon, ayant rompu toutes les armes qu'il avoit trouvé lui
resister ; le feu monte au visage du vaillant Chevalier, & le cœur lui brûle
d'une extreme colere, il se leve de rage
sur l'estrieu, & serrant le coutelas dans
le poing, en décharge un grand coup de
tranchant dessus le Sarrazin ; le coup

tomba en partie deſſus l'épée du Roy
Payen : mais pourtant il ne demeura pas
ſans effet, car il l'ateignit droit au milieu de la temple, & le navra d'une mortelle bleſſure : le ſang ſortit auſſi-tôt en
abondance, couvrant d'un rouge émail,
le verd qui embelliſſoit la terre, & lui
tremblottant ſe laiſſa cheoir de ſon long,
faiſant un auſſi grand bruit, que pourroit faire une peſante pierre, qui s'étant
déjointe d'une haute roche, rouleroit
impetueuſement du haut en bas. Ceux de
la tente, qui regardoient avec une grande
attention ce combat ſi dangereux, ne ſe
montrerent pas lents ni pareſſeux à prendre leurs armes, quand ils virent leur Roy
giſant mort ſur la place : les uns mirent la
main ſur leurs lances, les autres prirent
leurs épées, autres des poignantes halle-
bardes, & les autres vétirent habilement
leurs cuiraſſes pour ſe défendre, & pour
offenſer l'ennemi avec une plus grande ſû-
reté. Le Roy Clairel, qui lors étoit dedans
le Pavillon avec les autres, courut premier
que pas un, contre les deux Barons, il
étoit couſin de Françard, & frere du ſuperbe Mambrin, & ſans ceſſe menoit avec
lui un Lyon d'un regard fier & terrible,
couvert d'un poil affreux & heriſſé,
auquel on voyoit encore les dents toutes ſanglantes, les ongles crochus &
                                    dévorans,

dévorans, & les yeux étincellans comme
des chandelles allumées : Clairel avoit autrefois en un afpre & rude combat, domté
avec les armes cet animal farouche , &
puis il avoit fi doucement fçû apprivoi-
fer fa nature cruelle & fauvage, que toûjours il demeuroit au côté de fon maître,
obéïffant à fes paroles , & aux moindres
fignes qu'il lui faifoit : & ce fut pour
cette caufe, que tant fes fujets comme
les étrangers, l'appellerent le guerier du
Lyon.

Renaud pique Bayard contre celui-ci,
avant qu'il eût avec les autres abordé le
courageux Florinde : d'autre côté , le Sarrazin vaillant & hardi, vient au combat
armé d'un certain bâton ferré tres-dan-
gereux : le Lyon fe montre prompt à
donner du fecours à fon maître , & fe
jettant impetueufement contre le Paladin , il employe fon pouvoir pour l'offenfer de fes griffes aiguës, & ferre à l'inftant Bayard par une des hanches avec fes
meurtrieres dents ; Renaud tire un revers fur le Lyon, & lui fait une grande
playe au beau milieu du front , & puis
il tourne fon épée contre le fuperbe Clairel , & l'atteignit par le cafque , d'un
grand coup de tranchant ; il redouble
avec une plus grande colere, & fend l'écu
du Payen par la moitié , & l'épée paf-

Y

fant plus outre lui defcend fur le bras ,
dont il ne fut toutefois pas entamé, mais
il en demeura tout étourdi : Clairel reprend fes efprits, & puis il atteint le Paladin dans la face, où il lui fait deux
bleffures, & le Lyon étend de rechef vers
lui fes dévorantes pattes, & s'éforce de
l'offenfer de fes ongles : Renaud frappe
de tout fon pouvoir , & fe défend vail-
lamment contre tous deux , & durant
qu'il ruë quelque coup fur l'un, il jette
fur l'autre une œillade menaffante ; il a
fans ceffe l'œil & la main prompts , &
manie fon cheval avec une grande dexterité , fon cœur ne diminuë point fon
affurance accoûtumée, fes penfées demeurent fermes , & tendent toûjours à l'honneur du combat ; & fi le fier Payen avance quelque coup fur lui, il fe montre
agile & attentif à l'efquiver ; Bayard cependant empêche le Lyon d'aborder
avec des ruades violentes & continuel-
les , & fenfible qu'il eft à l'éperon , &
aifé à conduire de main, il s'élance deçà
& de là, auffi vîte que feroit un vent
ou de la flamme, tellement que le Sarrazin ne fçauroit où affoir fes coups, pour
le perpetuel mouvement du cheval du
Paladin, & de la plûpart ; il ne frape autre chofe que l'air, mais en quelque endroit que le fils d'Aymon atteigne fon

ennemi, il rompt & fracaſſe les armes,
la chair, & les os. Il le frape maintenant
à ſa volonté, car il l'a rendu tout étourdi de deux bleſſures, l'une ſur la tête,
& l'autre dans le ſein ; il continuë de bri-
ſer ſes armes, & de le priver de ſa vigueur, lui faiſant encore pluſieurs nouvelles playes, qui le font enfin tomber
mort ſur la place, preſque auſſi rudement que feroit une tour renverſée par
les traits enſouffrez que Jupiter lance durant ſon ire. Le furieux Lyon voyant
ſon maître étendu de ſon long, tout bai-
gné de ſon ſang, & le reconnoiſſant être
mort, court incontinent pour en tirer
vengeance, tranſporté de rage & de fureur pour l'amour qu'il lui portoit ; mais
deux eſtocades que lui tira le Paladin ; le
firent bien-tôt ſuivre la trace de Clairel :
il ronge en mourant d'une colere enragée, la terre & les caillous qui ſe rencontrent devant lui ; & fait de ſon épouventable mugiſſement retentir les mari-
nieres ondes, avec leurs rives arcineuſes.
Delà en avant, le genereux fils d'Aymon voulut porter deſſus ſon écu & au
faiſte de ſon caſque, la figure d'un Lyon
affreux & terrible à voir, laiſſant la Pan-
there qu'il avoit toûjours euë pour deviſe. Florinde cependant exerce une cruelle bataille, entouré & preſſé d'un grand

nombre de Chevaliers ; il foudroye de
fon coutelas tout ce qui fe rencontre devant lui , & courageux qu'il eft , afpire
toûjours à l'honneur de la victoire : la
troupe des Guerriers Sarrazins étoit déja
diminuée de la morté , quand Renaud
vint à la mêlée après s'être défait de Clairel & du Lyon ; & d'abord , avec une
puiffance & une fureur extreme , il fend
quatre têtes jufques fur les épaules , &
en met cinq autres par terre ; De forte
que bien-tôt ces Payens demeurerent tous
occis , par la valeur de ces braves Guerriers , & fi la vie étoit encore par hazard
reftée à quelqu'un d'eux , il en remettoit le
falut à fes jambes & à fes pieds. Et quand
le Paladin vit que pas un de ces combatans ne paroiffoit plus fur le champ , il
prend & arrache la belle ftatuë de deffus
le pillier d'albaftre, lui donnant mille baifers ardens ; il ne s'apperçoit pas de fa delectable tromperie, tant il a l'efprit offuf-
qué par la vaine erreur qui le confeille :
il comtemple la figure d'une paupiere
arrêtée, fe l'imaginant auffi vive que celle de Pigmalion, & tient pour affûré (ô
douce fraude ! qui occupez aifément l'efprit de ceux qui aiment) que l'ombre eft
le vrai corps, & que le faux eft la verité même , il reconnoît pourtant à la fin
l'erreur où il fe plonge, dont il s'afflige,

& eût bien voulu demeurer toûjours
aveuglé de la forte : mais le Soleil faifant
contenance de vouloir éteindre fon flambeau dedans les ondes falées , Renaud
charge un cheval de cette Image qu'il
tenoit fi chere , & fe met à fuivre fon
compagnon qui le preffoit de partir, pour
chercher une retraite où il pût faire guerir fes playes, foit par la vertu des herbes de Medecine, ou bien par le moyen
de l'enchantement

Si-tôt que Florinde eut recouvert la
fanté de fes bleffures , ils s'en allerent
tous deux errans en plufieurs Provinces
de l'Afie, faifans guerre continuelle aux
méchans & aux ingrats, & traitans les
courtois & les bons , avec toute forte
d'honneur , & leur montrant une parfaite bienveillance, leurs langues & leurs
mains étoient toûjours employées à donner des confeils & à fecourir ceux qu'ils
reconnoiffoient affligez : Tellement que
leurs noms fameux s'étendirent de l'un
jufques à l'autre pole, fur les afles de la
renommée : & ce fut alors que le fuperbe Brunamont, & le traître Conftantin,
coufins de Mambrin & de Clairel furent
mis à mort par Renaud ; ces méchans
étoient ódieux devant Dieu & devant les
hommes , car l'un d'eux fous l'ombre
d'un gratieux accueil tendoit des pieges

aux voyageurs peu avisez, afin de les
faire tomber dans des fosses obscures
où ils mouroient, & l'autre ôtoit à force
ouverte la vie ou la douce liberté de
ceux qui passoient par ses terres.

ALLEGORIE.

Les tableaux qu'Euridice fait voir
à Renaud, nous font connoître que les
actions par lesquelles l'homme se peut
plûtôt acquerir un renom immortel,
font celles de la courtoisie & de la li-
beralité. Renaud & Francard, qui pour
l'amour de Clarice, ne sçauroient durer en paix l'un avec l'autre, demon-
trent qu'un parfait Amant ne sçauroit
souffrir un competiteur, non seulement
en la jouissance, mais encore en l'amour
de la chose aimé : & comme il n'y a
point de peril où il ne se hazarde, pour
se lever tout le soupçon qu'il pourroit
avoir d'un autre.

CHANT IX.

ARGUMENT.

Renaud & Florinde poursuivans leur chemin,
rencontrent Floriane, accompagnée de plu-
sieurs Guerriers, lesquels ils renversent
tous par une joûte. Floriane s'étant éprise
de l'amour du Paladin, le prie de demeurer
avec elle, ce qu'il lui accorde. Il lui fait
le discours du combat qu'il avoit autrefois
eu avec Giname. Entre les faveurs que lui
départ cette Reine, elle lui fait place dans
son lit, puis il la quitte quelque temps
aprés, sans lui dire Adieu, induit à ce
faire par un songe qui lui vint la nuit en dor-
mant.

LA Deesse qui nâquit en Dele, nous
avoit déja fait voir par deux fois sa
face en sa rondeur, comme autant de fois
s'étoit-elle apparuë dans le Ciel avec ses
cornes argentées : & le Dieu qui enlumi-
ne la terre, avoit passé à travers de deux
Signes, en dissipant à son accoûtumé le
voile des sommeilleuses tenebres, depuis
que le fils d'Aymon & Florinde avoient
occis les Guerriers du Pavillon ; quand ils

trouverent au milieu d'une larges plaine,
où une infinité de petits arbriſſeaux faiſoient un ſuave & gracieux ombrage,
pluſieurs Dames aſſemblées en une trouppe, auſquelles une bonne compagnie de
guerriers faiſoit eſcorte : Elles étoient
beaucoup en nombre, & toutes étoient
excellemment parées, ayans les raretez &
les richeſſes des habillemens jointes avec
la naturelle beauté de leur viſage : toutes
fois l'une d'entr'elles paroiſſoit par-deſſus les autres, comme fait Diane entre
la brigade de ſes Nimphes bocageres toutes les fois qu'elle guide leur agreable
bal, deſſus les campagnes émaillées de
Cynthe, ayant ſa treſſe dorée negligemment éparſe, comme pour ſervir de joüet
aux Zephirs, & ſa trouſſe mignardement
attachée ſur ſon épaule gauche, cependant que Latone ſe ſent le cœur touché
d'une lieſſe indicible, de ſe voir mere
d'une fille où reluiſent tant de divins attraits.

Et comme cette grande Dame aperçeut
de loin les deux Barons, cheminans avec
une façon ſi ſuperbe, qu'ils donnoient
bien à juger comme ils étoient courageux
& vaillans, & qu'il ſe trouvoit peu de
guerriers qui puſſent aller du pair avec
eux; elle envoya ſçavoir par un Eſcuier,
s'ils auroient agréable de venir rompre
chacun

chacun une lance contre ses Chevaliers,
d'autant qu'elle étoit grandement desireuse de voir par une joûte, s'il y avoit
autant de vaillance en eux, comme leur
mine sembloit en faire paroître : L'Escuier
ne tarda gueres à se rendre vers les Chevaliers, ausquels il fit entendre le sujet de
son Ambassade : le fils d'Aymon lui fit
une courtoise & gracieuse reponce, de-
mandant ensuitte à ce Gentilhomme,
quelle étoit celle qui l'avoit ainsi envoyé
vers eux, à quoi il repliqua.

La Dame qui m'a commandé de venir
ici, est la maitresse de toutes les Damoiselles, & de tous les Chevaliers que vous
voïez, & d'avantage elle regit & gouverne le Royaume de Medie, & lui impose
telles loix qu'il lui plaît : elle s'apelle Floriane, & jusqu'ici ne s'est point encore
voulu assujettir au joug d'un mariage.

Cette reponce faitte, l'Escuier retourne vers la Reine, & lui raporte comme les
deux Barons étoient tous prêts de venir
à la joûte. Elle encourage aussi-tôt ses
guerriers, allumant en eux une brûlante
envie d'acquerir de l'honneur, & ses douces paroles aves ses gestes accorts, sont autant d'éguillons pour les inciter à bien
faire : Tellement que chacun d'eux à
l'envi s'efforce d'être le premier à mettre
la lance en l'arrêt. Galeasse le puissant, &

l'adroit Irnante, furent les premiers qui
s'avancerent : mais les deux guerriers, que
Mars montroit favoriser à vuë d'œil, leur
firent bien-tôt tourner les pieds contre-
mont. Après ceux-ci, se presenterent Al-
berne, & Odrimant, qui étoient arrivez
depuis peu, de l'endroit où les rapides
ondes du Tigre, separent les campagnes
de l'Asie, & n'eurent pas le sort plus
avantageux que les autres, car ils foule-
rent tous deux la terre de leur dos, l'un
fut atteint au dessous de la poitrine, &
l'autre dedans la face. Argue, & An-
droïlle, étoient lors d'avanture parmi la
trouppe de ces Chevaliers : & tous deux
étoient estimez forts & puissans au combat : mais ils avoient beaucoup plus d'or-
güeil & d'arrogance, qu'ils n'avoient pas
de courage & de valeur : leurs escus portoient des marques évidentes de leur
vaine gloire, car chacun deux avoit peint
sur le sien un horrible écüeil, qui s'élevoit sur une mer, contre lequel il sembloit que les ondes se vinssent briser : & au
bout étoit écritte en caracteres dorez, une
telle devise : JE ROMPS CE QUI M'ASSAUT,
comme s'ils eussent voulu dire, que leurs
forces valeureuses demeuroient fermes,
contre toutes sortes d'efforts, & que celui
qui leur portoit des coups, recevoit plus
de dommage, qu'il ne leur faisoit d'offen-

ce : quelle vaine erreur , & quelle sotte
temerité offusquoit la lumiere de leur raison, vû qu'ils parurent à la rencontre des
lances de Renaud & de Florinde, des tendres & debiles roseaux , & non pas des rochers fermes & assûrez ? Les deux étrangers renverserent par après sur la place
bien loin de leurs chevaux , Lucinde &
Floridan, tous deux jeunes Chevaliers,
bien-voulus des Dames pour leur bonne
grace & pour leur beauté : & plusieurs autres gueriers des plus braves & des plus estimez de la Cour de la Reine Floriane, coururent une pareille fortune, tellement qu'il
n'y avoit pas une Demoiselle qui ne devi-
sât avec honneur des Chevaliers inconnus,
& qui ne publiât tout haut la merveille de
leurs proüesses. Mais la Reine par dessus
toutes , ne les sçauroit assez admirer à son
gré, il lui semble qu'il n'y a point de gloire
entre les hommes assez grande pour eux,
elle ne leur voit pas faire une seule action,
qu'elle ne l'estime être un miracle de
quelque Dieu, & leur vaillance la rend
tellement contente & satisfaite, qu'elle
ne croit pas qu'elle puisse recevoir de
comparaison. Néanmoins, comme presa-
geant ce qui lui devoit arriver, ses affections inclinent bien davantage sur le fils
d'Aymon, que sur Florinde ; il paroît à
ses yeux bien plus fort & plus adroit, &
Z ij

elle le juge bien meilleur maître à tirer un
coup de lance : Et de même que l'homme qu'une tremblante fievre doit affaillir
dans peu de tems, fe fent lui courir de
moment en moment, un leger friffon par
tous les membres ; ainfi cette belle Princeffe
ceffe éprouve en fon cœur & en fon ame,
les legers commencemens, & les premieres pointes d'un nouvel amour, qui font
en elle mille divers effets. Elle treffaille
d'allegreffe, aux doux mouvemens de
cette naiffante paffion, fans pourtant en
entendre bien la caufe ; & s'il arrive quelquefois que l'ennemi de Renaud l'atteigne par hazard de quelque coup, la crainte
la fait paflir à l'inftant, & tout le fang lui
glace dans les veines, toûjours elle affiet
fur lui une œillade plus arrêtée ; & toûjours elle y recognoît des nouvelles perfections : mais elle brûle de defir, de voir
fi les beautez que le cafque tient cachées,
font pareilles à celles qui apparoiffent au
dehors, jufqu'à-ce qu'enfin la fortune lui
fut tellement à fouhait, que le dernier
Chevalier que Renaud renverfa fur la
place, lui fit fauter l'armet de la tête,
ayant à l'improvifte rompû les courroïes
qui le tenoient attaché : il fembla lors à
cette Princeffe que le Paradis s'ouvroit
pour elle, à la foudaine vûë d'un afpect
qu'elle juge être tout divin, & elle aper-

çoit en une feule face, plus de beautez
que mille autres enfemble n'en fçauroient
pas avoir : il lui eft avis que l'amour ait
voulu choifir ce beau vifage pour retraite,
afin d'y planter toutes fes victorieufes en-
feignes, & qu'il paroît en ce lieu du moins
auffi triomphant , que fi tout entouré de
palmes , il fe faifoit conduire dans un fuperbe Chariot : il lui femble encore que
ce volage Archer decoche contre elle,
toutes les fagettes dorées qui rempliffent
fon carquois ; voire qu'il lui enchaîne le
col avec de forts liens : chofe qui lui eft
inacoûtumée certes, mais qui lui femble
pourtant agréable & douce à fupporter.
Une blonde chevelure , avec des yeux, &
des fourcils noirs, les uns vifs & refplen-
diffans, & les autres courbez en formé de
fubtiles arcades d'un ebene poli , un grand
& large front rempli à merveille d'une
audace & d'une virile majefté, des jouës
où le blanc & le vermeil fembloient difputer enfemble qui feroit le plus paroître
fon éclat , lefquelles un crefpé cotton
commençoit d'ombrager par petits flo-
cons dorez , & un nez aquilin , figne évident d'une ame Roïale , ravilfoient tous
les yeux à la contemplation de ce Chevalier : & outre toutes ces marques de beauté,
l'on lui voïoit des épaules fort larges ,
avec un fein ample & ouvert, les bras longs

dénoüez & nerveux, un ventre étroit &
aplani, des jambes droites, agiles & pleines
de muscles, une prompte vivacité qui augmente ordinairement la bonne grace d'un
homme durant la fleur de son adolescence,
& sert comme d'ornement à ses autres perfections, & un port assez altier, avec une
douce fierté unis ensemble par un admirable melange. Qui s'émerveillera donc si
cette belle Reine, qui s'est déja donnée
en proïe aux amoureuses passions, & en
l'ame de laquelle ne sçauroit entrer que
des affections relevées, devient la nourriture d'un feu si excellent & si noble? Elle
sent son cœur devenir une nouvelle four-
naise, & la flâme s'y augmenter de moment en moment; néanmoins, comme desireuse de son propre mal, elle se plaît en
ces ardeurs, étant bien aise de languir pour
un sujet si accompli; elle ne peut permettre que Renaud s'éloigne d'elle, mais elle
prie tous les deux Chevaliers de demeurer
près de soi : elle redouble ses prieres sur
les refus qu'ils lui en font, & enfin elle
leur en fait de si chaudes & en si grand
nombre, qu'ils sont contraints de s'y montrer obéissans : puis elle prend le chemin
de la Cité, le long duquel le fils d'Aymon
conduisit son cheval par l'une des resnes
de la bride.

Cependant on préparoit le Palais Roïal

fort magnifique & pompeux, pour recevoir une si bonne compagnie, une partie
des officiers tendoient les murailles de ta-
pifferies relevées d'or, qu'ils fufpendoient
aux corniches faittes d'ivoire luifant, les
autres étendoient fur les planchers, des
riches tapis de Turquie, d'autres pla-
çoient en leur jour aux lieux les plus émi-
nens des falles, les vifs portraits des préde-
cefleurs de cette Princefle, quelques-uns
preparoient les tables, les couvrans de fines nappes, & de fervietes damaffées, &
les autres aportoient le buffet, où fe
voyoient des riches & precieux vafes de
diverfes façons, autour defquels étoient
gravez avec un bel ordre & avec un travail admirable les faits heroïques des Rois
de la Medie, à fin qu'ils ne demeuraffent
enfevelis fous l'obfcurité de l'oubli.

Si-tôt que la Reine fut arrivée devant
la porte de fon Palais, Renaud l'embraf-
fant par deffous les aiffelles, la met-à-bas
de fon cheval, dont elle eut le cœur tellement touché de joïe, & une nouvelle paffion le vint fi fort affaillir, que peu s'en
fallut que fon ame ne fortift libre de fa
belle terreftre prifon : mais quelle mort
plus douce le Ciel lui eût-il fçû faire fentir fi la vie l'eût quittée entre les bras de
celui pour lequel feule elle vouloit deformais vivre? Floriane avoit de coûtume

de se montrer fort courtoise envers les
étrangers qui passoient sur ses terres, mais
elle déploïa toute sa courtoisie, toute sa
magnificence, & toute sa gentillesse, à la re-
» ception des deux Chevaliers; aussi fut-ce
» l'amour qui lui en fit user de la sorte : car
» si le cœur dont il s'empare est d'une na-
» ture basse & vile, il ne laisse pas d'en-
» gendrer en lui de beaux desirs, & des
» pensées relevées : & s'il est Roïal & ma-
» gnanime comme étoit celui de cette
» Princesse, il l'enflâme d'autant plus à la
» vertu, & le rend de beaucoup plus esti-
» mable qu'il n'étoit pas. Les deux Barons
n'oublient rien de leur part, de ce qui se
doit faire pour honorer une telle Princesse, vû même que leurs volontez dé-
pendoient lors entierement des siennes,
ainsi que le cristal des ruisseaux dépend de
leurs claires sources. Mais l'heure s'étant
approchée, que le desir naturel nous presse
de restaurer avec les viandes nos corps
attenuez, afin qu'un jeûne par trop long,
ne leur fasse pas manquer de forces : tout
le monde s'assit à table, & la belle Floriane
prit place vis-à-vis de son Amant, élançant plus de regards sur ces beaux yeux,
& sur cet altier & agréable maintien, que
ne fait pas le Nocher dessus la Tramon-
tane : elle ne songe point à repaître son
corps, une faim plus grande la porte à

nourrir son ame pensive & affligée, d'une vaine & fausse nourriture que l'amour lui fournit.

Musée ne cessa de joüer de sa Lire dorée tandis que le repas dura, mariant les doux accens de sa belle voix, avec les agréables accords de son instrument ; Cet excellent sonneur, secondé des faveurs d'Apollon, donna commencement à des accords si doux & si harmonieux, qu'ils eussent pû mettre de la douceur dedans un cœur de roche, ou dans celui d'une Ourse furieuse, voire eussent retenu les fortes haleines des vents courroucez, lorsque leur Prince a déjoint la roche cavée, qui sert de porte à leur froide demeure, après qu'il les a remplis de colere, & excité entr'eux une cruelle guerre. Il se prit à chanter comme l'industrieuse Nature tira les semences de toutes choses, de cette masse sans forme qui se nommoit Chaos : Et comme elle disposa le monde tel que nous le voyons, lui faisant prendre des formes agréables & bien composées, & donnant des éternelles loix, & des regles certaines, au feu, à l'air, à la terre, & à l'eau, assemblant en un, par une discordante paix, tout ce qui apparoît à nos yeux, & tout ce qui leur est caché. Il poursuivit par-après, que s'étant écoulez les âges d'or, d'argent, & d'airain Jupiter voulant justement punir les im-

pietez des mortels, submergea la terre en
toutes ses parties ; & comme les pierres
que jetterent par dessus leurs épaules, le
juste Deucalion & sa chere compagne,
reparerent la perte des hommes, qui tes-
moignent bien par la dureté de leurs
cœurs, & par les travaux qu'ils endurent,
combien leur dur naturel a eu une dure
naissance. Il n'oublia pas aussi à chanter tes
flâmes amoureuses, ô Dieu ! à la blonde
perruque, & les profondes plaïes que l'A-
mour te sçut faire, lors que ta belle Dafné
changea ses bras aussi blancs que l'albâtre, & sa tresse aussi jaune que l'or le
plus fin, en des rameaux & en des feuilles, sur les rives humides de son pere Pe-
née. Il dit aussi comme Io reçut la forme
d'une genisse, & comme un Taon importun, la poussa jusques sur les bords du Nil.
Il parla aussi du fort fâcheux que le Ciel
prescrivit au clair-voyant Gardien, que
lui donna la jalouse de Jupiter, & recita
le changement de la Nimphe Sirinx, d'où
l'on tira l'invention des rustiques flûtes.
Ainsi Malherbe, cet Amphion de la France, chante quelquefois de telles choses,
mais avec des accords si mignards & si delicieux, que les poissons que la Seine res-
serre vienent fourmiller sur la rive, char-
mez des douceurs de sa voix, & les oiseaux
s'arrêtent tout court durant la plus grande

impetuofité de leur vol , & s'assemblent à
grandes troupes autour de lui, pour avoir
les oreilles chatoüillées de la gracieuse
harmonie qu'il resonne.

Après le souper fini , les divers propos,
& les gracieux devis qui se tinrent, sembloient attirer insensiblement les heures
de la nuit ; & cependant , la Reine attiroit
l'amour au profond de son cœur , & le
buvoit à longs traits , non moins par
les oreilles que par les yeux , tantôt elle s'enqueroit de plusieurs choses, qui concernoient l'Empereur Charles & son Estat , tantôt elle deman-
doit, si les proüesses de Roland, dont la
renommée remplissoit toute la terre, n'a-
voient point mis au jour quelque nouvel
acte de valeur & de courage; puis elle
s'enqueroit encore des propres actions du
Paladin Renaud , d'autant qu'il lui avoit
déja assez pleinement decouvert de quels
parens il étoit issu : Pour Dieu apprenez-
moi , lui dit - elle , ce que vous fites étant
encore jeune enfant, pour la defence de
votre mere, de laquelle l'honneur s'en
alloit du tout perdu, si votre valeur ne lui
eût recouvert ? J'ai deja oüi parler de ce
que vous osâtes lors entreprendre, toutefois je ne sçai pas si j'en ay bien conservé
la memoire , & si j'en ay bien appris la verité , mais j'étois en la compagnie du feu

Roy mon pere, alors qu'un Gentilhomme qui venoit de la Cour de France, lui en fit le conte.

Le Paladin pour se montrer obéïssant à cette Princesse, commença ainsi.

HISTOIRE DE LA
tromperie de Gyname.

BIEN que le sujet soi par trop bas pour être raconté en une si bonne compagnie, je ne laisserai toutefois de vous narrer le tout, puisque j'y suis contraint par le commandement que votre Majesté m'en vient de faire : mais n'aïez nullement égard à l'effet qui en réüssit : car ce fut trop peu de chose pour en faire cas, ains prenez seulement garde à la bonne volonté qui me guidoit lors, & à l'âge tendre où j'étois encore, vû qu'il n'y avoit pas trois lustres que j'avois commencé à voir la lumiere.

Gyname le Mayençois de Bayonne, fut rival de mon pere le Duc Aymon, durant la recherche qu'il fit de la Duchesse Beatrix ma mere : ses yeux lancerent également leurs douces flâmes dedans les cœurs de ces deux Chevaliers durant qu'ils étoient encore garçons : Et après diverses querelles sur le sujet de leurs amours, ils en viennent à la fin sur le pié,

où Gyname furpris d'une vile crainte,
ceda à mon pere la beauté contentieufe
entr'eux, & fe confeffa fon vaincu. Néanmoins, il referva toujours contre Aymon
une haine cachée, qui fans ceffe lui rongeoit le cœur; & comme c'étoit l'ancienne
coutume de ceux de fa race, il rechercha
tous les moïens dont il fe put avifer pour
le faire mourir traitreufement, mais fon
defir demeura toujours fans être effectué :
Et un fort long-tems s'étant écoulé du depuis, il arriva que le Grand Charles, ayant
fait publier une joûte folemnelle, tous les
Barons du Royaume fe rendirent à Paris,
& le Roi étant un jour à table dedans la
grande falle de fon Palais, jetta les yeux
deffus fa Cour, qu'il vit fi abondante en
genereufe Nobleffe, que cela ouvrit la
porte de fon cœur à une nouvelle penfée
qui le fit parler ainfi, après s'être tourné
vers les Seigneurs qui étoient auprès de
lui : Invincible troupe de mes plus fideles
fujets, la force & le foûtien de mon
Royaume & de mon Sceptre, je voudrois
que chacun de vous fe vantât maintenant
de quelque chofe qui foit à mon profit, &
à l'utilité de ma Couronne.

Alors chacun des Barons fe donna la
gloire de quelque chofe, l'un fe vantoit
d'une fuperbe façon, l'autre y ufoit de
modeftie, jufqu'à-ce que mon pere s'a-

vança pour se vanter comme les autres,
& dit, qu'il avoit trois fils doüez d'un esprit excellent, qui commençoient déja à
montrer des preuves évidentes de leur
vertu, lesquels serviroient toujours avec
lui, d'un ferme rampart contre les ennemis de l'Eglise, & de l'Empire François.
Cette sorte de vanterie plut grandement à
l'Empereur, lequel fit bien paroître devant tous, combien lui avoit été agréable
ce qu'Aymon venoit de dire, d'autant
qu'il lui presenta de sa main propre, le
verre où lui seul avoit accoûtumé de
boire. Gyname, cousin de Gannelon, &
qui ne lui cedoit nullement à mal faire, se
sentit le cœur profondement touché de
l'action du grand Charles envers mon
pere, il avoit vû le tout, car il y étoit present, & le traître & méchant qu'il étoit,
ne peut souffrir qu'Aymon reçût plus
d'honneur que lui. Ce nouveau sujet allu-
me & accroît davantage son ancienne
haine, & Dieu permit que la fureur & la
colere lui troublerent tellement l'esprit,
qu'avec un mauvais & soudain conseil, il
prononça ces paroles d'un sourcil ren-
frogné.

Il ne m'est pas possible d'endurer, Aymon, que tu tires de la gloire de ce qui
ne fut jamais tien : sçaches que les volontez de Beatrix se sont toujours renduës

conformes aux miennes ; & que bien fouvent nous avons alenti enfemble le feu de
nos communs defirs , fans que tu t'en fois
aperçû ; fi bien que de nos doux embraf-
femens , ces trois enfans ont pris naiffance
que je peux à bon droit dire être miens ;
ta femme me pardonnera fi j'ai été contraint de te découvrir devant une fi grande compagnie , les chofes fecrettes qui fe
font paffées entre elle & moi , & qui devoient être enfevelies dans un perpetuel
oubli , comme tu la dois auffi tenir pour
excufée; car elle le merite bien, puifqu'elle
a donné l'être à un fi noble & fi beau fruit;
joint que fi jamais tu as experimenté la
puiffance de l'Amour, tu fçais affez comme
l'homme eft aifément porté à commettre
de femblables fautes : Je te prie donc de
me rendre mes enfans, tu ne leur dois plus
départir la nourriture , puifque tu fçais
maintenant qu'ils ne font pas à toi. Et fi la
jufte caufe de ne pas troubler le repos
d'autrui ne m'en eût empêché jufqu'ici, il
y a longtems que je te l'euffe découvert ,
vû que plufieurs occafions s'en font offer-
tes ; mais enfin l'affection paternelle que
j'ai pour mes enfans , jointe avec une loüable ambition d'être recognu pour leur
pere , a eû plus de pouvoir fur moi , que
toutes confidérations qui m'ont fait taire
jufqu'ici.

Ainſi Gyname acheva ſon diſcours, qui
déplut merveilleuſement à ce ſage Monarque, lequel ne ſe teut pas, de voir en
ſa preſence une effronterie ſi fort ſignalée,
mais ces paroles du traître Gyname, bleſ-
ſerent mon pere plus que tout autre,
elles lui penetrerent le cœur juſqu'au
fonds, & néanmoins il ne laiſſe pas tout
boüillonnant de colere, de faire une telle
réponce.

J'eſtime tout ce que tu viens de dire,
une choſe fauſſe & ſuppoſée ; & toi, je te
tiens pour un méchant, & pour un traître :
auſſi n'eſt-ce pas ici la premiere trahiſon
que j'ai vu braſſer par les Mayençois, &
cela ſuis-je tout prêt de te maintenir l'eſpée à la main s ſi tu as bien le courage de te
tirer à l'écart avec moi.

Ah ! repliqua le ruſé Gyname, l'homme ſage doit tenter toutes ſortes de
moyens pour ſe juſtifier, devant que d'a-
voir recour aux armes, & je ne crois pas
que ce ſoit errer de dire, que celui qui
n'en uſe pas ainſi, doit être eſtimé avoir
plus de legereté & de folie, que de courage & de valeur ; combien que je ſois aſſûré
que cela t'aportera un déplaiſir extrême,
ſi ne veux-je pas demeurer court, ſans me
purger, & ſans faire cognoître que je ne
ſuis point un inventeur de bourdes ; je
veux montrer aux yeux de tout le monde,

que

que je suis aussi veritable en mes paroles,
qu'aucun Chevalier de ma qualité le sçauroit être. Et disant cela, il montre à la vûë
de tous les Barons, deux riches bagues
qu'il avoit fait derober à ma mere, par
l'une de ses femmes de chambre pour s'en
servir possible à quelqu'autre effet, &
étendant la main où il les tenoit, se prit à
regarder mon pere, avec une face riante,
& lui dit. Ne cognois-tu point ses bagues,
Aymon ? voilà les marques infaillibles des
faveurs que Beatrix m'a departies : tu ne
les sçaurois desavoüer, puisque tu vois
bien que ce sont des présens que tu lui fis
alors que tu l'epousas contre son gré : aussi
sont-ce des témoignages assûrez, que tu
as eû grand tort de m'appeller traître &
mensonger : néanmoins je te pardonne
l'outrage que tu m'as fait, ne faisant nulle
doute, que la peine que tu reçois maintenant, suffit assez pour la punition de ta
faute. Mais que regarde-tu, malheureux ?
les voilà, prens-les, & les manie, consi-
dere-les bien, & avoüe maintenant ce que
tu ne sçaurois plus denier.

Qui pourroit jamais dire ce que mon
pere devint lors, & comme son ame fut
saisie de douleur ? il partit à l'instant, &
transporté de rage & d'une soudaine fureur, se dispose d'aller tuer ma mere, mais
plusieurs personnes lui en ayant à l'heure

même donné avis sous main, elle se retira
de la maison, pour éviter l'impetuosité de
cette premiere colere, qui rend les hommes aveuglez, emmenant avec elle mes
deux autres freres & moi. La maison de
son pere nous servit de retraite, où ma
mere demeura en sûreté contre la fureur
de son mari, jusqu'à ce qu'elle lui pût
faire voir apertement, qu'elle avoit toujours conservé sa foi pure & nette, & lui
donner à cognoître qu'une maligne & mê-
chante langue, avoit empoisonné son ame
de cette fausse erreur. Maugis qui étoit
son neveu & notre cousin, la vint trouver
bien-tôt après, & lui conseilla de nous en-
voïer à la Cour mes freres & moi, afin que
je pusse provoquer Gyname au combat,
comme un déloyal & un traître : mais
avant que de me laisser partir, elle me jura
de n'avoir jamais souillé la couche de mon
pere, & en prit à témoin le Roy des Cieux,
en mettant les mains dessus les Evangiles
sacrés

Arrivé que je fus à la Cour, je défiai
cet imposteur, lequel vouloit déja traiter
avec moi, de la sorte que si j'eusse été son
fils; mais je le repousse rudement en arriere
lui faisant bien paroître à mon visage, le
dédain que mon cœur resseroit. Ce méchant qui me voïoit encore si jeune, se
réjouissoit en lui-même, de me voir ainsi

precipiter à la mort , & néanmoins, il faisoit contenance d'en être bien affligé, ca-
chant dessous un visage feint , le secret de
son interieur : Moi qui brûlois du désir de
combattre, & à qui toute sorte de retarde-
ment déplaisoit, je reçûs l'ordre des Chevaliers de main propre de l'Empereur ,
comme semblablement firent mes freres ,
& puis j'allai défier Gyname pour une sé-
conde fois, l'appellant tout publiquement
imposteur, & traître. Il comparut enfin ,
au lieu que je luis avois assigné ; & comme
s'il se fût beaucoup soucié de ma perte ,
faisoit semblant de n'entrer dans la lice
que par contrainte : je dressai seulement
ma lance , & me laissai par après conduire
la main, par la bonne cause que je sçavois
bien être de mon côté , de laquelle je prenois une merveilleuse hardiesse ; & le re-
mors que possible mon ennemi reçut en sa
conscience , de vouloir malicieusement
jetter une telle infamie sur notre maison ,
lui rendit le bras si foible & si debile ,
que son coup demeura vain : tellement
qu'il tomba sur le pré blessé à mort , & je
restai debout sur la selle , sans avoir nullement senti sa lance : ha ! justice du très-
haut ! comme vous montrez souvent vos
œuvres saintes, en découvrant pleinement
la verité , & punissant la trahison & le
mensonge. Si-tôt que je vis Gyname éten-

du fur la place, je courus vîte pour achever de l'occire, mais il me fupplia avec des paroles fort humbles, que je lui permiffe de parler à toute l'affiftance devant que de mourir : Je ne fis point de difculté de lui accorder fa requête, vû qu'il n'y alloit rien du mien, & que cela me pouvoit plutôt fervir que nuire, afin qu'avant qu'il mourût, il confeffât fon impofture, & comme Beatrix ma mere n'avoit point violé fa pudicité. Et certes il le fit auffi ; car il découvrit devant toûs, fa profonde malice, & fon infigne trahifon : & ainfi l'honneur de ma mere fut confervé ; & les paroles venimeufes de ce médifant, ne fervirent qu'à augmenter les loüanges de fa chafteté. Et lors étant loüé par l'Empereur de ce que j'avois remporté une telle victoire, fans m'être nullement fervi d'épée ; je fis ferment de ne m'en aider jamais pour quelque occafion que ce fût, fi premierement je ne l'arrachois des mains de quelque Guerrier bien experimenté, & dont la renommée ne fût pas commune.

Renaud acheva fon difcours de la forte durant lequel, la Reine étoit demeurée comme ravie, tant fes paroles cauferent en elle de doux effets. Et fi-tôt qu'elle lui vit clore les levres, elle fe leve de fa place, fon beau vifage ayant changé par deux fois de couleur: elle fe retire enfin d'auprès de lui

comme par force; & en faisant cette enuïeu-
se retraite, elle sentit son cœur se partager
par la moitié : pauvrette, en partant d'auprès de ce qu'elle aime, elle laisse derriere
elle la meilleure partie de soi même.

L'humide nuit avoit déja fait pour le
moins la troisiéme partie de son voïage, &
lors elle tiroit de dedans les pans de son
obscur manteau, les sommeils les plus cois
& les plus profonds, qu'elle épandoit sur
tous les animaux ; & néanmoins la Reine
(dans les veines de laquelle couroit sans
cesse un amoureux poison) n'abandonnoit
» point au sommeil ses yeux lassez: Car les
» soucis qui viennent de l'Amour, ne nous
» sçauroient jamais laisser dormir . elle se
ramenoit en la pensée, les rares beautez de
son nouvel Amant, sa valeur incomparable en un âge encore si jeune & si verd , &
tant de graces & de perfections, si diversement unies & assemblées en lui, que l'on
ne le pouvoit voir sans l'admirer, & parmi tous ces pensers , elle se souvenoit
encore , de ce qu'un jour une sienne
Tante lui avoit predit. Cette Dame qui
étoit grande Magicienne, & qui connoissoit entiérement les secrets des Cieux,
prévoyant les bons ou les malins effets
que les Planettes operent en nous, par
leur souveraine puissance, dit un jour à
Floriane sa Niéce , Que nul remede ne
la pourroit empêcher, qu'elle ne bruslât

d'amoureu'es affections, pour un Chevalier Chrétien d'une beauté extraordinaire,
& d'une si grande valeur, qu'il n'auroit
point au monde son semblable : qu'elle ne
se montreroit pas chiche vers lui de sa
virginale fleur, que lors personne n'auroit
encore touchée ; & que neuf mois venans
à s'écouler, elle enfanteroit de deux gemeaux, que les benignes influances des Astres avoient déja destiné pour mettre à fin
de grandes & hazardeuses entreprises, l'un
devoit être mâle & l'autre femelle, d'un
courage si viril, qu'elle surpasseroit les
hommes de son tems, à manier les armes
avec dexterité.

Tandis que cette Princesse denie toute
sorte de repos à son esprit, elle en prive de
même son beau corps, car elle ne cesse de
se tourner tantôt deçà, tantôt delà, cherchant tous les recoins de son ennuieuse
couche : A tout moment elle tire son rideau, jettant son regard desireux vers
les fenêtres pour voir si la gracieuse Aurore ne paroît point, & si elle ne glisse point
encore sa clarté par quelque fente, tant les
molles plumes lui déplaisent : Et si-tôt
que le Ciel commença de se recolorer,
& que le nouveau jour vint frapper les
yeux de Floriane, elle prend elle-même sa
robe, se pare, & se coëffe, sans s'attendre au
service de ses femmes; les Dames de sa sui-

te lui femblent trop pareffeufes ce jour-là
aufli leur en fait-elle une douce mais poi-
gnante repréhenfion, & à-peine les attend-
elle pour l'accompagner, tant elle eft
éguillonnée de defir d'aller retrouver fes
nouveaux hôtes, tellement qu'elles font
contraintes de la fuivre à demi habillées.

Tel que fe fait voir un grand Cyprez,
revêtu de la nouvelle robe que le Prin-
tems lui a donnée, lequel élevant fa ver-
doïante chevelure par deffus les baffes
plantes, femble s'admirer foi-même pour
la beauté dont il eft paré : tel paroît aux
yeux de Floriane fon agréable Amant, qui
fe promene dans une falle au milieu d'un
bon nombre d'autres Chevaliers; fon beau
vifage s'éleve par deffus toute la troupe,
épandant ce femble autour de foi plufieurs rayons de gloire, & de magnani-
mité. D'abord, elle lui donne un courtois
bon-jour, & puis elle le mene paffer le
tems le long de fa Royale cité d'Echba-
tane : Elle lui fait voir les fuperbes Temples que les Heros de l'antiquité ornerent
autrefois de plufieurs palmes glorieufes,
les grands fepulchres de fes majeurs, les
riches Palais, les ruës larges & droites, les
murailles, les fortereffes, les tours, &
toutes les richeffes & les tréfors qu'elle
poffedoit.

Mais l'amour exerce fi fort fur elle fon

tirannique pouvoir, qu'elle ne penfe plus qu'à fe détruire foi-même, elle ne fçait à qui recourir qu'à la mort, car elle ne fçauroit plus fupporter les cruelles violences de cet Aveugle enfant, & elle ne fçauroit trouver de paix pour breve qu'elle puiffe être, avec l'afpre paffion qui la tourmente; elle change de couleur à tout moment, elle deffere les levres pour parler, & puis elle leur impofe filence, & fa parole coupée demeure proferée à demi, elle fe retourne les yeux prefque fans deffus deffous, & puis elle frappe la terre de fes pieds, faifant de certains branflemens de tête; maintesfois elle tire des foûpirs du profond de fon cœur, avec un fon interrompu, & fes yeux fe voyent le plus fouvent tous moüillez de larmes, mais la honte les retient un peu, & empêche qu'elles ne coulent à ruiffeaux : Tantôt elle demeure coye tenant longuement le vifage baiffé, comme fi elle étoit hors de foi-même : & puis tout d'un coup elle jette fon regard vers le Ciel d'une façon dédaigneufe: Mais à la fin cette infortunée fe refout de découvrir à fa nourriffe, le martyre qu'elle endure.

Chere Elidonie, (lui dit-elle,) qui donnnâtes autresfois la premiere nourriture à mes membres encore flouets, &
qui

qui de votre fang me fçûtes fi bien entretenir la vie, que n'ayant point maintenant
de mere, il me femble n'en avoir jamais eu
d'autre que vous, fecourez votre enfant
de vos prudens & fages confeils, contre les
defirs envenimez qui lui vont devorant le
pauvre cœur : Car bien que mon mal fâcheux ne me foit encore bien connu, je le
fens neanmoins fi fort infupportable, que
je me vois reduire jufques fur le bord du
tombeau : Miferable, toutes, les douleurs
qui m'affaillent procedent de l'un de ces
deux Etrangers que j'ai logez chez moi,
mais c'eft de celui qui eft de la plus haute
taille, ne voyez-vous pas comme fa beauté, fa grace & fa valeur, furpaffe celle de
tous les autres mortels? helas, comme fa
belle image tient une place ferme dans
mon fein ; comme toutes fes actions me
font prefentes, & comme fon gracieux
langage me fonne en la penfée ; Rien ne
fçauroit charmer mes oreilles que les
douceurs de fa parole : & rien ne peut
contenter mes yeux, que la vûë de tant
de rares perfections ; je paffe par-deffus
toute honte pour vous dire, fidelle mere,
que je me fens poindre d'un defir vehement de donner du rafrâichiffement aux
ardentes affections qui me travaillent. Mais
que dis-je infenfée ? que la terre s'ouvre

D d

plûtôt pour m'engloutir dans ſes plus profondes entrailles, avant que je te faſſe
injure, ô ſainte honneſteté ! que ſi cette
paſſion me doit ôter la vie, me voici prête
de ſouffrir la mort.

Floriane mit fin à ſes paroles , & retint le plus qu'elle put ſes larmes, dont
elle avoit les yeux tous chargez , & la
vieille baiſſa le viſage , ruminant à par ſoi
ce qu'elle avoit autrefois oüi dire à la Magicienne, Tante de cette Princeſſe ; l'a-
mour de laquelle elle jugea bien être des
plus violens, par divers ſignes qu'elle avoit
remarquez durant qu'elle parloit : elle demeura quelque temps muette & comme
hors d'elle-même d'ébahiſſement : & enfin , elle fit cette douce réponſe à la
Reyne.

Madame , & ma fille tout enſemble
(car je ne puis que je ne vous tienne
telle) vos mortelles forces demeureroient
vaines, ſi vous les vouliez oppoſer contre le Ciel , ainſi qu'elles ſe trouveroient
frefles & inutiles , ſi vous en vouliez arrêter au milieu de la mer , les orgueilleu-
ſes haleines des vents courroucez : De
même, aſſurez-vous qu'il ne vous eſt pas
poſſible , d'outrepaſſer d'un ſeul point,
les bornes que votre Deſtin fatal vous a
marquées : je vous en parle de la ſorte,
d'autant que les diverſes ſaiſons qui ſe

font paſſées depuis que je reſpire l'air, m'en ont fait voir un million d'exemples employez toutes vos puiſſances, pour tirer de votre ſein la racine de cette nouvelle amour, & tournez votre penſée & votre eſperance mal-ſaine, vers des affections plus belles, & plus agreables ; faites-le, chere nourriture, & donnez congé s'il eſt poſſible à ce tyran de vos volontez, arrachant de votre cœur ce ver venimeux qui s'efforce d'entamer la gloire de votre honneſte pudicité, ſans laquelle une beauté eſt tenuë à vil prix : mais s'il n'eſt pas en votre pouvoir de faire ce que je dis, comme il me ſemble que vos actions donnent des témoignages évidens de cette impoſſibilité, à quoi ſont bonnes toutes ſes pleurs, & ſes vaines afflictions ? vû que les puiſſances humaines ſont trop debiles, pour forcer les arrêts des Deſtinées. Et puiſque la ſage Magicienne votre Tante, vous a promis qu'un ſouverain bien ſeroit la recompenſe de votre erreur, n'enviez pas à vousmême, ni à nous, que deux illuſtres Demi-dieux, naiſſent des amoureux embraſſemens de ce Chavalier Chrétien & de vous.

Tel fut l'avis de la vieille nourrice, laquelle par ſes paroles, lâcha la bride à toute la honte que pouvoit encore avoir la Reine : elle la remplit d'esperance, & chassa d'elle toute sorte de crainte : sa flamme s'accrut d'avantage, & neanmoins sa douleur en devint moindre , car elle tourna dès l'heure même toutes ses pensées, à donner un entier contentement à ses chauds desirs, & à jetter par quelque moyen dans le sein du fils d'Aymon, quelque étincelle du feu cuisant qui la devoroit.

Elle tenta premierement avec une fort accorte maniere, de l'attirer en sa folle & supersticieuse créance, lui faisant porter parole , que s'il vouloit sacrifier à ses Dieux, elle l'accepteroit pour son époux, & le feroit seoir dans le trône des Rois de Medie, d'autant que le feu Roy son pere, en passant de cette vie, lui avoit donné une entiere liberté de se marier à qui bon lui sembleroit. Mais voyant que cela ne pouvoit émouvoir la fermeté de la sainte foy que le Paladin avoit jurée au Baptéme elle rechercha d'autres voyes, des nouvelles inventions pour parvenir à son amoureux dessein. Elle employe tout l'artifice & toute l'industrie dont elle se sçauroit adviser, pour faire que sa naturelle beauté aye encore un plus grand éclat, elle agence sa chevelure dorée d'une folâtre mode, passant une grande partie de la matinée à se parer, & puis, toute contente prend

à témoin le cristal de son miroir, si elle
n'a pas assez d'attraits sur la face, pour
donner de l'amour jusques aux plus insen-
sibles : Ainsi l'oiselet après la pluye a de
coûtume de se polir les plumes, tâchant
de se rendre plus beau en se seichant aux
chauds rayons du Soleil, elle fait paroître au Paladin ores par des soupirs, &
tontôt par des regards, combien sont profondes les playes que l'amour lui a faites,
& combien ses yeux puissans ont versé
dans son cœur de cuisans desirs, & de
brûlantes affections. Renaud de son côté,
lance plusieurs regards amoureux dessus
cette belle Princesse, pour montrer qu'il
sçait bien reconnoître tant de demons-
trations de bienveillance ; combien qu'il
soit brûlé d'un autre feu, & que ses affections soient engagées ailleurs, il ne sçauroit neanmoins s'empêcher d'aimer une
beauté si accomplie.

Derriere le Palais Royal étoit un jardin assez spacieux, où Flore avoit étal-
lées toutes les richesses de son tresor, auquel il n'y avoit point d'entrée, que par
l'endroit où étoit logé Renaud, & par
celui où se retiroit la Reine ; Elle alloit
souvent en ce lieu se pourmener, durant
la fraîcheur de la matinée, & toutes les
fois qu'elle y entroit, ou bien qu'elle en
sortoit, elle-même refermoit la porte après

elle; car elle se plaisoit grandement d'y
demeurer seule : un jour entre les autres,
y étant entrée, elle venoit d'achever une
guirlande de rose qu'elle s'étoit mise sur
le chef, quand elle se vint jetter sur
l'herbe, auprés du gracieux murmure
d'un clair ruisseau, & devisant avecques ses pensées, dit en paroles pleines
d'amour, & témoignans son extrême passion, Ha! quand sera-ce, brave Renaud,
que tes gracieux baisers alentiront le feu
de mes desirs? Le Paladin arrive là-des-
sus, qui entendit fort bien l'agreable discours que venoit de tenir sa belle maitresse : Mon Dieu! comme les visages de
l'un & l'autre se virent changez en un
instant! chacun d'eux est bien époinçon-
né d'un semblable desir, & neanmoins ils
demeurent muets & pantelans en se regardant l'un l'autre: une tremblante splendeur sort de leurs humides paupieres,
pareille à celle du Soleil, quand il jette
ses rays dessus l'onde : L'un connoît sur
le visage de l'autre, les chaudes affections & l'aspre douleur que son cœur recele, Venus leur sousrit de dedans le ciel,
& comme liberale & courtoise, verse sur
eux tous les plaisirs, les jeux & les amours,
qui ordinairement l'accompagnent, l'eau
lui en vint même possible à la bouche,
& peut-être qu'une soudaine envie la prit

de goûter des douceurs semblables à celles dont ces jeunes Amants saoulerent leurs avides desirs, voire qu'elle eût fort volontiers cette journée, fait échange de son être divin, à celui-là de Floriane.

Le Paladin passa plusieurs jours avec cette gentille Princesse, continuant une si douce & si delectable vie ; tellement que ses anciennes flammes étoient tout à fait amorties, & la nouvelle seule s'entretenoit vive dans son cœur. Mais il fut contraint à la fin de partir de ce lieu, par une étrange avanture qui lui arriva, laquelle r'alluma de rechef ses premieres ardeurs, & rendit presque les dernieres éteintes. L'étoille avant-couriere du jour déployoit sa luisante chevelure, toute entourée de clairs rayons ; & le Soleil commençoit à s'armer le chef d'une nouvelle lumiere, afin de paroître plus beau du côté d'Orient, lorsque Renaud, qui donnoit le repos à son esprit, & à ses membres, enveloppé dans un profond sommeil, apperçut en songe une jeune Dame, vêtuë d'une longue robbe blanche, & dont les actions paroissoient merveilleusement tristes & douloureuses : mais une si grande splendeur ne laissoit pas de luire sur son visage, & une telle serenité paroissoit sur son front, que de prim'abord le Chevalier la croyoit être

l'Aurore, qui vint r'amener le nouveau
jour ; neanmoins, la regardant d'un œillade plus arrêtée, combien que ſes yeux
ſupportaſſent à toute peine la clarté qu'elle rendoit, il lui ſembla voir aſſurement
ſa Clarice, ſans être abuſé par aucun
phantôme vain : Il croit voir les attraits
de ſa belle face, & croit oüir les doux
accens de ſa voix, l'un, ce lui ſemble lui
éblouït la vûë, & l'autre lui vient frapper les oreilles de la ſorte.

Helas ! quelle ſincere affection, & quelle pure foi pour un Chevalier, ſi l'on
doit donner un titre ſi honorable à un
homme qui ſe plaît à uſer de trahiſon &
de fraude envers une perſonne qui l'aime
plus que ſa propre vie ? Hé quoy, Renaud!
as tu-bien le courage ſi lâche, que de
bannir de ta ſouvenance celle qui porte
toûjours ton image empreinte ſur ſon
cœur ? Comment, perfide, une autte
beauté s'eſt renduë la maîtreſſe de tes defirs ? tu ne fais plus de comte de tes premieres amours, combien que ſans vanterie, les dernieres n'approchent point de
leurs merites : Pour Dieu retourne, cher
Renaud, retourne douce lumiere de mes
jours, je ne fais que languir ſans ceſſe
pour ton amour, helas ! les larmes ameres que tu me vois maintenant épancher,
te peuvent ſervir de fideles témoins, des

fâcheux fupplices que j'endure : Mais,
cruel, fi tu ne peux avoir pitié de mes
douleurs, & fi mon amour n'eft plus
agreable à ta penfée, au moins fois touché par ton propre honneur, que tu laiffes
negligemment aneantir. Chacun dira de
toi fans doute, Renaud employe maintenant fes jours inutilement dans le Royaume de Medie, croupiffant dedans l'oifive-
té, & retenu entre les bras lâcifs d'une
Payenne, qui l'a fait changer la loi de
fes peres, & pour laquelle il a mis en
oubli l'ufage du coutelas & de la lance ;
puis ayant ainfi mis fin à fes paroles, elle
fe retira de devant les yeux du Paladin,
& difparut en fe diffipant parmi l'air.

Cet étrange fonge éveille le Chevalier
en furfaut, lequel jette en vain fes yeux
tout à l'entour de lui, pour voir s'il ne
découvrira point fa Dame, il s'enflamme
cependant de honte, & de vergogne, &
fe remplit le cœur de colere & d'un noble dédain, fes premieres affections retournent en fon ame, & les dernieres l'a-
bandonnent : & tout en un inftant, il
faute du lit, & prend vîte fes habillemens & fes armes, lefquels s'étant couvert en peu de temps, il s'achemina fans
y penfer à l'endroit où il avoit retiré le
portrait de fa Clarice, qu'il avoit empor-
té du pavillon, & ce fut ce qui le tou-

cha encore plus vivement ; il demeura muet & penſif devant cet objeƈt inopiné ; & devint auſſi immobile que s'il eût été de pierre : & enfin aprés avoir été quelque temps en cet état, comme un homme qui revient d'un profond évanoüiſſement, il ſe délivra par des ſoudaines plaintes de celui qui l'avoit ſurpris, & faiſant de piteux geſtes des mains, donna lieu à ce triſte langage.

Comment, chere vie de ma vie, comment a-t'il été poſſible que j'aye fait une ſemblable injure à l'amour que vous m'avez daigné porter? Ah ! puiſque vos merites excedent ſi fort les miens, au moins ma foi devoit être égale à la vôtre : Mais, Chevalier traître & déloyal, que ne recherches - tu maintenant des ſupplices cruels pour la punition de ta faute ? Toutesfois, helas ! où ſe pourroit-il trouver de plus grandes douleurs que celles que je ſens naître de mon repentir?

Il n'eut pas ſi-tôt fini ſa plainte, qu'il appelle ſon compagnon, & le preſſe de s'armer diligemment, puis il le ſupplie par toutes les amitiez qu'ils ſe ſont jurées, de ſe retirer avec lui à l'inſtant même, du Palais de Floriane & de toute la Medie. Florinde, qui n'avoit point d'autres volontez que celles du Paladin, & qui ne deſiroit autre choſe que de le ſervir &

de lui plaire , se rendit obéïssant à son
intention , seulement le pria-t'il de lui
déclarer la cause de cette departie subite, & Renaud satisfit entierement à sa curiosité : Et comme le pilote avisé , fuit
tant qu'il peut les charmeuses chansons
des Sireines, déployant au vent toutes les
voiles de son vaisseau , & ne laissant une
seule rame inutile pour esquiver de si pernicieux accens : Ainsi Renaud part sans
mener aucun bruit, évitant les regrets ,
les plaintes & les larmes, qui le pourroient
détourner de son dessein. Neanmoins il
se fâche de quitter Floriane , car bien
que sa flamme soit éteinte de ce côté-là,
ses affections n'en sont pas bien encore
retirées , il ne peut qu'il ne donne des
loüanges à sa courtoisie, & à toutes les autres vertus qui l'accompagnent, & fort
volontiers soulageroit-il le düeil qui la
devoit assaillir en peu d'heure. Mais d'autant qu'il doute que son cœur ne fléchit
à la pitié, il sort du Palais si secrettement,
que personne ne s'en apperçoit.

ALLEGORIE.

Floriane à qui avoit été prédit ce qui lui arriva du depuis sur le sujet de Renaud, nous découvre comme l'homme se laisse facilement tomber dans les vices ausquels il est enclin de Nature : Renaud qui part d'auprés de Floriane pour avoir seulement vû Clarice en songe, donne à connoître comme un parfait Amant ne se départ jamais de la chose aimée, quelque long-temps qu'il puisse être sans la voir, & que quelque éloignement que ce soit, ne sçauroit effacer de son ame la premiere Image qui s'y est une fois gravée.

CHANT X.

ARGUMENT.

Floriane envoye les plus vaillans de ses guerriers aprés Renaud & Florinde , afin de les
r'amener. Ils sont tous vaincus par les deux
Chevaliers , de quoi Floriane reçoit une
telle affliction , qu'elle resout de se donner
la mort. Medée l'en empéche, qui la trans-
porte dans une Isle. Renaud & Florinde
sont assaillis sur mer d'une tempête si furieuse, que leur vaisseau est submergé. Ils
s'attachent à une table de bois , & sont
par aprés separez l'un de l'autre : Renaud
se sauve à nage , & comme il passe chemin , il recouvre Flamberge , Bayard , &
le portrait de Clarice , qu'il avoit perdus.
Puis étant arrivé à la Cour, il joûte contre
Griffon , qu'il abat.

LE subtil Archerot , qui ne se plaît
qu'à malfaire, & lequel bien que sans
yeux, voit & découvre à la fin les œuvres les plus cachées, donna des indices
apparens à la Reyne , de la départie de
son fuitif Amant , qui l'avoit laissée heri-

tiere d'une infinité d'afflictions & d'ennuis : elle chasse par ses yeux en forme de ruisseaux de larmes, toutes les liesses qu'elle avoit n'agueres reçûës : & son cœur est mis en proye à la subite douleur qui le saisit ; ce cœur oppressé par une si forte ennemie, gemit & se sent reduire jusques à son dernier point : Mais l'esperance s'arme en sa faveur, & accourt incontinent à son secours, afin de lui servir de défense contre la prochaine mort qui le menace, la douleur rassemble ses forces, & toute la trouppe impetüeuse des sens se ligue avec elle pour le dommage du cœur, ce qui fait que l'esperance lui voyant livrer un si cruel assaut, implore l'aide de la raison, dont par aprés elle se sert d'écu : & tandis que l'esperance ores se fait voir la maîtresse, & tantôt fuit & se retire comme presque vaincue : Amour considere cette guerre douteuse, sans favoriser ni l'un ni l'autre des partis. Floriane cependant ouvre la bonde à ses lamentables regrets, elle pleure & soupire amerement, & quelquefois se trouve si fort ensevelie dans ses langoureuses pensées, qu'elle perd l'usage des yeux, de la parole & de l'oüie : & n'eût été le frein de la honte qui ne se trouva pas encore tout rompu, combien qu'il le fust en partie, & que le courage

de cette ame altiere étoit affez grand pour
furmonter toutes fortes de traverfes, elle
n'eût pas épargné fa chevelure dorée, &
fa poitrine d'yvoire : ni elle n'eût pas laiffé fon beau vifage fans égratigneures,
elle ne ceffe, tant que le jour dure de
cheminer le long des ruës de fa Royale
Cité d'Ecbatane, non point avec un grave port, tel qu'il feroit convenable à une
Reine, car elle ne prend pas garde fi elle
tient fa gravité ordinaire ou non, fon
corps paffe vîte, tranfporté de la fureur
qui lui fournit l'eftomac d'haleine, laquelle autrement lui faudroit, fans qu'elle puiffe trouver aucun repos en quelque
part qu'elle aille, & fon ame dont toute
forte d'allegreffe eft banie, ne peut goûter aucune treve ni aucune paix. De même en eft celui, au corps duquel fe retire quelque mauvais Demon, qui fait
une guerre perpetuelle dans fon interieur,
fans lui laiffer prendre un feul moment
de repos : encore qu'il coure furieux
tantôt deçà, tantôt delà, il porte toûjours avec foi, celui qui caufe fon tourment : ô puiffance d'Amour ! à quoi ne
nous force-tu pas ? Hé ! comme tu rends
notre raifon aveuglée ! Neanmoins cette
Princeffe réveille fes efprits, & veut executer ce qu'elle penfe pouvoir fervir pour
le foulagement de fa mifere ; elle envoye

plusieurs guerriers de côté & d'autre,
tant par mer que par terre, avec charge
d'employer toute leur éloquence, si d'aventure ils faisoient rencontre du Paladin, afin de le persuader de retourner
vers elle : & si leurs paroles ne le pouvoient émouvoir à rebrousser chemin,
elle leur enjoignit de l'y contraindre par
la force de leurs armes : son cœur demeure aussi pentelant, & ses pensées aussi
douteuses, en attendant le retour de
ses guerriers, comme au prisonnier enfermé dans une sombre fosse, lequel attend la sentence de son élargissement
ou de sa condamnation : son visage pensif fait bien paroître combien de soucis habitent dans son cœur : ses dolentes actions & ses paroles entrecoupées,
sont des signes évidens des grieves afflictions que sa poitrine recele. Ce nuage
obscur des assauts de la Fortune, qui fut
suivi par aprés d'une plus grande tempête, persecuta plusieurs jours cette dolente Princesse, durant qu'elle attendoit
l'arrivée de quelques-uns de ses Chevaliers : ha ! qu'une longue attente, encore
qu'elle la trouve bien ennuyeuse, eût été
bien meilleure pour elle, que leur retour;
Vivez Reine infortunée, vivez en cet état,
& goûtez hardiment les douceurs que
cette attente vous fournit : car vous trouverez

yerez beaucoup d'amertume au retour de
vos guerriers. Voici que trois jours aprés
arriverent six de ceux qu'elle avoit en-
voyez aprés Renaud, ayant été contraints
de quitter leur entreprise, puisque l'esperance de la mettre à fin les avoit abandonnez, d'autant qu'ils furent vaincus à
la premiere prise qu'ils eurent avec le Paladin, & partie d'eux furent grandement
blessez en le voulant ramener par la force, vû qu'il refusa d'en rien faire de courtoisie ; Et entrez que furent les six Chevaliers dedans la chambre de Floriane,
l'un deux portant la parole pour tous,
lui fit une telle harangue.

Madame, nous avons atteint les deux
Chevaliers, combien qu'ils piquassent à
toute bride, lesquels nous avons tâché
de ramener vers vous, premierement par
douces & humbles prieres, puis avec des
âpres menasses, & enfin nous en sommes
venus aux mains ; neanmoins tous nos efforts sont demeurez inutiles. Renaud
ayant oüi nos premieres paroles, où nous
n'usâmes que de douceur, se purgea
d'une façon fort éloquente, de l'erreur
qu'il avoit commis en sa départie secret-
te, puis il ajoûta, qu'il vous avoit quittée avec tout le regret que l'on se sçauroit imaginer, & qu'il avoit l'ame dis-
posée à faire un soudain retour, & que

pour rien il ne vous eût laissée, sans un
affaire importante qui le pressoit de faire
un voyage en la Cour du Roi Charles.
Il ne laissa pas encore de se montrer courtois aux menaces que nous lui fîmes, car
il rendit une reponse fort douce & ho-
nête à nos severes & outrageuses paroles ; mais quand il nous vit user de main-
mise, il s'enflamma de fureur & de dédain, & se fit connoître si fier & si terrible, qu'en peu de temps nos forces
semblerent de la neige aux rayons du
Soleil. Et aprés qu'il nous eut tous reduits en son pouvoir, nous ayant ôté les
moyens & de nous défendre & de gagner la fuitte, il nous dit : Certes votre
entreprise arrogante, meriteroit que je
vous punisse de la mort, toutes fois l'affection que je porte à tous les sujets de
la Reine à qui vous êtes, & le desir que
j'ai de la servir, me force de pardonner
à votre temerité, joint que je ne veux
pas accroître d'avantage son mécontente-
ment.

Ces paroles ayans traversé l'oreille de
Floriane, lui passerent jusques dans le
sein pour y blesser le cœur, ni plus ni
moins que la fleche qui part de dessus
un arc bien juste, s'en va droit frapper
le blanc à quoi l'on tâche ; tellement que
sa belle ame s'étant dépêtrée des liens qui

la retournoient, fortit à cette heure-là de
fon agreable prifon, où elle ne revint qu'a-
vec des aîles tardives , & aprés être demeurée errante quelque temps. Ce fut à
ce reveil que cette Princeffe commença
d'ouvrir les yeux , & jettant autour d'elle
une œillade languiffante , elle connut que
l'on l'avoit portée dans fa chambre & mife fur fon lit, durant fon évanoüiffement :
Ses Damoifelles étoient auprés d'elle ,
qui toutes avoient les paupieres baignées
de larmes, aufquelles elle commanda de
fortir, feignant de vouloir repofer ; Et
comme elle fe vit être feule, s'étant re-
gardée dans fon miroir, elle apperçut fon
vifage & fon fein marquez des ruiffeaux
de fes pleurs ; Ce fut lorfque r'affemblant
fon efprit troublé en un foupir , elle le
pouffa du profond de fon cœur affligé, &
fe preffant en même-temps les deux mains
l'une contre l'autre , & tournant contre
elle même un colerique regard, elle dit :

Ha ! que fais-je infenfée, que j'ai peu de
courage de m'abandonner ainfi à la plainte ! Dieux que les larmes font mal-feantes
à une Reyne : Laiffe, Floriane, laiffe les
ames baffes & les cœurs pufillanimes décharger leurs afflictions par des pleurs , &
fais connoître par des courageux effets ,
le fang Royal dont tu tire ta naiffance :
La fortune t'a toûjours liberalement dé-

parti de ſes faveurs , & le Ciel n'a jamais traverſé tes contentemens , cependant que tu prenois un ſoin extrême ,
de conſerver en ſon odeur le bouquet
de ta chaſteté : tu vivois lors heureuſe
& contente , honorée & eſtimée parmi tes ſujets & chez les étrangers ;
Mais maintenant que le Ciel & la fortune ſemblent avoir conjuré ta ruine , &
que ton honneur a reçû une ſi noïre ta-
che : Meurs , malheureuſe , meurs , &
n'aye pas à contre - cœur de ſortir de
cette ſombre & douloureuſe vie , laquelle d'autant que tu la devois tenir chere
avant qu'elle fût marquée d'aucune infamie , d'autant te doit-elle être ennuieu-
ſe & amere ; à cette heure qu'elle eſt privée de ſon principal ornement. Et toy ,
grand Dieu , qui entends mes lamentables
regrets , & qui vois de là haut les aſpres
douleurs qui m'aſſaillent , ſi les prieres ,
ardentes mais juſtes toutesfois , peuvent
en penetrant un ſi grand nombre de cieux ,
parvenir juſques à tes oreilles ſaintes : Si
ta bonté ſe ſentit jamais émeuë par une
ame devote à donner effet à ſes juſtes deſirs ; Fais que le cruel qui me cauſe la
mort , reçoive la peine que merite ſa perfidie : Fais , juſte Roy , qu'il engage ſon
cœur à quelque Dame ſans pitié , qui
prenne à jeu ſes larmes & ſes peines , &

qu'il voye preferer à lui un autre Amant,
moins parfait qu'il n'est pas, & de qui
les flammes ne soient pas si vives que
les siennes : Je demande seulement ce
foible reconfort à ma cuisante douleur :
C'est peu de chose, pitoyable pere ; Ha !
la requête que je te fais est trop petite,
son enorme forfait attend pour punition,
un tourment bien plus étrange, la mort
qu'il me donne veut bien une plus sanglante veangeance. Toi, Seigneur, qui
sçais mieux que personne de quelle façon les fautes doivent être punies, châ-
tie ce traître selon la grandeur de la sienne : car je ne me sçaurois pas imaginer
un supplice égal à son peché & à mon desir ; Mais pourquoi donnai-je une si longue suitte à mon discours ? Il est ores
temps de mourir, & non pas de s'entretenir de langage ; que ma parole demeure étouffée, & mon action amortie ; Sus,
que le cours de ma vie voye maintenant
son limite : & en achevant cette derniere
parole, elle mit, furieuse, la main sur
un poignard qu'elle avoit autrefois pris à
Renaud, & l'ayant tiré de son foureau,
arrête son regard dessus : son effroyable rage sema lors ses joües de rougeur, &
avec une asseurance nompareille, elle continua ainsi son discours.

O pitoyable fer ! qui viens de la main

d'un homme fans pitié, que je te voy propre à guerir le mal que m'a fait ton cruel maître : fa fuite cachée m'a tranf-percé le cœur, qui depuis n'a fenti qu'un perpetuel martyre, & toi, à force ouverte, prive ce cœur de vie ainfi que toute forte d'efperance eft déja morte pour lui : & d'autant que le premier coup lui a été grief & fâcheux, d'autant le fecond lui fera-t-il plus fuave & plus doux ; Ce premier coup l'a privé de toutes les dou-ceurs que le Ciel épandoit abondamment fur lui, & celui-ci lui ôtera les ame-res douleurs qui lui font fembler les plus cruelles peines qu'un autre pourroit endurer, legeres au regard des fiennes. Et toi fidele lit, qui durant mes lieffes paffées, fus le témoin de mes folâtres amours, maintenant que tu as fait échan-ge de ta bonne fortune en une mâlencon-treufe, tu porteras encore le témoignage de ma mort, & comme tu reçûs le pre-mier deffus ton fein mollet, tous mes contentemens, mes plaifirs & mes lief-fes, & de même que tu reçois mainte-nant ces ameres larmes, & ces doulou-reux foupirs, ainfi reçois encore, aima-ble lit, mon tiede fang, & en referve fur toi une éternelle marque ; Et lors fans jetter une feule larme, elle leva la main pour fe donner le coup meurtrier, & fe

percer (helas!) son estomach audacieux :
mais le poignard plus pieux & plus benin que non pas elle, lui tomba de la main,
& à l'instant même la fenestre de la chambre s'ouvrit, avec un aussi grand bruit,
que si l'on l'eût de force enfoncée : & au
même temps elle vit entrer un grand Chariot, tiré par quatre oiseaux d'une forme inconnuë, sur lequel étoit une Ma-
trone ancienne d'un grave port, & d'un
venerable regard. Celle ci étoit l'enchan-
teresse Medée, sœur du pere de la Reyne
Floriane, qui venoit comme affectionnée
Tante & amie, apporter remede au mal
de sa Niéce, car elle sçavoit fort bien par
la vertu de son art, tout ce qui lui étoit
déja arrivé, & la mauvaise volonté qu'elle
avoit de se malfaire : Et afin d'être assez
à temps à son secours, elle s'étoit servie
de ce Char, pour traverser plus vîte les
vastes campagnes des Cieux & de l'air.

Ainsi qu'elle entre dedans la chambre
de la Reyne sa niéce, elle la voit qui
releve de nouveau le fer qui lui étoit écha-
pé, aussi-tôt elle lui serre les bras par derriere, & l'empêche d'executer son cruel
dessein, puis elle lui aspergea le moins du
monde les yeux & les joües avec une certaine liqueur, qui, la faisant dormir,
donna de l'allegement à ses peines : & cependant qu'elle avoit ainsi les yeux char-

gez d'un profond sommeil, son cœur se
depestroit des douleurs & des ennuis qui
le tourmentoient. La Magicienne à qui
les plus secrettes choses n'étoient cachées,
& à laquelle nul chemin ne pouvoit être
empêché, avoit été puiser à cet effet, de
l'onde enchantée du fleuve Léthé, laquelle avoit la force de faire prendre repos aux ames les plus agitées, & de re-
faire le cœur & les membres offensez :
puis voyant que la Reyne avoit ainsi les
paupieres fermées, elle la monta dessus
son Chariot, & s'y assit aussi, regissant
de sa propre main la bride des animaux
qui le tiroient, lesquels tendans au lieu
où leur Cochere les conduisoit, fendans
& couppans l'air plus vîte que ne sçauroit pas faire l'oiseau qui regarde le Soleil d'une œillade arrêtée, quand il fond
impetueusement sur la terre, ou qu'un
éclat de foudre ne sort de dedans la nuë,
voire même qu'un trait par un arc élancé. Il se trouve une isle dans la mer, au
delà des Colonnes que le fils d'Alcmene
posa, pour servir de borne à la naviga-
tion, à l'endroit où l'Occean separe le
Calpé en deux parts, pour faire passage
aux hazardeux & audacieux vaisseaux, en
laquelle il semble que les liesses & les
plaisirs regnent toûjours, tant chaque
choses y rient de beauté & de gentillesse,

&

& que les Amours s'y joüent, pour rendre encore le lieu plus delectable & plus gracieux. Aucuns ont laissé par écrit, que Jupiter a destiné cette Isle ponr la demeure des Heros les plus renommez, aprés que leurs belles ames ont quitté leurs mortelles depoüilles, qui les retenoient ici comme prisonniers. Rien ne se trouve là qui donne les moindres ennuis aux hommes, car ils n'y sont pas si-tôt arrivez, que de tristes qu'ils pouvoient être, ils deviennent contens & joyeux ; & d'autant que ce lieu cause des effets si étranges, il a été nommé à bon droit l'Isle du Plaisir.

La Magicienne fait descendre son Char dedans cette Isle, où elle l'arrête comme elle sent que ses roües touchent la terre, & puis elle pose la Reine dessus l'herbe émaillée, qui lors étoit delivrée de son salutaire sommeil : les poignantes épines d'amour ne lui déchirent plus le sein, ni le bien qu'elle a perdu ne la tourmente plus: il est vrai qu'elle se souvient encore de l'outrage qu'elle a reçû:mais cela ne l'afflige nullement. En ce lieu delicieux, où le Ciel repand les douceurs de ses influences, avec des mains plus liberales qu'en nul autre part du monde, & sur lequel Phœbus semble s'égayer à jetter ses rayons les plus temperés : En ce lieu, dis-je, où les rubis

& les diamans fleuriffent deffus les riches
tiges d'or , & où les fleuves font de criftal
luifant , & les poiffons qui y nagent d'argent le plus fin. Medée (qui avoit de coûtume d'y habiter) retint avec elle fa chere
Niéce. Cependant Renaud & Florinde
dépêchent chemin le plus vîte qu'ils peuvent, aprés avoir défait l'importune troupe des Guerriers de Floriane , qui furent
fi ofez que de les attaquer , & d'autant que
le premier amour du fils d'Aymon, réveil-
loit en fon ame les pointes & fes feux , ils
fe refolurent de retourner en Europe,
laiffans derriere eux le Royaume de Medie & fes profanes contrées, où n'habitent
que des Payens & des infideles. Et aprés
qu'ils l'eurent entierement traverfé , ils
prirent le chemin de la grande Armenie
qu'ils avoient depuis n'aguerres privée de
de fon Roy , en un cruel & fâcheux combat : & puis l'ayant paffée, ils parvinrent
en Affyrie, & de là en Sorie, qu'ancien-
nement on appelloit Syrie : Et arrivez
qu'ils furent à Barut, ils fe mirent dans un
vaiffeau voyans & le Ciel & la Mer tranquilles & ferains au poffible. Les voiles
étant déployées au vent, qui donoit à
fouhait dans la poupe du Navire, ils apperceurent tôt aprés leur embarquement
cette Ifle agréable, que la Déeffe qui gouverne le troifiéme Ciel , cherit fur toutes

les autres ; & celle qui eut l'honneur d'é-
lever le Dieu des foudres quand on l'alle-
toit encore dans le berceau : puis ils découvrirent la Morée qui n'eſt pas fort éloignée de là : puis la Sicile, où trois montagnes fameuſes étendent leurs têtes ſur les
ondes. Ainſi les Chevaliers tirent pays les
plus contens du monde, quand le ſoigneux
Nocher jette les yeux attentivement vers
le Ciel paiſible, que l'on voyoit orné d'un
million de feux , il regarde les deux
Trions, Aſtres lumineux & clairs , & l'O-
rion, armé ce ſembloit pour le dommage
de quelqu'un, les pluvieuſes Hyades, avec
le pareſſeux Arcture, ſouvent contraire
& nuiſible à ceux qui navigent : il contem-
ple encore la face de la Lune , qu'il voit
rouge & toute enflammée, telle que poſſible elle fut lors qu'elle ſe vit découverte
nuë dedans le frais criſtal de l'onde. Le Pilote s'en afflige, & ſe trouble ; & cependant elle ſe voile de nuës obſcures , & retire ſon agréable clarté ; pluſieurs étoiles
ſemblent ſe détacher de leur place & tomber à bas , en laiſſant le chemin qu'ils tiennent marqué de leur lueur, ainſi que l'on
voit faire les fuſées que l'on jette , leſquelles montans vers le Ciel d'une force impe-
tueuſe retombent à terre après que toute
la poudre eſt conſommée. Alors le Patron
du Navire s'écrie, Las ! je connois bien

maintenant qu'Æole courroucé a envie
de nous déffier au combat , & à même-
tems une gliffante troupe de Dauphins ap-
parut , qui s'en alloit traverfant l'humide
plaine de la Mer : Ce Pilote foûpire en
foi-même , & puis demeurant un peu coy,
prête l'oreille à chaque bruit qu'il entend,
& tout auffi-tôt il oüit un effroïable bour-
donnement au plus creux de l'eau femblable à celui que fait la flâme , laquelle étant
enclofe dans une fournaife , cherche quelque endroit pour s'exhaler , & le lieu n'é-
tant pas capable de la retenir , enfin elle-
même fait une ouverture , par où elle fort
violemment. Le bruit que l'on entend
n'eft pas moins grand , que celui que caufe quelquefois Junon dans le fond d'une
nuée : Mais le Prince Æole n'arrêta guere aprés à déboucher fa tenebreufe fpe-
lonque , & ayant délié tous les vents fes
fujets , émeut en eux une fureur enragée,
& puis il les chaffe dehors : chacun d'eux
pourchaffe de fortir le premier , comme
defireux de mener une horrible & cruelle
guerre , la terre en tremble toute , & femble que d'immobile qu'elle eft , elle doi-
ve devenir mobile , voire qu'une tenebreufe horreur doivent tellement enve-
lopper le monde , qu'Amour ait encore
une fois befoin de débroüiller la confu-
fion des élemens : les eaux de la mer fe

renverfent fans deffus-deffous, & paroiffent puis aprés troubles, écumeufes &
bruyantes, l'air émeu de toutes parts fe
noircit d'une façon épouventable, & le
Nocher qui voit en un inftant un fi grand
nombre d'ennemis conjurez à fa ruine,
s'arme & s'aprête à leurs douteux affauts,
& encourage fes compagnons de fe pré-
parer auffi à la défenfe. La trouppe inutile du vaiffeau qui n'étoit propre à rendre
aucun fervice, & qui par fa crainte &
par fes cris, ne faifoit qu'effrayer & empêcher les Mariniers, defcendit incontinent dans le fond d'où l'on ne pouvoit
voir les vagues enflées, ni entendre le
bruit terrible des vents & des ondes,
d'autant que le Pilote le commanda ainfi,
partie des Matelots cependant calent les
plus grands voiles, que la tempête a
déja détachées, & n'y a plus que le trin-
quet qui prend vent : l'autre fait entren-
dre fes volontez par le moyen d'un fif-
flet, & fait que chacun obéït à ce qu'il
commande de la forte : mais rien ne fervent ici, ni la fcience, ni l'induftrie, car
l'impetueufe tourmente croît toûjours,
& les violentes ondes font courir çà & là
le Navire balancé, en la même forte qu'un
Capitaine victorieux, feroit fes ennemis
fuyards. Les rudes fecouffes des eaux
poufferoient l'un aprés l'autre hors de la

barque, tous les hommes qui travaillent
à sa conduite, & les envoiroient dans
leur fond mouffu, s'ils ne prenoient garde de se bien tenir aux cordages, afin de
n'être pas faits la proye des vagues impitoyables. La tempétueuse mer élance quelquesfois si haut ses abbayantes ondes,
qu'il semble que Neptune & les autres
humides divinitez, veulent livrer un assaut
furieux à celles qui habitent le Ciel; &
puis le vaisseau porté par un si dangereux
sault jusques auprés des éternelles de-
meures, est aprés tellement poussé en-à-
bas, qu'il découvre le gravier du fond,
& se voit entouré de deux grandes montagnes d'eau : la colere enragée des vents
continuë de plus en plus, & la Navire
hurtée & poussée, se tourne tantôt d'un
côté, tantôt de l'autre, comme elle est
encore souvent montée & abaissée : jusques à ce qu'à la fin, Borée pousse une
haleine si forte, que le grand mât se rompt
en deux parties, ce qui remplit les cœurs
des navigeans d'une crainte gelée : ha !
qui pourroit dire les divers effets que cau-
sent les vents malicieux, & les bruyantes ondes ? & qui pourroit dire les passions interieures des éperdus & affligez
navigeans ? chacun d'eux repasse en sa
douteuse pensée la mort cruelle qu'il se
voit devant ses yeux, laquelle le menas-

se avec un terrible & épouventable regard : l'un soupire pour le regret qu'il a de quitter sa chere épouse, l'autre ses enfans aimez, sur le visage desquels il souloit déja voir un autre soi-même : Celui-ci pleure pour son pere, qu'il se fâche de laisser seul, accablé de vieillesse & de pauvreté, celui-là gemit de ce qu'avant son trépas, il ne peut voir la fidele compagnie de ses amis, & ceux qui ne sont pas tourmentez de semblables soins, se lamentent pour eux-mêmes, apprehendans ce passage fâcheux : Plusieurs se tiennent les mains jointes élevant les yeux vers le Ciel avec une devote affection : Mais, hélas ! les obscures nuées leur en empêchent la vûë, & un voile horrible cache son agreable serenité, & c'est ce qui leur engendre de nouvelles frayeurs, & ce qui leur gele les moüelles, même s'il arrive qu'il se fasse voir enflammé en quelque endroit, ils croyent qu'il dédaigne leurs prieres.

Renaud avoit fait entrer dedans l'esquif, celui des Mariniers qu'il connoissoit être le plus avisé de tous, voulant se servir de ce dernier remede, pour sauver sa vie & celle de son compagnon, vû même qu'il ne croyoit pas être fort éloigné de la terre : & pour cet effet, il avoit déja transporté dedans, le por-

trait aimé de sa Clarice, avec son épée,
y ayant aussi fait conduire son cheval :
mais ce rusé Matelot, qui avoit plus de
soin de lui-même qu'il n'avoit pas du Paladin ni de Florinde, craignant que s'il
entroit d'avantage de personnes dans ce
leger vaisseau, il ne fût contraint de ceder à l'impetuosité des flots, coupa soudain la corde qui le tenoit attaché à la
barque, de laquelle il s'éloigna incontinant, se laissant prier & menasser en vain.
Le Navire cependant montre l'un & l'autre de ses côtez déjoints, aux fortes atteintes des vagues, lesquelles entrent à la
foule par les deux flancs ouverts, & les
premieres se voyent secondées d'autres
qui les suivent ; les Mariniers qui sont
restez dedans, pâlissent de crainte &
d'effroy, & neanmoins afin que le vaisseau n'enfonce pas, chacun d'eux s'efforce
de boucher les passages de l'eau, & vui-
dent avec la pompe celle qui est entrée :
mais voici qu'un tourbillon terrible prive le navire de tymon, & tout aussi-tôt
une furieuse vague emporte le Nocher
infortuné, qui se heurta un grand coup
la tête en tombant : helas ! il ne lui avoit
rien servi de se vouloir retenir aux cordages, car il fut tiré d'une telle force
qu'il n'eut pas le loisir de se reconnoître,
ainsi les impiteuses ondes l'engloutirent,

& engloutirent auſſi avec lui toute la
commune eſperance. Que pourroit faire
au milieu des ondes courroucées , un
vaiſſeau privé de ſon Pilote , & qui fait
eau de tous côtez ? auſſi les remedes ſont-
ils deſeſperez , & les eſperances mortes à
celui - ci , puiſqu'un accident ſemblable
lui eſt maintenant arrivé , chacun des navigeans eſt merveilleuſement oppreſſé de
crainte , & lui ſemble qu'une froide main
lui eſtreigne le cœur , ou que ſon corps
devienne tout de glace ; vous ſeuls , cou-
rageuſe couple , fuſtes vûs demeurer fermes , ſans que cet extrême peril vous trou-
blât d'apprehenſion, car vous voulûtes faire voir par les ſignes de vos viſages, que
vous aviez des cœurs invincibles. Mais
à la fin le navire étant furieuſement pouſſé contre un horrible écueil , ſe rompt
en plus de mille parts , & expoſe à la mort
tous les hommes qu'il reſſerroit , leſquels
rempliſſent l'air d'un triſte & debile ſon ,
les uns invoquans le nom de Chriſt , &
les autres celui de Mahom ; les nageurs
ſe virent en petit nombre , & encore pa-
roiſſoient-ils en diverſes poſtures : ſabou-
lez par l'orgueilleuſe mere : l'un hauſſoit
ſeulement un bras hors de l'eau , l'autre
ne montroit qu'un petit bout de la tête ,
un autre ne faiſoit voir que l'une de ſes
jambes , & encore n'arrêtoit-il gueres à

être entraîné au fond , & quelques-uns s'attachoient au rocher, d'autres à une piece de bois, & les autres à leurs miserables compagnons. Mais ces deux courageux guerriers, ayans pris une affez large & longue table , la tenoient ferrée avecques le bras droit , & de l'autre fendoient les vagues émûës , ajoûtans pour aider à la force de la main un souffle vehement qu'ils poussoient à certain temps pour faire reculer l'eau qui les vouloit engloutir , & puis en même instant ils étendoient leurs pieds , qu'auffi-tôt ils rejoignoient ensemble, tellement que les deux Chevaliers nagerent un affez long espace ainsi unis , couppans à force de bras la violente fureur des flots, jusques à ce qu'une grande montagne d'eau les venant à couvrir , ils se trouverent par après separez. Mais Florinde laiffa échaper la table , l'aide de laquelle leur donnoit de la hardieffe durant ce cruel affaut de la fortune , & ne fut pas en sa puiffance de la r'atteindre, combien qu'il fift de grands efforts & des pieds & des mains. Le fils d'Aymon de son côté , contribuë toutes ses forces & son industrie pour donner du secours à son compagnon , voire jusques à se mettre plusieurs fois lui-même en grand peril , & neanmoins tout ce qu'il peut entreprendre lui réüf-

fit à rebours de son intention, d'autant
que les vagues enflées s'opposoient à son
dessein, & lui sembla lorsqu'elles engloutirent le pauvre Florinde, ce qui accroît
tellement l'affliction de Renaud, que peu
s'en faut que sa vie ne l'abandonne, sa
douleur augmenta tellement, qu'il se pensa faire la proye des ondes : mais la raison amie, se montra la maîtresse de ses
passions, & le détourna de ce fol & cruel
desir : Et comme il eut pris le salutaire
conseil de se sauver la vie, il r'assemble
son courage & ses forces, separant les
vagues insensées de son robuste estomac,
& travaille tant qu'il peut des jambes,
de l'haleine & des mains. Enfin il apperçoit la terre, laquelle paroissoit si peu
de chose, qu'il sembloit qu'elle fût cachée dessus les eaux ; & lors, toute l'a-
prehension abandonne son cœur, l'esperance lui fait remuer encore avec une plus
grande force & les pieds & les bras, jusques à ce qu'il se vid avoir attrapé la
moitte rive, sur laquelle mettant les genoux en terre, & tenant la face élevée,
il jette un devotieux regard vers le Ciel,
& remercie Dieu d'un zele ardent, du
peril étrange dont sa bonté l'avoit tiré.
Mais quand il se ressouvient que son ami
est demeuré mort au milieu des homicides flots, & que les envieuses ondes ont

englouti une beauté si singuliere, & une valeur si insigne ; la consolation qu'il reçoit
de s'être sauvé la vie, ne lui semble point
si douce, comme la tristesse qu'il prend
de la mort de Florinde lui est amere :
& feroit volontiers partage de ses jours
avec le mort, ainsi que firent autrefois
les enfans de Lede. Et comme il se la-
mentoit en soi-même, il apperçoit assez
prés de là, un Château, duquel la mer
Thirene baignoit le pied, & dont les tours
s'alloient élevant vers le Ciel d'une façon fort belle à voir : le Soleil le découvrit à la vûë du Paladin, car c'étoit l'heure qu'il sortoit de sa couche celeste, dissipant les nuées qui obscurcissoient le ciel ;
Renaud dressa ses pas vers cette demeure, le Seigneur de laquelle lui fit une
tres-courtoise reception, & lui apprit
comme il n'étoit pas gueres éloigné de
la ville de Rome : & afin de le gratifier entierement, il le pourvut de chevaux, d'é-
cuyer, & de tout ce qui lui étoit necessaire. Le fils d'Aymon prend tôt aprés
congé de ce Seigneur, tirant pays vers la
France, où il s'étoit resolu d'aller : & la
troisiéme journée d'aprés ce partement,
il fait rencontre, joignant l'agreable fraîcheur d'une fontaine, d'un Chevalier
couvert d'une luisante paire d'armes. Celui-ci avoit un bon Cheval auprés de lui,

qu'il tenoit attaché par la bride à la tige
d'un Pin noüeux, & au même tronc étoit
aussi suspendu un beau portrait, sur lequel ce Chevalier tenoit sans cesse les yeux
fichez. Aussi-tôt Bayard, & l'image de
Clarice revinrent en la memoire du Paladin, lequel jettant la vûë dessus le Chevalier, vit que Flamberge lui pendoit sur
le côté : Ce traître Matelot, qui avoit fui
la furieuse colere de Neptune, abandonna le Paladin dedans le grand vaisseau,
aprés s'être moqué de lui en le laissant en
un peril si évident ; dessoignit de tirer de
l'argent de son larcin, quand il se vit à
sauveté dessus l'arreine humide, & en étoit
à la fin convenu de prix avec le Chevalier dont Renaud fit alors rencontre fort
heureusement : il le supplie avec toutes
les douceurs que l'en sçauroit dire, de
lui vouloir rendre les choses qui lui ap-
partiennent : mais cet étranger qui étoit
fort superbe, & peu courtois, lui fit cette réponse.

Ce n'est pas ma coûtume de faire des
presens semblables à celui que tu me demande, s'il est vrai que ces choses soient
tiennes, fais que tes armes m'en donnent
la connoissance, tant de paroles, ausquel-
les je n'ajoûte nulle foi, ne me témoignent rien que ton peu de courage. Le
Paladin ayant oüi le discours de ce teme-

raire, defcend de ce cheval, & met fans
plus tarder la main à l'épée , & ce qui
le fit mettre ainfi pied à terre, fut qu'il
ne vouloit avoir nul avantage au combat, d'autant qu'il fçavoit affeurement que
jamais cet inconnu ne pourroit inciter
Bayard à caufer du dommage à fon maître : l'étranger en augmente fa colere,
eftimant le Paladin mal-avifé de l'ofer attaquer feul à feul , vû qu'il ne croit pas
qu'aucun ait de la valeur autant que lui :
Renaud commence le premier , déchar-
geant un coup d'épée, que l'étranger efquive, & levant par aprés la fienne à fon
tour, il fe prit à fourire, & dit, Voyons
maintenant qui de nous deux à la main
plus à droite : il frape , & l'attente fut
furieufe, car l'écu de Renaud en tomba
fur la place divifé en deux parts, puis
ayant redoublé, il l'affene deffus la cuif-
fe gauche , & lui fait fentir de ce coup
une tres-grande douleur. Neptune n'entre point en un fi grand couroux, quand
le froid Aquilon & le pluvieux Autan,
lui font enfemble la guerre , comme le
Palatin bleffé s'en fit voir lors efpris ; la
chaude colere lui rougit toutes les deux
joües , & fes yeux s'enflammerent tellement, qu'un feul de fes regards eût fait
tomber de crainte qui que c'eût été : que
fera donc cet effroyable coutelas qui def-

cend à bas d'une roideur impetueuse : le
casque contraint de ceder à sa force, tombe à terre separé en deux ou trois pieces, ce rude coup fit choir le Chevalier
inconnu tout plat sur le dos, non pas
qu'il fût autrement blessé : mais tous ses
sens l'avoient abandonné, & lors Renaud
se prit à dire ; Je voi bien maintenant
que nous n'aurons que faire de combatre
d'avantage ; & à l'heure même il prend
Flamberge sa bonne épée, avec le portrait qu'il cherissoit plus que lui-même,
puis il saute legerement dessus son Bayard,
lequel le reçut avec une grande allegresse, montrant bien par son gay hannisse-
ment, l'amour qu'il portoit à son maître,
& faisant paroître par plusieurs autres
signes évidens, le plaisir qu'il ressentoit
d'être retombé entre ses mains. Ainsi fait
le fidelle chien, quand celui qui le nourrit retourne en la maison, qu'il avoit éloignée pour quelque temps, il le flatte de
la queuë, en faisant plus de mille tours
auprés de lui, & n'a point de cesse qu'il
ne lui ait sauté sur les genoux, & qu'il
ne l'ait baisé à la face.

Déja Renaud recommençoit à poursuivre son chemin, quand il s'aperçut que
son écu étoit rompu par le milieu, il retourne aussi-tôt bride vers le Chevalier qui
gisoit par terre vaincu, & fait descendre

fon Efcuier, afin de lui amaffer celui de
ce Guerrier fuperbe, d'autant que l'acier
lui en fembloit affez fin, & fa dure trempe paroiffoit être de celle qui fe fuit au
lieu où Bronte le Cyclope fait gemir
l'enclume fous les efforts de fon bras nerveux. Deffus cet écu étoit le portrait d'une
Damoifelle, gravé par une main fi indu-
ftrieufe, que jamais il ne fut vû un fi parfait ouvrage : il fembloit que ce fût plûtôt l'Image de quelque Deeffe, que non
pas celle d'une mortelle, elle paroiffoit
fi bien être vive, qu'il ne manquoit rien
que de joindre le difcours à cet artifice
admirable; & encore fi l'on ne la voyoit
ni parler, ni fe mouvoir de fa place, il
fembloit qu'elle ne le voulût pas faire, & non pas qu'elle ne le peuft bien :
la chofe vivante étoit fi parfaitement imitée, qu'encore que cette figure fût dé-
nuée d'aucun efprit qui l'animât, ceux
qui la regardoient s'émerveilloient d'a-
vantage de ce qu'elle ne parloit pas, qu'ils
ne fe fuffent étonnez fi elle eût difcouru
avec eux.

Le Paladin s'empara donc lors de ce
bel écu, & mieux eût valu pour lui, qu'il
n'eût jamais fongé à le prendre, car au
lieu qu'il s'en croyoit fervir à fa défenfe, il lui caufa (malheur !) des playes
plus que mortelles : & fi-tôt qu'il fe le
fut

fut mis dans le bras, il reprend vîte ſes premieres erres ; Amour le poind & le pouſſe tellement, qu'il ne s'arrête jamais, & ne ſe détourne point de ſon chemin, pour quelque occaſion qui ſe preſente ; il ne ceſſe de cheminer tant qu'Apollon éclairoit la terre de ſes rais, & ſeulement lorſque les étoilles paroiſſoient deſſus les courtines des Cieux, il tâche de prendre quelque repos, mais il ne ſçauroit chaſſer ſes étranges inquietudes, & le ſommeil ne le ſçauroit bien accueillir. En cette ſorte, Renaud traverſa en peu de jours l'agreable Pays de la mer, borne d'un côté & de l'autre les ſourcieuſes Alpes ; puis, ayant paſſé ces neigeuſes montagnes, il deſcend dedans le plat païs, où joyeux, il voit la terre de ſa naiſſance, & s'étant approché plus prés de Paris, il apprend que le Roy Charles, avec tous ſes Capitaines & Barons, & la Reyne ſon épouſe, accompagnée de ſes Dames & Damoiſelles, étoient logez aſſez prés de là au milieu d'une belle plaine ſemée de fleurs, laquelle une claire onde arroſoit en pluſieurs endroits : ce lieu étoit ſeulement éloigné d'une petite lieuë de Paris, & étoit d'une ſituation fort propre pour la chaſſe, vû l'abondance de la venaiſon qui s'y rencontroit en tous tems : & ſi quelque Chevalier étranger venoit

G g

à passer par là, conduit ou par hazard ou par dessein, un Chevalier François s'éprouvoit contre lui à la joûte faisant les yeux des Dames témoins de sa valeur & de son adresse. De sorte que comme le Paladin se fut approché de plus prés, il apperçut, ainsi que l'on lui avoit dit, cette campagne remplie d'une infinité de Chevaliers illustres, tous couverts d'armes dorées : d'un bon nombre de belles & courtoises Dames, vetûës de riches robbes de soye, les unes incarnates, les autres bleu turquin, quelques-unes blanches comme albâtre, & les autres verd-naissant, tellement que les rayons du Soleil peignoient dans le Ciel une nouvelle Iris, par la reflexion qu'ils faisoient dessus ces étoffes rares, & dessus la dorure des armes. Mais quand Renaud fut apperçû, cheminant dessus son grand Bayard, avec une façon si altiere, que son visage asseuré montroit combien il avoit de hardiesse & de courage, enclos dans son cœur genereux, & qui se tenoit si ferme entre les arçons, qu'il ne branloit non plus qu'une ferme tour, ou qu'une forte colonne plantée bien avant dans la terre, divers propos s'émeurent sur son sujet, entre les Chevaliers de l'Empereur, & chacun d'eux lui donnoit des hautes loüanges, car il étoit agreable aux yeux de tous:

mais le superbe Griffon, qui défendoit pour l'amour de Clarice, le passage à tous ceux qui l'eussent voulu franchir, entendant ce que l'on disoit en l'honneur du Paladin, courut contre lui plus vîte qu'un foudre, tenant pour asseuré qu'il rendroit bientôt Bayard déchargé de son maître, auquel il cria de tout loin : Jure tout maintenant, Chevalier, que la Dame pour qui je vis, excede en beauté toutes celles qui sont au monde.

Griffon avoit eu long-temps auparavant, la sœur d'Olivier pour maîtresse : mais ses services ne furent jamais bien reçûs, & cette belle dédaigneuse, méprisa toujours les affections de ce Chevalier ; aussi la longue experience lui ayant fait connoître, qu'il tendoit des rêts & des pieges pour en attraper l'air & le vent, mal-avisé qu'il étoit, il se resolut de servir Clarice. La longue absence de Renaud, l'empêchoit d'avoir connoissance de tout cela, ce qui fut cause qu'il fit une telle responfe.

Une vile crainte ne doit jamais être cause, que la langue se détourne tant soit peu du droit sentier de la verité, & d'avantage, il seroit mal-séant à un Chevalier qui fait profession de l'honneur, de reboucher contre les travaux & les hazards : quelque grands qu'ils se puisfent prefenter ; je te dis donc , & cela te maintiendrai - je par tout , que tu veux malicieufement obfcurcir ce qui eft plus clair que n'eft le jour , je t'avouë bien que ta Dame a de la beauté, mais elle ne peut recevoir de comparaifon, avec celle à qui mon cœur fert d'une douce proye.

Des menaffes, & des paroles audacieufes, il fallut enfin venir aux armes, les deux lances maffives s'approchent, l'une d'un côté, l'autre de l'autre ; la terre fremit & l'air refonne au bruit terrible que font ces Chevaliers en commençant cet afpre combat , & femble que leurs chevaux ayent des aîles attachées aux flancs, tant leur contraire courfe eft rapide & impetueufe. Le Mayençois mal-à-droit porta fa lance à faute , & fon coup demeura fans effet, mais Renaud ne manqua pas de l'atteindre dans le milieu de l'écu, & le pouffa de force hors de la felle , fi bien que venant à tomber pefamment fur la place, fes armes retentirent auffi fort , que fait le toxin d'une cloche, dont les ames hardies font excitées à fe mêler dans une preffe , fans apprehender l'horreur du combat.

Renaud fut alors entouré de tous ces braves Chevaliers, lefquels le fupplierent inftamment d'ôter fon cafque, tellement

que vaincu par leurs prieres réïterées, il
fut contraint bon-gré mal-gré qu'il en
eût, de satisfaire leur curiosité : il dénouë
enfin les courroyes qui tenoient l'armet
attaché, & se découvre le visage, apparoissant aussi-bien à la vûë d'un chacun,
comme il venoit de se montrer puissant
& fort à la joûte, qu'il avoit euë contre
Griffon. Il n'eut pas si-tôt fait montre
de sa belle face, & de sa chevelure dorée, qu'il fut reconnu de ces amis, lesquels lui firent un million de caresses, &
lui donnerent mille loüanges, car la renommée de sa valeur étoit déja parve-
nuë aux oreilles d'eux tous : & cependant la gloire se promenoit au dessus de
sa teste, battant ses aîles d'or en chantant
gracieusement. Chacun se met en devoir
d'honorer le Paladin, & chacun s'efforce de lui témoigner son affection ; l'un
lui touche la main, l'autre d'un bras d'ami
lui serre le sein ou le col, un autre touché d'un amour plus tendre, lui porte
un baiser à la face ; mais le bon Duc Aymon son Pere, le tient embrassé par le
milieu du corps, & sent toutes ses veines
remplies d'une liesse incomparable, pour
la soudaine rencontre de son fils.

L'invincible Guerrier, s'étant retiré
d'entre les bras de son Pere, s'en alla baiser
les mains de leurs Majestez, lesquelles lui

firent une humaine & courtoife reception , montrans empreinte fur leurs faces, l'amour qu'ils portoient à ce Chevalier victorieux. Les Dames de leur part
témoignent par leurs gentilles actions ,
comme elles defirent honorer ce glorieux
vainqueur , & chacune d'elles lui fait
paroître fa bonne volonté , jufqu'où fon
honnêteté le peut souffrir , fans être inte
reffée.

ALLEGORIE.

Renaud, que les prieres ni les menasses ne peuvent induire à retourner vers Floriane, fait voir comme la ferme constance d'un brave Chevalier ne sçauroit être vaincuë ni même ébranlée par aucune difficulté, ni par aucun empêchement. Le bon accueil que l'on lui fait à son arrivée en France, nous exhorte de nous gouverner vertueusement en toutes nos actions, afin que nous conservions l'amitié & la bienveillance des bons & des sages, qui viendront à connoître notre vie honnête & vertueuse.

CHANT XI.
ARGUMENT.

Renaud occit en plein bal Anselme le Mayen-
çois, sur la querelle qu'ils eurent pour une
Damoiselle nommée Alde. Il entre en la mau-
vaise grace de Clarice : Est banni du Royau-
me de France, & s'étant éloigné de la Cour,
il arrive dans le bois de la Douleur, d'où
un Chevalier inconnu le vient retirer, & lui
montre un chemin qui le conduit en un lieu
délicieux, où il est flatté de quelque espe-
rance de voir la fin de ses malheurs. Puis
il fait rencontre de son ami Florinde, qui
avoit échappé les perils de la Mer.

MAIS Clarice s'étant un peu retirée
à l'écart, soûpire fort amerement,
& la seule jalousie en est la cause ; Elle
considere toute pentelante, les gracieux
accueils que les autres Dames font au fils
d'Aymon, & cependant elle arme ses
beaux yeux à sa ruine, elle les remplit de
fiertez, s'enflamme le cœur de colere &
de dédains, voyant la honte que ce Chevalier avoit faite à Griffon, qui tournoit
grandement

grandement à son déshonneur : & voyant
auſſi qu'il portoit gravé ſur ſon écu, le
viſage d'une Dame inconnuë. Ne te de-
voit-il pas ſuffire cruel (diſoit-elle en
ſoi-même) de rompre les ſacrez liens de
notre amour, en me fauſſant la foi que
tu m'avois jurée, ſans me preſenter devant les yeux le ſujet de ma douleur &
de ton énorme faute ? Car puiſque poſſible tu ne me peux montrer vivante, celle (hélas !) qui maintenant te poſſede le
cœur, tu me viens apporter ſon portrait,
& ce qui m'eſt encore le plus ſenſible
(ha ! qui ta meu de le faire ?) c'eſt que
je t'ai vû employer tes armes pour le ra-
valement de la gloire que l'on me donnoit. Helas ! ainſi que le Serpent ſe cache ſous les fleurs, la courtoiſie & la beauté
qui ſe font voir en toi, couvrent un cœur
merveilleſeument perfide, puiſque, plein
d'inhumanité, tu ne fais compte de ma
pure foi, & mépriſe mes ſinceres affections:
fuyez, Dames peu fines, helas ! fuyez ce
gracieux ſemblant, & ces regards qui pa-
roiſſent ſi humbles & ſi pleins de douceurs, il donnent la mort à autrui, alors
qu'ils lui promettent la vie, & font des
gardes infideles, autour d'un cœur rempli de foi. Mais folle que je ſuis, pourquoi ſoûpiré-je de la ſorte ? & pourquoi
m'abandonné-je ainſi à la plainte, puiſ-

que le plaindre & le foûpirer ne me fçauroient plus profiter de rien s'il eft devenu leger & perfide, veux-je demeurer
encore auffi fidele & conftante comme
j'étois auparavant ? Ha ! cela ne paffera pas ainfi, je lui veux bien faire connoître que je n'ai non plus de conftance
& de fidelité que lui. Et ayant achevé
de dire ces chofes à part foi, elle fe refout de montrer deformais à Renaud, un
œil tout rempli de cruautez.

O! fille d'amour & de crainte, cruelle
fille, qui fouvent caufe la mort à celui
qui ta engendrée, en mêlant ton fiel &
ton poifon amer, parmi fes plus agreables douceurs : pefte qui infectes de ton
venin, les ames fur lefquelles tu peux
avoir quelque prife, retourne maintenant dans les enfers, entre les cris lamentables, les tourmens, & les fupplices éternels fans plus venir troubler des affections fi pures, & fi faintes : car tu ne mé-
rite pas de tenir en un tel lieu ta demeure froide & glacée.

Le Paladin, qui depuis fon arrivée n'a-
voit ceffé de tenir les yeux arrêtez deffus
ceux de fa belle maîtreffe, apperçut de
la même forte que l'on voit le Ciel troublé, lancer ici-bas mille éclairs, fon vifage courroucé, foudroyer fur lui mille
dedains fans qu'il fe pût imaginer la caufe

de son aspre couroux, & ce fut ce qui lui fit dire tous bas,

Las ! qui m'obscurcit maintenant la serenité de cette Angelique Face ? hé quoi! aprés mille perils échappez durant mes longs & penibles voyages, je me serai donc rendu auprés de mon Soleil pour y souffrir une fâcheuse mort, que je connois bien n'être en ma puissance d'éviter ! car cette belle ennemie me fait voirement mourir, en m'apparoissant si superbe & si dedaigneuse : & si je meurs d'amour, nonobstant toutes ses cruautez & son orgueil, moins encore m'en pourrois-je dedire quand elle me seroit courtoise & gracieuse. Et toutesfois Amour! pourquoi permets-tu qu'un injuste dedain trouble ces deux beaux yeux monarques de mes affections ? & que tu tiens pour la plus agreable demeure que tu aye en l'étenduë de ton Empire?

L'Empereur cependant voulut que chacun s'apprêtât pour s'en retourner dans sa capitale ville ; ce qui fut cause que l'on vit à l'heure même cette grande campagne dépoüillée des tentes & des pavillons qui la couvroient, & chaque Chavalier qui sentoit son cœur espris pour quelque Dame de la Cour, prenoit le frein du Destrier de celle de qui il adoroit les perfections, aprés l'avoir premierement levée sur

la selle avec une façon douce & accorte.
Renaud ne laissa pas encore de prendre
Clarice entre ses bras, & de la remettre
dessus son cheval, qu'il conduisit par les
rênes une bonne partie du chemin : mais
cette cruelle sembloit faire pleuvoir de
ses yeux & de sa belle face, des dédains
emprisonnez; & bien que la langue demeure immobile, son muet silence ne laisse pas
d'être plein de fieres menasses,& ce qu'elle
ne lui veut pas ôter avec des paroles, elle
lui veut tout à fait nier par ses actions &
par ses regards. Le Chevalier que l'amour
& l'experience rendoient hardi en de telles
rencontres, tandis qu'il se tiroit au cœur
par la voye des yeux, un million de flammeches ardentes, en regardant son aima-
ble objet, prit (comme un homme qui
n'étoit pas apprenti d'aimer) son temps
fort à propos, lequel s'enfuyoit déja de
lui insensibement; & faisant paroître par
ses actions exterieures les chaudes affections que son interieur cachoit, délia sa
langue pour tenir un tel descours.

Ah ! combien celui-là est impie qui
vole le fruit des longs travaux d'un pauvre souffreteux; & combien celui-là est
cruel & ennemi de pitié, qui ne daigne
consoler le miserable, durant ses poignantes afflictions? Je vous dis ceci les larmes aux yeux, Madamoiselle, d'autant

que je me voi dénier la douce & feule recompenfe de mes peines, & que je vois éloigner toute forte de confort à mes grieves douleurs. Donc tant d'affauts que l'erreur où j'ai vécu jufques-ici, & tout ce que mes armes ont eu l'audace d'entreprendre pour l'amour de vous feule, n'auront pour falaire que des aigres dédains lefquels m'envelopent le cœur d'une infinité de foûpirs amers ; dédains, qui durant l'état fâcheux & incertain où je me vois reduit, obfcurciffent les doux rayons de vos beaux yeux, par le moyen defquels, mon ame laffée peut reprendre de la vigueur, & fe retirer d'entre les cruels fupplices qui la travaillent. Miferable, & quelle peut être la caufe? Il vouloit continuer d'avantage, mais Clarice rompit fon propos, pour lui dire ; Chevalier, que celle-là donne du fecours au mal que vous dites endurer, laquelle vous augmente les forces & la hardieffe, afin d'en ufer à mon defavantage, & de laquelle vous portez le vifage, non feulement gravé fur votre cœur, mais encore au beau milieu de vos armes.

Toi, fuperbe Amour , qui pouffa les pointes de ces paroles dedans le cœur de ce Chevalier, décris-nous maintenant les douloureufes plaïes qu'elles firent au fond de fa poitrine malade : car il eft impof-

fible à ma langue d'en rien dire, pour être
le fujet trop inegal à la baffeffe de fon difcours, & auffi-bien ne pourroit elle pas atteindre jufques à la verité & jufques au
but où tu éleves les penfées que tu animes.

L'efprit fubtil de notre Amant penetra
bien-tôt le fens de fes paroles, combien qu'elles fuffent obfcures, & que Clarice les eût prononcées d'une voix fort
baffe & tremblante, auffi ouvroit-il déja
les lévres pour lui rendre compte de fa
loyal foi, avec une façon fi humble, qu'lle
pouvoit vrayement témoigner ce qu'il
avoit dans le cœur, & être un figne affûré de fon affection fincere, de laquelle
neanmoins cette Princeffe doutoit. Mais
cette rebelle, boucha dextrement le paf-
fage au difcours que le Paladin lui vouloit faire, car voyant que Roland marchoit feul fans s'être accofté de perfonne, elle l'appella courtoifement à elle, &
lui fourniffant de la matiere pour devi-
fer : fit taire le fils d'Aymon, lequel
acheva le refte du chemin fans plus avoir
le moyen de dire un feul mot ; & depuis,
étant arrivez à Paris, elle s'abftint de le
voir le plus qu'elle put, ce qui lui caufa
de la triteffe en abondance. Ce Chevalier éprouva bien injuftement les cruels
affauts de la fortune & de l'Amour, &
fentit bien que le vent de fes foûpirs

accroiſſoit de plus en plus le braſier de
ſes flammes ; & de même qu'un peu
d'humeur liquide rend encore plus chaud
un fer rougi dans la fournaiſe , ainſi un
plaiſir leger & fuyard redouble encore
ſa douleur, & augmente le feu qui le conſume : Le bref contentement qu'il prend
quelquesfois, encore que peu ſouvent, à
contempler le cher objet de ſes deſirs,
ne ſert qu'à rendre plus fort la violente
ardeur qui le travaille , & les mornes ſou-
cis que ſon ame tient enclos. Ainſi un «
contraire rend ſon contraire plus grand, «
comme le mal s'augmente par la con- «
noiſſance que l'on peut avoir du bien; «
car de même que le mal ſeroit moin- «
dre, ſi le bien nous étoit inconnu, le «
même mal ſe rend à nous plus ſenſible, «
à meſure que le bien nous apparoît. «

Le Soleil avoit déja ſix fois chaſſé les ombres obſcures de deſſus le dur viſage de
la terre ; Mais les ombres des afflictions où
Renaud vivoit enveloppé , ne s'étoient
point encore retirées; neanmoins ſa per-
ſeverance avoit eu tant de pouvoir ſur Clarice, qu'elle commençoit à avoir meilleure
opinion de lui qu'elle n'avoit pas eue, & déja elle relâchoit quelque choſe de ſon couroux; toutefois elle ne voulut pas qu'aucune de ſes actions en donnât la connoiſſance, ainſi elle plaça dedans ſes yeux &

deſſus ſa belle face, les dédains qu'elle
s'étoit arrachez du cœur, & ce fut ce
qui aigrit d'avantage les feux & le martyre de l'innocent & deſolé Chevalier;
Car il ne pouvoit penetrer juſques dans
l'interieur de ſa belle Maîtreſſe, où Amour
operoit beaucoup en ſa faveur.

Mais durant toutes ces choſes, un bal
ſuperbe & pompeux ſe préparoit, pour
ſe tenir le ſoir enſuivant dedans la grande ſalle du Palais de l'Empereur: Toute
la Cour attentive à ces Royales magnifi-
cences, attendoit impatiemment que la
nuit vint, la lumiere lui étoit déplaiſan-
te, & Renaud entr'autres l'appelloit trouble & fâcheuſe, & nommoit la ſoirée gracieuſe & luiſante; O! folles & trompeuſes affections des mortels aveuglez, qui
tendent toûjours ſur les choſes qui leur
ſont les plus dommageables! Déja la nuit
étendant ſes humides aîles, r'allumoit dans
le Ciel les feux éternels dont ſa voute eſt
ornée, leſquels par leurs celeſtes influences envoïent ici-bas & les biens & les maux;
déja une douce harmonie s'entendoit hau-
tement reſonner dedans les ſalles, & l'a-
gréable mélange des accords des inſtrumens, alloit fraper le Ciel, quand le Palais ſe remplit d'un grand nombre de Chevaliers & de Dames belles & biens parées; Et comme entre les étoilles moins

claires, celles de Jupiter & de Venus font
admirer leur splendeur lumineuse, ainsi
Clarice & son Amant paroissent parmi la
troupe des Dames & des Guerriers; des
flammeches dorées sortent de leurs beaux
yeux, envenimées de pernicieuses douceurs : Et neanmoins, Renaud n'apperçoit point que l'aimable visage sur lequel
il tient toûjours les yeux fichez, soit
nullement touché de la pitié de son martyre : Il ne voit point éclairer vers lui ce
doux ris, qui lui faisoit découvrir tout
le tresor d'amour, & ce fut ce qui le fit
à la fin resoudre (Ah ! conseil nuisible &
trop legerement pris) de faire en sorte
envers Alde, qu'elle se rendît à la fin
mediatrice de son accord avec sa maîtresse. Aussi voulut-il à cet effet convier cette belle Alde à dancer, puisqu'il mettoit toute son esperance sur elle. Il aimoit
cette Damoiselle avec une pure affection
comme elle l'aimoit d'un zele égal, d'autant qu'ils avoient été durant leur enfance
toûjours nourris & élevez ensemble; & de
plus Renaud sçavoit assûrement qu'elle
ouvroit & fermoit à son plaisir, l'impitoyable cœur de sa Clarice, & que ses de-
bonnaires actions, & ses paroles persuasi-
ves, en pouvoient tourner doucement la
clef comme bon lui eût semblé. Il s'avance
donc vers elles, & la prie d'avoir agreable qu'il la mene dancer ; Mais au même

inftant, Anfelme le Mayençois lui vient
faire la même requête; Alde fe voyant
ainfi invitée par deux tout à la fois, abaif-
fe les yeux en terre penfive, & confu-
fe, fans leur répondre une feule parole,
ne voulant pas les refufer ni l'un, ni l'autre; Et lors le Mayençois tourna devers
le Paladin fon vifage & fon parler audacieux, & lui dit: Cede moi la place, jeune homme; auffi-bien quand tu t'amu-
feras à me la contefter, la honte t'en demeurera toûjours, & poffible ferai-je
contraint de paffer plus outre.

Renaud qui n'étoit pas moins altier
que l'autre, lorfque l'on l'offençoit, lui
fit une telle réponfe, avec une façon grandement fiere. Cede-la-moi toi-même,
autrement je pafferai encore plus outre
que tu ne dis, car je m'y trouve déja
fort difpofé.

Anfelme jettant un regard de travers
deffus le Paladin, lui dit, avec un ris plein
d'amertume: Si un infame bâtard a bien
tant de temerité, qu'entreprendroit-il
s'il étoit égal à moi?

Ces paroles tranfpercerent le cœur de
Renaud plus cruellement que n'eût pas
fait un dard bien émoulu, il devint auffi
furieux que feroit un Lion que l'on auroit bleffé, & rien ne fervit de vouloir
temperer fa colere, car perfonne ne le
put empêcher qu'il n'empoignât Anfel-

me par la gorge avec la main gauche,
dont il le pensa étrangler, & puis il tira
son poignard de l'autre main, duquel il
lui perça le cœur d'outre en outre. Le
tiede ruisseau qui découloit de la playe,
teignit aussi-tôt les carreaux de la salle
d'un rouge émail, & l'esprit s'enfuit avec
le sang, si bien que le corps n'arrêta guerres à tomber tout de son long : Et comme ce Chevalier Mayençois fut ainsi ap-
perçu cheoir tout sanglant sur la place,
un bruit terrible de plusieurs voix con-
fuses s'entendit par la salle, semblable à
celui que l'on oit dedans les ruches des
Abeilles, quand une pestilente maladie
se met entr'elles, qui en fait mourir
la plûpart, ou bien à celui qui se fait
oüir dans les bois, lors qu'Autan ou
Borée commencent à ébranler leurs rameaux. L'on vit à même temps flamboyer plus de mille luisantes épées ; &
Ganes avec les autres qui se sentoient offensez, courir brûlans de rage contre Renaud, pour tirer vengeance de leur pa-
rent occis. Les freres du Paladin atten-
tifs à sa défense, & secondez par la fleur
des guerriers de Clairmont, par ce Chevalier invincible, qui depêcha la terre
d'Almont, nonobstant toute son audace, s'opposent fermement à l'effort des
Mayençois; Les Damoiselles éperduës, &

que la froide peur tenoit opprefsées,
quitterent leur naïve couleur, comme
l'on voit faire les vermeilles fleurs, quand
une bruineuse gelée les a furprifes. Elles
fe rangerent tout auprés de la Reyne,
avec des faces pâles, & des cœurs pente-
lans, ainfi qu'un vaifseau fragile fe retire le plus avant qu'il peut dans le port.
L'Empereur Charles cependant en retient & reprend quelques-uns, & menaffe les autres avec un vifage tout flambant
de couroux, & s'efforce par actions &
par paroles à éteindre l'orgueil incenfé
dont il voit fes Barons furpris : Mais Renaud fe retire vers la porte avec une face
afsûrée, & un grave port, tenant toûjours l'épée nuë à la main, avec fon manteau rebroufsé fur le bras. Les Mayençois
qui s'étoient du commencement ruez
avec une telle audace defsus le Paladin,
attiedirent la fureur de cette premiere
rage, quand ils virent contre leur attente, tant de braves & vaillans Chevaliers qui entreprenoient fa querelle ; &
neanmoins, ils ne laifsoient par leur paroles, & par le mouvement de leurs armes, de vouloir encore de loin paroître
courageux & fiers. Ainfi voit-on arriver
fouvent qu'une timide troupe de mâtins,
court pleine de colere & de rage pour affaillir le fier Taureau, & puis elle s'ar-

rête & s'en repent aussi-tôt, ne faisant
qu'aboyer contre lui, comme elle voit
qu'il s'approche d'elle à pas tardifs &
lents, tournant ses yeux enflammez çà &
là, & lui montrant un furieux aspect,
tellement que de quelque côté qu'il fasse
sa pesante demarche, la coüarde troupe
se retire & s'enfuit.

Le fils d'Aymon se retire gaillarde-
ment d'entre ses ennemis, sans en être
nullement endommagé : mais l'Empereur
se sentit merveilleusement offensé de sa
trop grande hardiesse ; il lui semble que
c'est avoir eu par trop d'arrogance, que
d'en être venu si avant en la presence de
sa Majesté : si bien que poussé par le mauvais conseil du traître Ganes, il le punit
d'un perpetuel exil hors du Royaume
de France. Que pourra maintenant faire
ce pauvre Amant, privé des bonnes graces de son Roy, & de celles de sa Dame?
Sera-t-il dit qu'il s'en aille sans voir avant
que partir, les Angeliques beautez, qui
seules entretiennent sa vie? Ah! fortune
inhumaine, par combien de travaux l'as-
tu conduit à une fin si malheureuse ? tu
as d'un seul coup renversé toutes ses esperances, alors qu'il croyoit trouver un
prompt soulagement à ses amoureux ennuis. Il prend une plume & du papier,
& écrit aux doux sujet de ses rigoureux
supplices, tout ce qu'Amour lui peut

dicter, avec des paroles toutes confites
en une profonde humilité, & ayant ca-
cheté la lettre, la lui fait tenir par un fidelle messager : Mais cette orgueilleuse
ne lui usa que de superbes menaces, &
prenant la lettre de dépit, la fit passer
par les flammes, encore qu'elle l'eût
vûë fort volontiers, si la jalousie ne
l'eût point renduë contraire à son propre vouloir ; ce fut cette peste qui causa
en elle des nouveaux dédains : car elle lui
avoit pour une seconde fois empoisonné
le cœur de son dangereux venin : Aussi
étoit-ce assez de sujet pour remplir d'une
nouvelle crainte un cœur touché d'a-
mour jusques au vif, comme étoit celui-là de Clarice, d'avoir vu que le Chevalier avoit même en sa presence, pre-
feré la belle Alde à elle, lorsqu'il l'avoit
choisie entre toutes les autres pour la mener dancer, & qu'il se seroit plûtôt resout de faire mourir Anselme, que de la
lui quitter : & se souvenant de toutes ces
choses, elle disoit en elle-même :

Mon Dieu ! comme il sçait bien fein-
dre la verité, de me crier merci avec des
paroles si humiliées : Ah ! déloyal fla-
teur, Ah ! cruel & traître abuseur, c'est
donc ainsi que tu te moques de ma pure
foi ? c'est donc ainsi que l'on trompe un
cœur plein de fidelité ? Celle-là seroit

bien malheureuſe & bien privée de jugement, qui te voudroit encore croire
maintenant aprés tant de perfidie ; Mais
qui ne pourroit pas ajoûter foi à ces ſoûpirs , & à ces deux tournoyemens de
paupieres ? Je vous aime & brûle pour
vous, ce me dis-tu avec les yeux : Hé !
que ces yeux ont été infideles guides de
mon amour ; Miſerable, je les creus trop
legerement, car je les vis bien-tôt faire
autre part leurs pernicieux effets: les douces œiilades d'Alde n'arrêterent gueres
à t'enflammer d'un nouveau feu. Ha ! «
bien que les ſecrettes affections de l'ame «
ſoient ſouvent difficiles à découvrir, «
elles penetrent à la fin toute la feintiſe «
dont elles ſont voilées, & quelques diſ- «
ſemblables qu'elles ſoient des paroles & «
des regardes , plus elles ſont cachées, «
& plus à la fin te voyent-elles à décou- «
vert. «

Renaud étoit demeuré en ſuſpends ,
en attendant le retour du Meſſager qu'il
avoit envoyé vers Clarice : Mais ſa venuë renforça grandement la douleur de
ſes playes, & lui fit ſentir d'autres nouveaux tourmens ; Car comme il eut oüi
l'impiteuſe réponſe que ce valet lui r'apporta, il demeura long-temps en un état ſi
douteux, que l'on eût eu de la peine à diſ-
cerner s'il étoit mort ou vivant : Il ne

parloit, ne pleuroit, ni ne foûpiroit plus ;
& le dueil qui l'oppreſſoit trouva tout paſſage bouché. Ou bien de même qu'une liqueur miſe dedans un vaiſſeau de cuivre,
que l'on pend puis aprés au deſſus des ardentes flâmes, enfle de telle ſorte ſon boüillon avec un roque gargoüillement, qu'enfin petit à petit, elle s'éleve juſques pardeſ-
ſus le bord : & puis tout à coup ſe répand
avec violence : Ainſi le Chevalier exhala
par des ſanglots ſa cuiſante douleur, que
ſon cœur ne pouvoit d'avantage retenir
enſerrée : Ce cœur dégorgeoit le dueil qui
l'oppreſſoit, lequel ſortoit dehors, avec
l'abondance des plaintes & des ſoûpirs
qu'ils lâchoit : Et lors que l'ame eut la
liberté de reſpirer tant ſoit peu ſous le peſant fardeau des peines & des ſupplices ;
Renaud ſans uſer d'un plus long retarde-
ment, & faiſant une fâcheuſe contrainte
à ſes amoureux deſirs, veſt ſes armes,
monte à cheval, & ſe met tout ſeul en chemin pour chercher des nouvelles aventures. Et ainſi qu'il picque enſeveli dans
ſes profondes penſées, & privé de toute
ſorte de plaiſir, il arrive en un endroit
où la Seine étant moins creuſe qu'en nulle autre part, ſemble ſe hâter d'avantage pour s'aller rendre entre les bras de
l'Ocean ; & ſe voyant auprés de cette
onde rapide, il fait un peu de halte,

pour

pour se décharger le col de cet odieux écu, & l'ayant pris de main droite, tient piteusement les yeux fichez dessus, en disant de telles paroles :

O cruel ennemi de mon repos ! perturbateur de mes contentemens & de mes aises, méchant & malheureux écu, source feconde des aspres martyres qui m'assaillent, emporte avec toi dans le fond de ces vagues, les ameres douleurs que tu me causes ; mais helas ! tu feras seul englouti par les ondes, car la douleur qui me saisit ne se sçauroit separer de moi ? Va-t'en, infame & detestable peste, & te tiens pour jamais caché dans le fond de ce fleuve, de crainte que tu ne serve encore à tourmenter quelqu'autre fidele Amant, avec de pareils maux que ceux que je souffre par ton cruel moyen. Et comme il prononçoit encore la derniere parole, il jette rudemnt l'écu, lequel separant le boüillon des ondes, ne tarda gueres à trouver le fond, entraîné par sa lourde pesanteur.

Le Paladin partit de ce lieu, aussi-tôt qu'il se fut défait de son écu, & prenant une autre brisée, il ne sçait quel chemin il tient, ni où son cheval le mene, demeurant vagabond par l'espace de huit jours entiers, par des voyes incertaines, & qui lui étoient inconnuës, jusques à

Ii

ce qu'il apperçut une obscure & om-
brageuse vallée, à laquelle un droit &
uni sentier conduisoit. Un homme d'une
figure étrange faisoit sa demeure en ce
sombre vallon, lequel s'appuyoit le menton dessus son coude, & jettoit les yeux
vers le Ciel tous baignez de larmes, avec
une façon merveilleusement triste & te-
nebreuse ; sa bouche étoit toûjours ouverte aux plaintes & aux regrets, dont
l'air retentissoit fort piteusement au tour
de lui, & remarquoit-on en toutes ses
actions, qu'il falloit qu'un deuil & un
souci cuisant le travaillât. A mesure que
le Chevalier s'approchoit de cette vallée,
ses douloureuses peines s'accroissoient
de plus en plus, tellement que son ame
se trouva si fort oppressée de tristesse,
qu'à peine pouvoit-elle respirer & faire
ses ordinaires fonctions, neanmmoins il
chemine toûjours sans faire aucun arrêt,
le long de cette voye malheureuse, qui
le conduit en ce lieu tenebreux, jusques
à ce qu'étant parvenu prés de cet homme, & ayant arrêté son regard dessus lui,
il sentit son martyre & ses peines s'augmenter de telle sorte, qu'elles surmon-
terent en un moment toutes les forces
de son esprit. Cette vallée étoit située
entre deux hautes montagnes, lesquelles
la cachoient presque toute, épandant sur

elle un ombrage noir & horrible ; si bien
que l'air y étoit tenebreux durant la plus
grande clarté du jour, & en toute saison
elle étoit de la même sorte, que le reste
de la terre durant que le Soleil ne l'éclaire
plus. Le terroir ne laissoit pas neanmoins
d'être couvert d'herbes & de plantes :
mais elles étoient toutes noires & funes-
tes, & les arbres étoient de forme horrible & inconnuë : sur lesquels ne se per-
choient que des oiseaux malencontreux
& de mauvais augure, qui se répon-
doient à toute heure l'un à l'autre avec
un importun criaillement, dont le son
étoit conforme à ce déplaisant séjour ; &
ce bruit ennuyeux venoit aussi-tôt toucher le cœur de celui qui l'entendoit :
tellement que ce lieu sembloit bien être
le val de la douleur.

Renaud n'eût pas plûtôt posé le pied
dans cette sombre vallée ; qu'il sentoit
son cœur presque se partager en deux,
pour la tristesse qui soudain le saisit ; il
descend de cheval, & s'assiet en un re-
coin, exhalant des soûpirs & des plaintes en abondance, & en quelque part qu'il
jette ses yeux troublez, il ne découvre
rien qui ne serve à accroître ses grieves
afflictions, il ne peut regarder aucune
chose ni prés ni loin, qu'il ne la voye
porter des marques de tristesse & de deuil.

Helas! difoit-il: aprés avoir long-temps
couru, j'ai fait enfin rencontre d'un lieu où
je pourrai fuffifamment lâcher des plaintes, ha! combien cette obfcure & mal-gra-
cieufe demeure, eft convenable à l'état
fouffreteux où je me vois maintenant reduit; c'eft ici que m'a voulu conduire ma
mauvaife deftinée, afin que j'y écoule amerement les jours, qui me reftent encore à
vivre; je mourrai en ce trifte lieu, pour être
fait aprés mon trépas, la miferable proye
des corbeaux carnaffiers, & feulement pour
te trop aimer, impitoyable Clarice!

L'affligé Chevalier employa tout le
refte de cette journée avec la fuivante,
en de femblables lamentations, lui ap-
paroiffant à toute heure devant les yeux,
diverfes formes terribles & épouventa-
bles: mais à l'heure que les rais de la
vermeille avant-courriere du jour, commençoient à diffiper les ombres de l'humide nuit, il apperçut fort prés de lui
un Chevalier armé de pied en cap, lequel avança la main deffus la bride de
Bayard, difant, Viens-t'en maintenant
avec moi, auffi bien ton maître eft-il indigne de poffeder un fi bon courfier, puis
qu'il n'a pas là conftance que devroit
avoir un brave Guerrier, ains qu'il fe
laiffe d'avantage vaincre par la douleur,
& verfe plus de larmes des yeux, que ne

feroit pas une fimple femme : & en difant ces paroles, ce Chevalier inconnu
emmene vifte Bayard, droit vers la fór-
tie de la fombre vallée. Renaud le fuit
tranfporté d'ire & de fureur, combien
qu'il fût plongé en un extrême deuil ;
neanmoins, il ne lui eût pas été poffible
de la difcerner parmi cette épaiffe obfcurité, fes yeux n'ayans pas affez de force, pour pouvoir penetrer cet air groffier & trouble', fans la lueur des armes
qui jettoient de fi clairs rayons, que la
profonde nuit en étoit illuftrée, & les
ombres diffipées & rompues en partie.Re-
naud double tant qu'il peut le pas le long
du chemin éclairé par la fplendeur des
armes, fans varier ni deçà ni delà, jufques à ce qu'il fe trouva hors de cette
obfcure & fâcheufe vallée, & tout à l'inftant il fe fent allegé des afpres angoiffes
qui l'oppreffoient, & fon ame commença, à goûter quelque forte de plaifir.
Alors cet inconnu, duquel les armes lui-
foient fi fort, & qui tournoit auparavant
les épaules avec une fi grande viteffe,
s'arrêtant tout court, dit au fils d'Aymon : Reprenez maintenant votre cheval,
Guerrier., & ne retournez plus dedans
cette fombre & douloureufe demeure :
tournez à main droite, & me croyez, car
ce chemin haut élevé vous conduira en

un jour agréable & délicieux : & à l'heure même il se met à courir le long du chemin qu'il vénoit de montrer, avec une telle promptitude, que l'on en perdit incontinent la vûë.

Renaud pique tant qu'il peut par le sentier qu'il avoit vu tenir au Chevalier étranger, lequel il trouve toûjours plus facile & plus uni ; tant plus il s'avance, & tant plus y rencontre-t-il de choses agreables qui lui égayent la vûë ; quelque débonnaire puissance lui remplit cependant le cœur d'esperance & de hardiesse, & tôt après il arrive au pied d'une petite coline, laquelle élevoit sa verdoyante cime assez avant dedans l'air, d'où l'on voyoit découler avec une course, tortueuse, une onde claire & paisible, qui venoit arrouser les herbes & les fleurs de la plaine voisine. Ce liquide cristal égayoit les yeux de tous ceux qui s'en approchoient, pour les richesses & les raretez que l'on y pouvoit remarquer : ses humides sablons n'étoient que poussiere d'or, les poissons qui nageoient dedans, étoient d'un argent pur & fin, ses gracieux rivages étoient émaillez tout de leur long, de mille diverses couleurs, & le doux murmure de ses claires eaux, sembloit imiter chacun à dancer. Le Paladin alleché par tant de choses délicieuses, monte

sur le haut de la colline, porté sur les aîles
de son desir, & voit que plusieurs arbres
odorans y étaloient leur perpetuelle verdure, & lui servoient comme d'une couronne, entre lesquels la terre se voyoit
couverte de toutes parts, d'herbes fraî-
ches & touffuës, où une infinité de fleurs
précieuses se voyoient éparses & semées;
mais la verdeur des herbes y étoit si vive,
qu'elle empêchoit les autres couleurs de
beaucoup paroître à leur égard. L'air
clair & serein s'y sentoit alors échauffé
des rayons de la nouvelle saison, & les
fueilleuses ramées retentissoient des chants
d'un million d'oyseaux de plumages divers : si bien que Renaud enchanté par
cette celeste musique, oublia toutes ses
pensées aigres & fielleuses, l'esperance lui
venant encore d'abondant chatoüiller les
esprits, & la genereuse hardiesse reprenant place en son ame, plus qu'elle n'avoit
jamais fait.

Tandis que le Chevalier se repaissoit
les yeux à la vuë de tant de délectables
choses, & que l'allegresse qu'elles lui
donnoient éclaircissoit l'obscurité de ses
troubles pensées, il apperçut une Dame
vêtuë d'un luisant damas verd, laquelle
se promenoit sur ce tertre, & c'étoit celle
qui commandoit dessus ce lieu délicieux.
Elle tenoit les yeux élevez vers le Ciel,

comme si elle eût été ravie à la contemplation des faveurs que la divinité élargit aux mortels : son visage étoit riant & serein, ses regards doux & ravissans, & son muet silence, sembloit exprimer en grand nombre de paroles dorées; ses raïonneuses paupieres d'où sortoit un nouveau Soleil, faisoient paroître une grave assûrance mêlée d'un ferme espoir, tellement que les cuisans soucis & le triste dueil se dissipoient devant elle, comme fait la frileuze neige devant les rayons que Phœbus élance, & Renaud éprouvant cette vertu; sentit en la regardant les plaisirs & les contentemens s'emparer de son ame, diverses gayes pensées lui viennent flatter les sens, de sorte qu'il lui semble qu'il ait déja reduit sa belle Clarice en son pouvoir, & qu'il receuille entre ses bras aimez, l'inestimable fruit de ses longs & douloureux travaux, & si quelquesfois les rigoureux dedains de cette belle, lui repassent en la memoire, les liesses & les plaisirs futurs qu'il s'imagine, temperent cette aigre souvenance.

Les yeux de Renaud étoient satisfaits à la vûë de tant d'agreables diversitez : mais la faim commençoit à l'oppresser, pource qu'il y avoit long-temps qu'il n'avoit repeu ; les fruits qu'avoit produit la

la

la feconde nourriſſiere des hommes , deſſus les arbres d'alentour, furent les viandes délicieuſes, deſquelles il refit ſon corps attenué ; & l'onde pure du prochain ruiſſeau, chaſſa la ſoif arride qui le travailloit. Cependant , le bruit d'un horrible chamaillis d'armes lùi vient frapper les oreilles : le Lion affamé, qui n'a depuis pluſieurs jours enſanglanté ſes ongles & ſes dents, eſt à l'inſtant épris de rage & d'un furieux deſir, s'il oit auprés de lui le meuglement d'un troupeau de bœufs cortus : la flamme ſort de ſes louches regards, ſes nazeaux exhalent une épaiſſe fumée , & une écume enragée rend ſes levres blanchies; il bat de ſa grande queuë, heriſſe ſon crin touffu, & puis court vîte comme le foudre, pour faire de ſanglantes attaques afin d'avoir ſa proye. Ainſi le viſage du Paladin devient tout en feu, au ſon de cette furieuſe alarme, le cœur lui treſſaut, & reprend ſon ardeur guerriere, il brûle d'impatience , qu'il n'eſt déja au milieu de la mélée, le repos & l'oiſiveté lui ſont odieux, & lui ſemble que Flamberge s'eſt roüillée dans le fourreau , faute de l'avoir miſe en œuvre : c'eſt ce qui le rend ſi ardent à ſauter ſur Bayard ſans y penſer deux fois , & de piquer vîte vers l'endroit, d'où il entend venir la rumeur: & étant deſcendu au bas

Kk

de la colline, il voit un Chevalier seul de
son côté, qui combattoit contre un grand
nombre d'autres armez de toutes pieces,
huit desquels il avoit déja jettez par terre, partie tous roides morts, & l'autre
partie grievement blessez. Ce guerrier
opposoit dextrememment l'écu aux coups
qui lui étoient élancez, & sçavoit bien
prendre par aprés son temps, de faire descendre sa foudroyante épée dessus ses
ennemis : tantôt on le voyoit s'élever presque tout, afin de donner plus de force
au bras avec lequel il déchargeoit un effroyable coup de tranchant, & tantôt il
poussoit un rude coup d'estoc avec une
extrême puissance : Renaud s'étonne de
voir tant de valeur & de generosité en ce
Chevalier, & son ame se sent émûë vers
lui d'une nouvelle amour ; » Aussi la ver-
» tu est-elle toûjours estimable quelque
» part où elle soit logée, & non seule-
» ment nous fait-elle cherir nos amis,
» mais encore ceux qui nous sont incon-
» nus, voire jusques à nos ennemis mê-
» mes : Ce fut ce qui le fit courageusement resoudre à donner du secours à ce
brave Guerrier : il fait entrer les espe-
rons dans le flanc de Bayard, & lui lâche à
même temps la bride, il part de la main
plus vîte que ne sçauroit faire un trait
de dessus un acier courbé, & va fondre

entre les ennemis d'une façon plus furieuſe, que ne fait pas un Autour raviſ-
ſant ſur une bande de ſimples alloüet-
tes.

Le fils d'Aymon fendit la teſte juſques
au menton du premier, à qui il fit ſentir
ſes puiſſantes atteintes, & plongea ſon
épée juſques aux gardes dans le ventre
du ſecond qui ſe preſenta devant lui, de
ſorte qu'ils tomberent tous deux comme
feroient deux vieils troncs d'arbres, em-
pourprans la terre de leur tiede ſang.
Renaud n'appaiſe pas ſa fureur pour cela
il en veut paſſer bien plus outre, & à
peine jette-t'il ſeulement la vûë deſſus
ces malheureux. Parmi cette trouppe de
combatans, étoit un jeune homme courageux, de qui le menton ne commençoit pas encore à cotonner, lequel voyant
l'horrible carnage que le Chevalier de
France faiſoit de ſes compagnons & amis,
lui courut ſus avec la lance en l'arreſt,
époinſonné d'une genereuſe colere : il
l'aſſaut avec une extrême hardieſſe, &
l'atteint ſur le haut du caſque, la lance
briſée en pluſieurs pieces ſans pouvoir penetrer ce fort habillement de teſte, car il
étoit d'une trop fine trompe, neanmoins le
vaillant Paladin ſe ſentit grandement de la
force du coup, auſſi ſe jetta-t'il bruſquement deſſus ſon ennemi, avec un viſage

troublé, un cœur plein de rage, & une main préparée à la vengeance ; il lui tire une grande estocade, qu'il accompagne de tout le corps en s'élançant fierement sur lui, afin de lui donner un plus grand effet, & adresse dedans l'écu qu'il fausse d'outre en outre, combien que sept fortes peaux le rendissent impenetrable, le plastron fut aussi traversé, encore qu'il fût renforcé de plusieurs lames de fer, si bien que l'épée lui glissant dans le sein, fit voir sa pointe par derriere toute ensanglantée: cette playe fit aussi-tôt choir cet infortuné jeune homme, lequel de rage mordoit & égratignoit la terre, comme si elle eût été cause de son malheur, & au même-temps la douleur & le regret de mourir lui firent lâcher ces tristes paroles avec une voix confuse. Secourez, mon pere, secourez votre fils unique, helas! je meurs en la plus belle fleur de mes années, & tout aussi-tôt il finit doucement, comme une lampe, à laquelle manque l'humeur huileux qui entretient sa clarté : un Chevalier d'un aspre & furieux regard se retourna au bruit de cette voix mourante, lequel voyant son fils renversé sur la place qui perdoit la vie avec le sang, s'approche de Renaud comme enragé pour en tirer vengeance, & encore que le grand nombre d'années eût de beau-

coup diminué ses vigoureuses forces, le
courage & la hardiesse n'étoient pas éteints
en lui ; car il étoit le plus superbe & le
plus altier qui fut jamais : il met en œuvre ses tranchantes armes, poussé d'une
brulante envie de tirer raison du meurtrier de son fils : mais de même qu'un
feu de paille seiche n'a point de force,
quelque grand qu'il puisse être, & finit
sans faire un grand effet, d'autant que la
nourriture n'arrête point à lui manquer;
ainsi la fureur de ce vieillard demeura
vaine, son grand courage n'étant pas secondé de forces suffisantes; tellement que
le Paladin lui ayant traversé le col, le fit
arriver au terme que les destinées lui
avoient prescrit. Renaud pousse son cheval entre le reste des ennemis, & tournoye çà & là sa foudroyante épée, il abbat l'épaule de l'un, il coupe tout le visage de l'autre, il en envoye un autre
par terre roide mort, mains, testes, bras,
& quartiers de corps sanglans, sautent
confusement parmi l'air par son moyen;
son compagnon ne se montre pas moins
fort & courageux que lui, il blesse les
uns, étourdis les autres, & en prive la
plus grande part de vie ; De sorte que
les ennemis commencerent à se laisser aller en proye à la vile peur, & certes
aussi en avoient-ils du sujet, l'esperance

les abandonna du tout , & leurs forces
furent contraintes de ceder à la fureur de
leurs adverſaires. Chacun de ces Guerriers picque tant qu'il peut , afin de pouvoir éviter la mort par une fuite craintive. Mais les vainqueurs s'étant r'aſſemblez
dédaignerent de pourſuivre ces fuyards,
que la vive apprehenſion de la mort ta-
lonnoit.

Le Chevalier étranger étant demeuré
ſeul avec le Paladin , tourne les yeux ſur
lui , & le conſidere d'une paupiere arrêtée, depuis la teſte juſqu'aux pieds , tellement qu'il vint enfin à le reconnoître, &
joyeux ſe jettant à ſon col , ſe prit à dire:
Qui m'eût maintenant pû ſauver la vie,
ſinon celui qui n'enploye la vigueur de
ſon bras que pour des droites & juſtes
cauſes ? O frere ! qui m'êtes plus cher
que tout le reſte des hommes , ô fidele
& ſecourable ami ! principal ornement
du Siecle où nous vivons ; Vous voyez
à cette heure devant vos yeux, celui qui
n'eſtime point d'autres vertu que les vôtres , & qui vous aime plus qu'il ne ſe
ſçauroit aimer ſoi-même : Vous voyez
ici votre Florinde , compagnon d'une
partie de vos guerrieres aventures , auquel deſormais toutes amertumes ſem-
bleront douces , puiſque le Ciel incli-
nant à ſes ardens deſirs , a permis qu'il

vous ait heureusement rencontré si plein
de santé & de vie; Ha! combien ai-je
été jusques ici tourmenté de juste apprehension, pour le soupçon que j'ai toûjours eu que vous n'aviez pas échappé le
peril où nous nous sommes vûs ensemble.

Ce discours remplit si fort Renaud
d'étonnement & de merveille, qu'il demeura quelque temps en doute si c'étoit
un corps vivant qui parloit, où bien si
c'étoit l'ombre separée du corps de son
ami Florinde. Mais plusieurs signes vrays
& apparens développerent incontinent
son ame de soupçon, & cette soudaine
rencontre accreut ses allegresses & ses contentemens, ainsi que l'on voit une rava-
geuse pluye accroître quelque petit ruisseau, qui traîne ses ondes dans le fond
d'un valon: Il l'embrasse étroitement, & lui
fait mille sortes de caresses, avec un visage plein de gayeté, sur lequel les étroi-
tes affections qu'il lui portoit, se voyoient
naïvement portraites, & aprés s'être de-
montré l'un à l'autre, avec des paroles
pleines d'amour, l'extrême plaisir qu'ils
recevoient de s'être ainsi heureusement
r'assemblez. Le Paladin pria Florinde de
lui dire par quel moïen il avoit pû échapper lui-même le danger où il l'avoit vu
reduit au milieu des impitoyables flots,

fans pouvoir efperer fecours de nulle part, fi ce n'étoit que le Ciel eût voulu d'aventure faire quelque miracle extra-ordinaire. Ce qui fit que Florinde commença fon difcours de la forte , afin de rendre Renaud entierement fatisfait.

HISTOIRE DE LA
reconnoiſſance de Florinde.

JE me croyois voir à chaque moment, englouti par la mer courroucée, pour fervir de pâture aux troupeaux écailleux qu'elle reſſerre, aprés qu'une vague violemment pouſſée , m'eut contraint de me feparer de vous & de cette piece de bois qui fondoit la principale efperance de notre commun falut ; Neanmoins quelque puiſſante divinité m'aſſifta tellement , que je peus enfin à toute peine gagner le bord à la nage , mais j'avois avalé fi grande quantité d'eau , & me trouvai fi las quand je fus arrivé fur la greve , qu'il me fut impoſſible de cheminer un feul pas : Je demeurai étendu de mon long deſſus l'humide rive , privé de tous mes naturels fentimens , & ma vie s'en alloit atteindre fon dernier terme, fi durant ce langoureux état, le Ciel pre

nant compaſſion de ma miſere, ne m'eût
aſſiſté de ſon pitoyable ſecours. Ce Verbe
infini (lequel mû de ſon amour immen-
ſe, & de la pitié qu'il avoit de voir la
perte évidente de tant de creatures, ouvrage de ſes mains toutes puiſſantes, ne
dédaigna de porter le peſant fardeau de
nos fautes, afin de triompher de nos
ennemis deſſus le bois de la Croix) permit qu'un Chevalier paſſa d'aventure par
le lieu où j'étois, qui m'arracha d'entre
les bras de la mort. Ce Chevalier eſt Romain de nation, de l'illuſtre & ancienne
famille des Corneliens, & eſt Chevalier
errant, que les armes ont fait renommer
en pluſieurs partie de la terre : il s'appelle Scipion le Hardi, & commande ſou-
verainement deſſus ſept Citez, aſſiſes dans
le territoire de Rome, reduites ſous le
titre de Duché. Ce fut ce Guerrier qui
me retira de peril où j'étois, & me con-
duiſit doucement dedans l'une de ſes villes que l'on appelle Hoſtie, & là, il me
mit entre les mains des plus experts Me-
decins de la contrée, ne negligeant point
aucun ſoin, ni aucune diligence pour me
faire recouvrer ma ſanté; auſſi y étoit-il
porté par je ne ſçai quel amour ſecret &
caché. Mais ainſi qu'il m'exhortoit de
prendre bon courage de me guerir, il m'a-
perçut deſſus le ſein une certaine mar-

que, laquelle reſſemble proprement une
fleur. Ce ſigne, qui m'apparoît rouge à
travers de la peau, de même que feroit
une roſe vermeille derriere un verre tranſ-
parant, remit ſoudain en la memoire de
ce Chevalier, un ſien fils unique, qu'il
avoit perdu il y avoit déja fort long-tems :
Et cela fut cauſe qu'il me conſidera de
plus prés, s'imaginant que poſſible pourrois-je bien être celui-là même, dont il
avoit fait perte, étant encore dans le
maillot. Et ce qui ſervoit grandement à
augmenter ſa creance, étoit qu'un Magicien l'avoit autrefois aſſeuré, qu'il re-
trouveroit ſon fils en un piteux état, &
voiſin du paſſage que tous les hommes
apprehendent : qu'il l'exempteroit de la
mort, & empêcheroit qu'un deſtin malicieux ne prît ſon cours ſur lui : Si bien
que ce Guerrier ſe repaſſant toutes ces
choſes en la penſée, & ayant encore les
paupieres arrêtées ſur moi, me dit : Si ma
demande ne vous ſembloit point trop importune, Chevalier, j'euſſe bien deſiré
que vous m'euſſiez appris de quelle contrée vous êtes, & qui ſont les parens qui
vous ont donné l'être. Moi qui ne me
voulois pas montrer retif à rendre ſon
deſir content, lui fis à l'heure même ſçavoir comme je tenois la cité de Numance pour être ma patrie ; & que je croyois

que le nom de Florinde que l'on m'avoit
donné, venoit de la fleur dont j'avois la
poitrine marquée : Je lui dis encore fran-
chement, que je n'avois jamais ſçû apprendre de perſonne, de quel pere j'avois été
engendré, & pourſuivant plus outre, lui
diſcourus au long des paroles que m'avoit
tenu l'Oracle, lorſque nous fûmes vous &
moi viſiter le temple de l'Amour. Alors
il ne fut plus en la puiſſance de ce Chevalier, de retenir les larmes qui ſortoient de
ſes yeux comme à la foule, il ne lui fut poſſible d'empêcher que ſon viſage ne chan-
geât ſa couleur ordinaire, il ne put d'avantage ſe tenir, qu'il ne me témoignât à
découvert, ſes tendres & paternelles affections : Il me jette les bras au col, & me
tient ſi long-tems embraſſé, que l'ont eût
dit que nos deux viſages euſſent été collez
l'un à l'autre : Et puis il me déclara comme
j'étois aſſûrément ſon ſeul & unique fils,
qui lui avois été ravi par une troupe de
Corſaires armez, qui deſcendirent ſur
notre rivage à l'inprovîte, ainſi que ma
nourrice me promenoit pendu à ſa mam-
melle : Que l'extrême déplaiſir que ma
mere en avoit reçu, l'avoit porté dans
le tombeau, & qu'il en étoit démeuré ſi
triſte & ſi affligé, qu'il ne ſçavoit comme ſon extrême dueil lui avoit permis
de demeurer ſi long temps ſur la terre.

J'appris encore de lui, comme Florinde
n'étoit pas mon nom propre, & que Lelio,
étoit celui qui m'avoit été donné au sacré Baptême. De sorte qu'exhorté par les
sages & salutaires conseils de mon pere,
ains plûtôt illuminé de la grace de celui
qui voulut prendre chair humaine pour
notre salut, lequel par ses rayons d'a-
mour dissipa les tenebres qui entouroient
mon ame, je me resolus de n'adorer jamais autre que lui, & de quitter les su-
perstitieuses erreurs Payennes, que j'a-
vois toujours suivi jusques alors. Tellement que j'abjurai cette damnable idolâ-
trie, & m'oignit-on le front d'un huile
sacré, pour me confirmer au troupeau
des fidelles.

Florinde fit une pause à son discours,
& puis il le reprit tôt aprés, disant à Renaud comme il avoit pris congé de son
pere, éguillonné du desir violent de revoir le visage aimé de sa belle Olynde,
afin de s'efforcer par ses perseverantes affections, & par ses continuels services,
de chasser d'autour de son ame, les rigoureux dedains qu'elle avoit conçus contre lui : Puis lui dit, que le Soleil n'avoit
pas à peine commencé d'étendre ses rays
de lumiere sur la terre, que cette grosse troupe de Chevaliers l'avoient entouré, pour lui livrer le furieux assaut,

duquel il avoit vu la meilleure partie : &
ce qui le faifoit le plus étonner, étoit,
qu'il ne pouvoit s'imaginer qu'ils euffent
aucun fujet de lui mal-faire. Cela fut
caufe que le Paladin s'enquit d'un de ces
guerriers qui gifoit à terre, auquel il reftoit encore quelque peu de vie, qui il
étoit, & qui étoient fes autres compagnons, & pour quelle occafion ils avoient
pris ce Chevalier fi fort à leur avantage,
afin de l'occire plus facilement.

ALLEGORIE.

Anſelme lequel prenant querelle avec Renaud , eſt occis par lui , donne à connoiſtre comme le plus ſouvent les hommes temeraires payent au prix de leurs propres vies , les fautes que leurs folles erreurs leur font commettre. Charlemagne qui bannit Renaud de ſon Royaume , repreſente un Prince tres-juſte qui ne laiſſe les crimes impunis , quelque grand que puiſſe eſtre celui qui les a faits. Florinde ſecouru par Renaud , demontre combien il eſt profitable d'avoir de bons amis , leſquels nous apportent du ſecours en temps & lieu , & le plus ſouvent lorſque nous nous y attendons le moins.

CHANT XII.

ARGUMENT.

Renaud apprend d'un Chevalier bleſſé à mort, comme Mambrin avoit enlevé Clarice. Et ainſi qu'il court à ſon ſecours accompagné de ſon ami Lelio, il trouve un étranger qui s'offre de l'aſſiſter, ce qu'il accepte. Ils arrivent eux trois en l'armée de Mambrin, recouvrent Clarice, & font une merveilleuſe boucherie de Sarrazins, puis ils ſe retirent, & Maugis les mene dedans l'un de ſes Châteaux, où il conſeille Renaud & Clarice de s'épouſer : ce qu'ils executent ſur le champ.

CE Chevalier mourant, ne voulut pas ſe montrer dédaigneux de reſpondre aux demandes que le Paladin lui venoit de faire : mais élevant un peu la teſte que l'on lui voyoit ſanglante de toutes parts, des horribles playes qu'il avoit reçues, il appuye ſon corps debile de ſa main droite, qu'il tenoit platte ſur la terre, & de l'autre ſe frotte le viſage, qu'il avoit toit ſoüillé de ſang & de pouſſiere :

& tournant son regard vers Renaud, lui tient un semblable langage, avec une voix foible & languissante.

Pour vous satisfaire entierement de ce que vous desirez de moi, Chevalier, il est necessaire que je tire le fil de mon discours d'assez loin, c'est pourquoi il faut que vous vous resolviez à la patience. Le grand Mambrin, sous les loix duquel tremble la plûpart de l'Asie, a voulu venir en cette Province, bien que fort éloignée de la sienne, forcé par la puissance que l'amour s'est acquise sur lui. La flotte dont il s'est fait accompagner est composée de plus de mille vaisseaux, remplis de tant de braves Chevaliers, & d'un si grand nombre de vaillans soldats, qu'une telle armée seroit capable de mettre l'effroi par tous les cantons de la terre. Et tous ces admirables préparatifs de guerre, n'ont été faits à autre dessein, que pour conquerir & enlever de force, une Damoiselle nommée Clarice, sœur du Roi des Gascons, de laquelle il s'est éperdument épris, bien qu'il ne l'eût encore jamais vuë. Outre qu'il desire avec une ardente passion, de se venger d'un Chevalier que l'on appelle Renaud, lequelle depuis peu lui ravit une Dame que l'on lui menoit, forçant tous ceux qui lui servoient de conduite : Et qui de plus

lui

plus lui avoit auparavant occis trois de
ses freres, Princes belliqueux, & dont la renommée ne s'effacera jamais, porté par un
haineux dessein, & sans aucune juste cause. Plusieurs jours se font déja écoulez,
depuis que ce puissant Roy descendit de
ses galeres, aprés avoir pris de force le
port le plus voisin : & fit, sans que l'on
s'on apperçût, une course jusques prés
des portes de Paris, accompagné des plus
valeureux de tous les siecles ; & le bonheur lui en voulut tellement, que la premiere rencontre qu'il fit, ce fut de cette
belle Clarice, laquelle s'égayoit à l'ombre des saules, dessus la verdure d'une
délectable prairie : Il se resout à l'instant
même de ne pas laisser échapper une occasion si avantageuse, ains de ravir ce
gracieux butin, à quelque prix que ce
fût : ce qu'il executa à l'heure même,
passant au fil de l'épée tous ceux qui se
voulurent opposer à son dessein ; Et maintenant, il s'en retourne aux plus grandes
journées qu'il peut, rejoindre son armée,
laquelle n'est pas fort éloignée d'ici : & comme il passoit par ce lieu, avisant ce Chevalier qui tenoit une morgue si superbe,
il nous commanda que nous le prissions
prisonnier, & que nous l'emmenassions
aprés lui ; Mais nous l'avons trouvé trop
fort & trop robuste pour exercer sur lui

les volontez de notre Roi, & trop tôt pour notre dommage arrivâtes-vous à son secours. Le Chevalier blessé ayant ainsi achevé de parler, se teut tout court, & se laisse retomber sur la terre, comme il étoit auparavant.

Ce discours poignit Renaud jusques au vif, & la douleur subite qui le saisit, le fit à l'heure même gemir amerement : Le sang de toutes ses veines se retira à l'entour de son cœur affligé, laissant ses extremitez froides & glacées : il semble presque qu'il ait de la peine à se soûtenir droit, d'autant que tout les membres lui tremblent, en la même sorte que l'on voit tremblotter les ondes, quand un gracieux Zephir les frize doucement de son haleine paisible : & puis soudain son visage se trouble, il devient tout de feu, & avec ses fiers regards pleins de colere & de menaces, paroît plus enflambé que les traits allumez que Jupiter élance. Il supplie Florinde, que maintenant nous appellerons Lelio, de l'assister, & picque ferme Bayard vers le rivage de la mer, prenant le chemin du plus prochain port, par l'endroit qu'il sçait être le plus court, & le plus facile à tenir. Jamais sur la terre, dans la mer, ou parmi les airs, les Cerfs legers, les Dauphins agiles, ou bien les promptes sagettes des Parthes, ne

coururent, ne nagerent, ni ne volerent,
avec une si grande vîtesse, comme fut
celle de laquelle les deux Chevaliers use-
rent lors : si bien qu'en peu de temps ils
se trouverent fort éloignez du lieu d'où
ils étoient partis : Et neanmoins les jambes de leurs chevaux leur sembloient par
trop lentes, encore que les aîles du vent
ne fussent pas si soudaine. L'on eût dit que
ces braves Coursiers étoient portez dans
l'air, tantôt par haut & tantôt par bas, & ne
voyoit on point leurs fers imprimez sur la
terre; leurs robustes membres fumoient de
tous côtez, sous les poignanscoups d'éperon incessamment redoublez dans leurs
flancs:leur poitrail étoit tout dégoutant de
sueur, leur bride toute blanchie d'écume, & leurs jambes toutes grises de poussiere : Ni rocher, ni tronc d'arbre, ni
l'échine brisé d'une haute montagne, ni
les larges & les profonds précipices, ne
sont capables de leur boucher passage, &
brider leur violence terrible : Jusques à
ce qu'à la fin, un grand torrent, lequel
de ses rapides secousses avoit peu auparavant renversé sans dessus-dessous un vieil
pont qui le traversoit, aprés avoir entierement miné les pilotis dont il étoit sou-
tenu , arrêta la course impetueuse de
ces Chevaliers. Notre Amant, bien que
tout brûlant de hardiesse, ne sçait plus

maintenant que faire : car de s'expofer à un peril fi évident, ce ne feroit pas un acte de courage, ce feroit plûtôt un affeuré témoignage d'une raifon bien pervertie, d'un appetit bien dereglée, & d'un defir effrené de courre à la mort de gayeté de cœur. Neanmoins quand il confidere que toutes fortes de moyens lui manquent, il aime encore mieux mourir, que de manquer à fecourir le cher objet de fes penfées qu'un raviffeur emmene ; L'impatience où il eft, ne le fçauroit laiffer en une place, il tourne les yeux tantôt deçà, tantôt delà, fans être encore bien refolu de ce qu'il doit faire. Mais tandis qu'il eft en ces inquietudes, il apperçoit venir du côté de la fource de ce torrent, un guerrier deffus un grand batteau, lequel pouffé par le roide courant de l'onde, fendoit fon humide fein avec plus de velocité, que les oifeaux portez fur leurs legeres plumes ne fendent pas les fubtiles campapagnes de l'air. Renaud le penfe reconnoître, & croit à le voir que ce foit le Chevalier qui le retira de l'obfcure vallée : il implore fon fecours, & le conjure avec les plus humbles paroles defquelles il fe peut avifer de le vouloir paffer à l'autre rive. L'autre feignant de ne le point oüir, pourfuit toûjours fon chemin entraîné par le rapide flot, tel-

lement que s'étant déja éloigné de beaucoup, le Paladin perdoit quasi toute l'efperance qu'il avoit euë de ce côté-là :
neanmoins il redouble sa voix & ses prieres, à mesure qu'il le voit retirer de lui,
& s'efforce de le gagner par belles offres
& promesses , à quoi l'étranger prête l'o-
reille, & se rentournant lui dit ; S'il est
vrai, Chevalier, que vous desiriez passer
ce torrent sur mon viasseau, il faut que
vous me promettiez une chose, avec un
tel serment que je puisse assurer que vous
n'y contreviendrez pas. Je ferai tout ce que
vous voudrez, pourvû que vous me rendiez à l'autre bord, répond Renaud avec
impatience; de sorte que l'inconnu approche sa barque de la rive, & fait entrer les
deux Chevaliers dedans. Ils passent, &
comme ils furent à l'autre côté de l'eau,
l'étranger jettant les yeux sur le fils d'Aymon , lui parla ainsi :

Guerrier, ce que je desire de vous ,
est que vous permettiez que je vous accompagne au furieux combat que vous
allez maintenant entreprendre , & où
votre desir violent vous presse de courir
si à la haste ; & afin que ma requeste soit
entierement par vous entherinée , elle
s'étend encore, à ce que vous ayez agréable de vêtir d'autres armes meilleures
que celle que vous portez ; Si bien que

vous pouvez prendre celles que vous voyez sur ce Pin, qu'il y a déja long-temps que je vous reserve, & laisser les vôtres en la place.

Le Paladin saisi d'étonnement pour cette soudaine nouveauté, éleve sa vûë au haut de la tige de l'arbre, où les armes étoient pendûës, & voit comme elles étoient de couleur verde, relevées de deux rayes d'or, qui éclattoient sur les extrémitez, & qui les rendoient resplendissantes comme de la flamme ; Aussi ne lui semblent-elles pas moins fortes, & de bonne trempe, comme elles paroissent belles à sa vûë ; Il les connoît être telles qu'il les faut, pour une entreprise si hazardeuse que celle dont il prend le chemin : joyeux, il les dépend, & s'en arme, usant de grands remerciemens au Chevalier qui les lui avoit données. Et l'étranger fit encore présent à Lelio, d'un genereux Coursier, lequel avoit les jambes aussi noires que du charbon éteint, sa queuë avec le crin qui lui pendoit dessus le col, étoient de la même couleur, & toute sa peau étoit blanche comme de la neige, semée neanmoins de petites taches noires : Il ronfloit, & se tournoit si impetueusement çà & là, que l'on eût dit qu'il eût voulu deffier les vents à la course. Legent il Lelio le monte agilement

& le pique & le houſſine fort & ferme,
en lui lâchant le frein : Les deux autres
Chevaliers font le ſemblable de leur part,
& ainſi courent enſemble avec la plus
grande vîteſſe qu'il eſt poſſible , ſans ſe
donner aucun repos ni au corps, ni à l'eſprit; Et combien que la terre dépoüille
ſa robbe blanche & claire, pour vêtir la
noire & obſcure, ils ne laiſſent pas de
pourſuivre leur voyage, aux rayons argentez de la froide Lune, laquelle éclair-
ciſſoit aucunement autour d'elle, les épaiſſe tenebres de la nuit.

Le Soleil n'eut pas ſi-tôt commencé à
darder ſes rays de lumiere ſur la terre,
que les Chevaliers apperçurent aſſez prés
d'eux , la puiſſante armée de Mambrin ?
& lors Renaud redouble tellement les
coup d'éperons dans les flancs de ſon cheval , s'avança de beaucoup devant les autres, & fendit le premier avec une roideur extréme la preſſe des ennemis; au
milieu deſquels il vit tout ce que ſes yeux
pouvoient ſouhaitter de voir ; il découvrit cette belle Clarice , agréable ſujet
de ſes travaux, priſonnier entre les mains
d'une trouppe d'infidelles, laquelle ſembloit recevoir la punition des rigueurs
dont elle uſoit envers les fidelles ames, que
ſes divins attraits rendoient eſclaves de
ſes perfections; il la vit , mais elle te-

noit une contenance si triste, que les rozes
de son teint sembloient à demi ternies, &
l'apprehension l'avoit tellement troublée,
qu'à peine se pouvoit-elle tenir sur le cheval sur lequel elle étoit montée : La pitié
que prit le Paladin de voir ces barbares
Payens avoir fait perdre la liberté à cette
Reines des libertez, alluma dans son cœur
un brazier de fureur & de rage; il sembloit
que ses yeux decochassent des traits em-
poisonnez, & qu'ils lançassent des flâmes
ardentes : de sorte qu'il pousse son Coursier dans le plus épais de la troupe, pour
donner commencement à un cruel combat : & malheureux peut-on bien dire
celui, lequel s'avance le premier pour s'opposer à cette vehemence.

Vainqueresses des temps, Muses qui
arrachez d'entre les mains de l'oubli, les
actions qui meritent d'être conservées à la
posterité ; Dites-moi maintenant les Rois,
les Princes & les Ducs, desquels Mambrin étoit lors entouré, & desquels la
foudroyante épée du Paladin, envoya
un grand nombre visiter le sombre ma-
noir de Pluton ; apprenez-moi les devises que chacun de ces superbes Sarrazins
avoit peintes sur ses armes, ou brodées
sur sa cazaque, d'autant que le grand nombre d'années qui se sont écoulées du depuis, ne m'ôte pas seulement la connoissance

fance des marques qu'ils portoient, mais encore de leurs geftes, & de leurs noms propres.

Ce puiffant Roy d'Afie portoit fes armes enchantées toutes peintes de couleur rouge, & fon chef orgueilleux étoit ceint d'une pompeufe couronne d'Empereur; Il portoit gravé au milieu de fon écu, un grand Lion, lequel regardoit d'un œil louche, une playe faigneufe, qu'il fembloit avoir n'agueres reçue, avec ces paroles écrites au deffous : JE NE PARDONNE POINT, ET SÇAY QUI M'A BLESSÉ. Ainfi qu'a paroît une comete fanglante avec fon ardente chevelure, ou bien le Chien celefte enflâmé de couroux, lequel de fes rayons nuifibles, & de fon horribles lumiere, effroye & attrifte le monde, lorfqu'il commence à paroître, d'autant qu'il femble menaffer de grieves maladies, de chaleurs infupportables, & d'une infatiable foif : Ainfi Mambrin femble annoncer une infinité de grands maux, par les mouvemens foudains de fes fourcils renfrognez, & par le terrible éclat de fes homicides armes.

L'adroit Olante cheminoit à fa main dextre, il étoit frere puîné de Francard, & étoit de la ftature d'un Geant, comme il en avoit auffi la force : mais il étoit au refte de belle reprefentation, & portoit une chevelure des plus dorées & des plus blondes que l'on eût sceu jamais voir : la devise marquée sur ses armes étoit un Hercule, qui roidissoit l'échine dessous le pesant fardeau du Ciel, duquel Atlas se venoit de décharger, pour le mettre sur ses épaules. De l'autre côté de ce Roy, marchoit le superbe Alcastre, nâtif de l'une des contrées de l'Egypte fertile, que le Nil engraisse tous les ans de son limon fecond, à la naissance duquel presiderent des Astres malins, & qui détournent les hommes de bien faire : la devise de celui-ci, étoit un Païsan, lequel se pourchassoit le vivre, cassant les mottes de son champ avec la houë & le rateau : & celle de son compagnon Olpestre, étoit un Dieu bocager, accouplé avec une Dryade. Le caut Altore Roy des Assyriens, duquel les conseils ne laissoient pas d'être en pleine maturité, encore que son âge fût en sa plus grande verdeur, portoit dessus son écu en champ verd-brun, une Tour renversée par le foudre. Le Roy des Syriens Arture portoit dessus le sien un jeune enfant, qui couroit à mains ouvertes pour attraper les Atomes. Et sur celui du Roy de Celicie, étoit peint le bel Hyacinte, qu'un malheureux palet avoit occis, couché sur un lit de fleurs. Dessus les armes du bel Acteon, se voyoit

gravé l'oyſeau que Junon cherit le plus,
qui paroiſſoit s'affliger, en jettant la vûë
ſur ſes pieds, d'autant qu'il alloit reſſer-
rant ſon pannage divers; auſſi la deviſe
écrite au deſſous, témoignoit bien le
dueil qu'il reſſentoit de ſon imperfection,
car elle étoit telle : En cela seulement.
Cet Acteon avoit juſtement acquis le titre de Beau, vû que la terre ne portoit
pas ſon pareil en beauté, excepté qu'un
impitoïable fer lui avoit autresfois à demi
couppé un pied, duquel il étoit toûjours
demeuré boiteux. Aprés ceux-ci marchoit
le ſage Orimene, auquel n'étoient ca-
chez les plus admirables ſecrets de la Nature : il avoit une parfaite connoiſſance
des mouvemens des Planettes, & des Sphe-
res celeſtes ; il prévoyoit les tonnerres,
les pluyes, & les vents, & ſi la mer ſeroit
agitée des tempêtes, ou bien ſi elle demeureroit paiſible : Auſſi ſembloit-il
prévoir ſa mort, car il portoit gravée ſur
ſes armes, la figure de la même mort. Le
Roy de Lydie, alloit côte à côte de lui,
& portoit pour deviſe un Laurier, du
faîte duquel tomboit un riche nuage de
fueilles dorées. Deſſus l'écu de ſon frere,
ſe voyoit la pluye d'or que la ſimple
Danaé reçut en ſon giron. Celui d'Al-
daure le fier Geant, étoit peint de rouge,
ſans aucune autre figure, ſi non qu'un

cercle d'argent l'entouroit par les bords.
Et le fort Almene, qui regiſſoit les peuples de Capadoce, portoit peintes ſur le
ſien, les trois Deeſſes nuës. Odriſmart,
ſuivoit la trace de ceux-là ; cet impie
n'avoit point d'autre loi que ſes volontez, car il haiſſoit & tenoit à mépris auſſi-
bien les fauſſes divinitez des Payens, comme le vrai Dieu que nous adorons : il s'é-
toit lui-même fait peindre ſur ſon écu,
tenant le Dieu Mars enchaîné, & le fou-
lant deſſous ſes pieds. Pirre, Corin, &
Aiax, lui faiſoient compagnie, leſquels
avoient tous trois fait buriner ſur leurs
armes, une torche dorée. Tu ne chemi-
nois pas fort éloigné de ceux-ci, ô! Flo-
ridor, encore que ta nouvelle épouſe ſe
fût en vain efforcée par ſes prieres, &
par ſes larmes, de te faire demeurer en
repos auprés d'elle, ſans la fruſtrer ſi-tôt
des douceurs que goûtent les nouveaux
mariez : ou l'amour que tu lui portois
étoit merveilleuſement foible, ou bien
tu ne conſideras point qu'elle n'auroit que des froides nuits durant ton
abſence, & qu'elle paſſeroit les jours en
amertume; ta deviſe étoit la fleur qui
prit être des larmes de la Deeſſe des A-
mours, ſur un champ verd-gay. Et en ta
compagnie marchoient Almete & Odriſ-
mont, leſquels portoient ciſelée ſur leur

écu, la fable de Diane & d'Acteon : Ces
deux étoient freres germains, tous deux
de forces pareilles, & tous deux couverts d'armures dorées. Le fier Corfon-
the Roy des Parthes venoit derriere, &
sa devise étoit trois branches d'épine fleu-
rie. Et celle du cruel & dédaigneux Al-
tin, duquel il étoit suivi, étoit le sacré
temple de la Deesse Vesta. Filarque vêtu
d'armes toutes blanches, piaffoit sur un
cheval plus blanc que n'est la neige, il
n'avoit point de coutelas sur le flanc, ni
de lance sur la cuisse, ains portoit un arc
& une masse, & sa devise étoit un vieillard chargé d'années, ayant le visage tout
semé de rides. Nise, Alcaste, Orion, Bresse, & Taumante, cinq freres germains,
portoient chacun un Atlas sur leurs armes. Un ciel étoillé en champ d'azur,
embellissoit l'écu du Geant Lurcon. Une
rose attachée encore à son rameau verd,
épanoüissoit ses fueilles pourprines sur
celui d'Aridaman Roy de Carie, Aldrise portoit dessus le sien l'Aurore qui se-
moit des perles & des fleurs dessus la robbe verte de la terre. La devise du Seigneur Damas, étoit le gentil Adonis, que
l'impitoyable sanglier avoit occis. Olinde & Floraman, ausquels un même accouchement avoit fait voir la lumiere,
& qui se ressembloient de valeur, de vi-

fage & de paroles, avoient peint fur leur
écu un pré, dont la verdure étoit émaillée de mille diverfes fleurs, au milieu
duquel gifoit étendu de fon long, un Si-
lene oppreffé de fommeil & de vin. Et
le trifte Alarte, Seigneur d'Antioche,
portoit deffus le fien un grand Cyprés
coupé par la moitié, avec une telle devife, MON ESPERANCE SECHE NE VERDIRA
JAMAIS.

Renaud ayant mis la lance en l'arreft,
picque Bayard entre la preffe de ceux
que nous venons de dire, & entre un
grand nombre d'autres, qui faifoient un
large cerne à l'entour du Roy Mambrin,
lequel comme le chef de l'armée, leur
commandoit à tous. Il picque, & leur
livre un auffi furieux affaut, qu'ils en
ayent jamais éprouvé: fuis vîte, Odrif-
mart, fuis vîte, autrement tes jours feront clos avant qu'il foit l'heure de Midi:
Te voilà enfin puni de ton impie temerité, tu teftimois plus vaillant que pas un
des Dieux, & neanmoins un feul homme te conduit maintenant à la mort. Le
fils d'Aymon retire fa lance fanglante
de dedans le front enfanglanté de celui-
ci, & fe la voyant encore toute entiere,
en vient atteindre vivement Lurcon, un
ruiffeau de fang fortit à gros boüillons de
la playe que ce Geant reçut à la joüe, &

son esprit superbe n'arrêta gueres à se
rendre dessus les sombres rivages de Stix
& d'Acheron , où le severe Minos fait
entrer les ames dans sa juste balance : &
de même que l'esprit abandonna ce corps
froid & pâle , le courage & la hardiesse
s'enfuyrent aussi du cœur d'un grand
nombre des compagnons de cet infortuné. Le Paladin passe outre , bouffi de colere , aprés avoir dépoüillé ces deux
& de l'honneur & de la vie , & fait rencontre des deux freres gemeaux ; ils é-
toient si fort semblables en toutes choses , que leur pere & leur parens (agreable tromperie) les prenoient toûjours
l'un pour l'autre : mais la fureur de Renaud leur fit faire une fin bien dissembla-
ble , car il couppa les deux bras à Floridan , & fendit à Olinde la tête jusques sur
les épaules. Aldrise s'avance contre lui ,
lequel n'avoit pas moins d'ire & de dédain sur le cœur , qu'il en paroissoit sur
sa face , l'on le tira du ventre de sa mere
que l'on ouvrit , aprés que les douleurs de l'enfantement l'eurent fait mourir ; & put bien ce Chevalier en un âge
si tendre , éviter le hazard du fer tranchant , dont il ne put se sauver étant devenu homme , bien qu'il y employât
toutes ses forces & son industrie. Tu ne
le pus garantir de la mort , beau fils de

Latone, & rien ne lui fervit ce que fon
pere te l'avoit dédié lorfqu'il étoit encore jeune enfant. Renaud occit par-aprés
les cinq freres en cinq coups feulement,
pouffez d'une extrême violence ; la Fortune qui leur avoit toûjours été favorable, leur promettoit de les élever à des
grands honneurs , mais leurs efperances
furent moquées : leurs ames qui s'étoient
toûjours fi bien unies devant qu'elles fuffent feparées de leurs corps, ne furent
point divifées aprés leur trepas , d'autant
que Pluton les plaça toutes enfemble,
au lieu où les fuperbes reçoivent la punition de leurs forfaits. Le Paladin fait
roüer fa tranchante épée deffus les ennemis , en la même forte que le Païfan fait
fa faux courbée emmi le pré couvert de
joncs touffus : il ne ceffe de perfecuter
afprement ces Payens , tandis que fes compagnons d'autre côté affaillent cette troupe
infidelle, avec autant d'ardeur & de fierté,
que feroient deux Tygres furieux pouffez d'une faim enragée , un troupeau de
ruftiques Bœufs, brûlans d'envie de teindre leurs levres dans le fang : Ceux qui
portent des torches dorées fur leurs écus,
éprouvent bien cette fureur , car le corps
de l'un eft déja par terre gifant, privé de
l'agréable lumiere du jour : l'autre s'en
va mourant ayant le cœur traverfé d'ou-

tre en outre, & ce qu'il demeure fans
parler, c'eft qu'il penfe à fa douce patrie, & à fon époufe bien-aimée, qu'il
fçait être maintenant voifine de fon premier accouchement. Le troifiéme reftoit
encore plein de vie, lorfque Lelio ferra
le coutelas dans le poing pour fon dommage: miferable! & fes forces, & la défenfe où il fe voulut mettre, refterent
inutiles contre ce Chevalier Romain, lequel n'entreprit jamais combat fans vaincre: Déja la mort raviffante leve la main,
& déja elle rompt la mortelle dépoüille
où Nature l'avoit enveloppé, l'ame de
ce malheureux fe mêle & fe diffout dedans l'air, ainfi qu'une legere fumée, ou
qu'un peu de pouffiere menuë, & lors
un glaçon de crainte fe faifit du cœur
d'Acteon, quand il eut vu lancer un fi
terrible coup, puis foudain il s'enflâme
d'ire, & tourne fon Courfier vers Lelio,
avec une furieufe volonté de lui donner
la mort, mais il lui tint quelques paroles piquantes avant que de venir aux
mains: Tu de trompes, lui dit-il, fi tu
penfe que l'outrage que tu viens de faire
demeure fans être puni, une peine rigou-
reufe t'attend pour vangeance de la mort
de celui que tu as occis; Tu mouras dedans ces champs deferts, fans pouvoir
avant ton trépas, rendre tes yeux contens de la chere vûë de tes parens caffez

de vieilleſſe ; ni pas un d'eux ne te fer-
mera les paupieres : Tu demeureras ex-
poſé aux orages, à la pluye & aux vents,
& n'auras pour toute ſepulture que le
ventre des chiens, ou des loups raviſſans.
A même-temps il picque bruſquement
ſon Courſier, & vient frapper le Chevalier Romain droit dans le milieu de l'é-
cu : l'homicide coutelas fut pouſſé d'une
telle roideur qu'il mit en pluſieurs pieces l'écu, bien qu'il fût tenu pour être
des meilleurs : puis ayant encores traverſé le plaſtron, entra quelque peu dedans
le ſein de Lelio, auquel un feu de colere
furieuſe monte ſur la face, voyant que
ſon ſang rougiſſoit l'acier luiſant de ſes
armes ; il décharge à même-temps un ſi
terrible coup deſſus le caſque de ſon ennemi, que l'ayant fendu par la moitié,
l'épée lui entra dans la tête juſques au nez.
Ainſi tomba mourant ce beau fils Acteon, ainſi le vit-on étendu de ſon long
ſur la terre, avec un viſage décoloré & un
œil languiſſant, verſant de ſon front un
ruiſſeau plus vermeil que ne peut être
l'écarlatte la plus vive ; Et bien que ſon
corps privé de ſang, demeurât incontinant froid & pâle, bien que la triſte mort
l'eût tout-à-fait rangé dans ſes oublieux
liens, il eût encore pû d'un ſeul regard
faire brûler les ames d'Amour.

Renaud durant ce temps en avoit fait

mourir plufieurs, & bleffé un grand nombre, fans être nullement offenfé, d'autant que la pointe ni le tranchant des épées ne pouvoient avoir de prife deffus fes armes enchantées : mais il commençoit à fe fentir le corps moulu du grand nombre de coups qu'il avoit reçus, fans qu'il en parût pourtant moins fort & moins adextre : il pare bravement toutes les atteintes qui lui font portées, & ne ceffe d'endommager courageufement les ennemis : Ce fut lorfque Mambrin (qui dédaignoit quafi de tirer l'épée du fourreau contre la temerité de trois Chevaliers, fi ofez que d'attaquer feuls une puiffant corps d'armée) fentit fon ame échauffée d'un cruel & fanglant defir ; il étoit demeuré ferme à regarder cette terrible efcarmouche : mais il s'avança avec une façon fi effroyable, qu'elle ne menaçoit d'autre chofe que de la mort, & tournant fes regards foudroyans devers fes guerriers, leurs parla ainfi :

Que chacun de vous fe retire : c'eft pour moi que fe referve la défaite des ces imprudens : c'eft moi qui dois être le vangeur de votre honte ; ma feule épée doit terminer la vie de cet audacieux, qui vient à grands pas audevant de fa propre mort : j'avois jufques ici retenu ma colere, me repofant fur vos forces, que j'eftimois plus courageufes que vous ne

les faites maintenant paroître : mais puifque je fuis contraint d'opofer ma valeur
contre ces témeraires attaques , retirez-
vous d'ici , canaille , ames abjéctes , qui
encourez le mépris de tout le monde ; je
ne fçai qui me tient : mais il eft temps
que je modere ma fureur , ains plûtôt
je la détourne & la décharge autre - part
que fur les miens : Tenez - vous à quartier , afin de voir & admirer mes genereufes proüeffes. Il n'y eut perfonne qui
ne fe mit en devoir d'obéïr aux paroles
orgueilleufes de ce fuperbe Roy , chacun fe retire le plus vîte qu'il peut , laiffant autour de lui une grande place vuide,
& lors il lance à Renaud des œillades furieufes , & lui tint ce fier difcours :

Ha miferable ! que je fouhaiterois volontiers vóir ton Roy Charles maintenant
avec toi , accompagné de tous fes Paladins,
voire de tous fes gens-d'armes de France
& d'Italie : Je lui ferois éprouver la force
de ma lance , & étoufferois d'un feul coup,
toute la gloire que fauffement l'on lui at-
tribuë : Tes compagnons , au moins pour-
ront témoigner ton defaftre , fans que leur
fecours te puiffe garentir du mal que mon
bras te prépare ; Tu verras bien - tôt ma
main victorieufe , te dépoüiller des armes
que tu porte , après qu'elle t'aura renver-
fé demi mort fur la place.

Renaud lui fit une telle réponse : Si les destins ont prescrit que je meure à présent de ta main, du moins mourrai-je en homme de courage, & m'éforcerai de te vendre ma peau bien cherement; Mais je trouve que tu as assez mauvaise grace, quand tu te vantes avant ma défaite, de me dépoüiller de mes armes, & assûre toi que si je demeure vainqueur, ce que supplie le Ciel de m'accorder, les tiennes me serviront à m'élever un honorable trophée.

Tandis que Renaud prononçoit encore la derniere parole l'orgueilleux Payen mit sa lance massive en l'arrest, & picque son Coursier fougueux, faisant paroître qu'il avoit envie de frapper le Paladin à la teste: Mais Bayard, plus leger que n'est pas la plume poussée du vent, se detourne pour éviter cette atteinte violente, & Renaud habile & adroit de la main, lui décharge en passant un tel coup de coutelas sur sa lance, qu'il la lui coupa en deux parts. Le fils d'Aymon r'assemble à même temps toutes ses guerrieres forces en un, & ayant levé le bras pour la seconde fois, porte encore au Payen un autre coup bien plus pesant que le précedent, & l'atteignit droit dessus la visiere, le casque neanmoins resista à la violence du coup, aussi étoit-il d'une dure trempé, & Vulcan même l'avoit forgé dedans l'antre de

la montagne qui fert de fepulture à En-
celade. Mais le fuperbe Roy fut contraint
de baiffer la tefte fous la pefanteur du
coup, & lors le dueil & l'afpre courroux
dont il fut faifi, lui firent jetter un tel
cri, qu'un Taureau échaufé de rage, ne
mugit point d'une façon fi étrange ; les
gemiffemens de l'écumeufe mer agitée de
tous les vents enfemble, ne feroient pas
fi terribles à ouïr ; le rugir d'un fier Lion
bleffé à la mort, ne cauferoit pas tant
d'effroi : ni même le bruit qui fe fait dedans l'air, lorfque Jupiter décoche fes
foudres les plus violens, ne pourroit fi fort
étonner : chaque animal furpris de frayeur
& de crainte, s'enfuit & fe cacha, oyant
un cri fi épouventable ; les beftes fe ref-
ferrent à troupes dans le plus toufu de
leurs forêts, & les oifeaux rebrousferent le
chemin de leur vol. Ce Roy indigné,
tendoit toutes fes forces & fon induftrie,
pour fe venger cruellement de fon ennemi, il tourne fon épée de côté & d'autre, de laquelle il fait comme une roüe
flambante par l'air, qui raifonne d'un
bruit quafi femblable à celui que fait le
tonnerre, quand il décharge fa fureur
fouffreufe deffus l'ardoife d'un clocher ;
chaque fois que le fer tombe élancé par ce
puiffant bras, il femble que tout le terroir d'alentour croulle, en la même forte

que fi des vapeurs feiches tournées par
aprés en vent, s'étoient renfermées dans fon
creux, lefquelles cherchaffent d'en fortir
à toute force. Mais le Paladin avifé, re-
connut bien le courroux de fon adverfaire, il s'apperçut bien que les yeux du
Sarrazin étincelloient de rage, tellement
que comme Chevalier prudent & expert
au combat, il regarde à fe tenir fi bien
fur la défenfive, qu'il ne puiffe être nullement endommagé ; il fe refferre le plus
qu'il peut, fe tenant clos & couvert de
tous côtez, & pare fi bien tantôt de
l'écu, & tantôt de l'épée que tous les
coups de fon ennemi fe trouvent ruez
inutilement : Quelquesfois encore, il
fçait fi dextrement fe retirer à l'écart,
d'un faut leger qu'il fait faire à fon cheval, que par ce moyen les affauts impetueux de l'ennemi demeurent vains, puis
lançant fon épée, tantôt haut & tantôt bas,
il ne laiffe en parant, de lui porter de rudes
atteintes, par certains intervalles, fi bien
que le Geant étoit offenfé en plufieurs endroits de fon corps, que le Paladin n'avoit
encore reçu une feule bleffure.   Quiconque a jamais vu dans les fablonneufes
campagnes de l'Affrique, quand le courageux Lion affaut le puiffant élephant,
comme il eft adroit à le venir affronter,
& comme il fçait fi bien accompagner

d'induſtrie ſa naturelle agilité, qu'on ne le
voit jamais s'arrêter en une place , ains
tourne ſans ceſſe ſon ennemi çà & là ,
evec une ſi grande viteſſe , que l'on di-
roit qu'il a des aîles attachées aux flancs ;
celui, dis-je , qui auroit vu une telle guerre , pourroit dire en conſiderant le duel
furieux de ces deux Chevaliers, que Mambrin , plus peſant de beaucoup , reſſemble au robuſte Elephant , & Renaud plus
leger, au genereux Lion : neanmoins aprés
plus de mille coups vainement pouſſez
par le Geant, le fils d'Aymon ſe ſentit atteint rudement deſſus le front , ainſi qu'il
faiſoit avancer ſon cheval pour aller frapper ſon ennemi, de ſorte qu'il s'en fallut
peu , qu'il ne ſe vît accablé deſſous la pe-
ſanteur du coutelas , ainſi que fut Ty-
phée ſous la montagne maſſive : & de
même que l'obſcure nuit nous prive des
agreables clartez du jour , il ne paroiſſoit plus aux yeux du Paladin , ſinon des
tenebres & ombres ; mais ſes membres
étourdis reprirent bien-tôt leur premiere vigueur, & ſes yeux obſcurcis n'arrêterent pas long-temps à recouvrer leur
clarté : ſon cœur reprit bien-tôt ſon ardeur accoûtumée, toutesfois il s'attriſte
de l'accident qui lui étoit arrivé, & ſe
remplit d'autant plus d'aſpre courroux
& de nouveaux dédains , qu'il voit les
gracieuſes

gracieuses paupieres de sa Clarice, doux
loyer de ses penibles travaux, toutes baignées de larmes, & les roses de son teint
s'être pâlies en un instant, de l'apprehension qu'elle avoit euë pour lui. Tellement qu'il frappe le Payen avec une
telle puissance, qui si son épée ne lui pe-
netre pas jusques aux os, la douleur qu'il
lui fait sentir en descend bien jusques-
là.

Clarice considere cependant celui qu'elle est maintenant contrainte de cherir
plus qu'elle même, puisqu'elle récon-
noît de telle preuves de ses fideles affections; elle a toûjours les yeux arrêtez
dessus lui, & son beau visage change d'autant de couleurs, comme l'avantage du
combat tourne diversement, tantôt pour
un parti, tontôt pour l'autre. Le Payen
ne leve point le bras, qu'il ne lui fasse
geler tout le sang dans les veines, une
froide peur la saisit aussi-tôt, qu'il ne
prive de vie celui sur lequel sont fondées
les esperances de son salut, & que par
ce moyen elle soit faite la proye des barbares volontez de cet infidele, tantôt
ses délicates joües paroissent blesmes &
demi-mortes, & tantôt il semble qu'elle
les ait semées de roses vermeilles: Ainsi
au mois de Mars, quand le frileux Hyver
commence à faire place au Printemps dé-

licieux, l'ample face du Ciel se fait voir
tantôt sereine & tantôt nuageuse.

Tandis que les deux Chevaliers sont
acharnez l'un à l'encontre de l'autre, à
faire de si terribles épreuves de leur forces, leur foudroyantes épées roüans parmi l'air; semblent les éclairs avant cou-
riers des plus effroyables coups de tonnere; leurs atteintes ne sont pas neanmoins
toûjours semblables, & toûjours ne font-
elles un même bruit, pource qu'étans
quelquesfois de la pointe, & quelquefois
du tranchant, le son qu'elles rendent n'est
pas toûjours égal, & ne réüssissent pas de la
même sorte:Les coups leur tombent à mil-
liers sur les tampes & sur le front, de
sorte que la grêle que Junon fait pleuvoir
de là-haut n'est pas d'avantage nombreu-
se, l'air se remplit d'étincelles petillantes à
chaque fois qu'ils s'assenent; & n'étoit que
leurs armes sont d'une trempe enchantée, elles n'arrêteroient guerres à ceder
à la violence du tranchant des épées. Le
fier Mambrin ennuyé de voir un ennemi lui faire si longue resistance, contre
l'opinion qu'il en avoit auparavant, se
leve tout le corps, avec des yeux étin-
celans de fureur & de colere ardente, &
puis il leve tant qu'il peut le coutelas,
duquel il décharge par aprés un horrible
coup de tranchant : mais le Paladin se
donna bien garde de l'attendre : car si-

tôt qu'il apperçut l'épée qui venoit tomber fur lui avec un effroyable fifflement, il tire vîte fon Courcier un peu à l'écart, & rendit vain le cruel defir de cet infidelle. Ce grand coup, qui toutesfois n'attegnit que le vent, attira de fon poids celui qui l'avoit pouffé, tellement que Mambrin fe frappa fort rudement le menton contre l'arçon de fa felle, & fon épée alla donner fur une groffe pierre, qui fe trouva d'aventure auprés de lui. Renaud cependant ne s'endort pas, il le frappe plufieurs fois de toutes fes forces, & redouble avec des coups fi pefans & fi furieux, qu'enfin il lui fait perdre les fens, & le priva de vigueur & de forces. Le Paladin empoigne lors fon épée des deux mains, & décharge fur lui les coups encore plus drus que devant, il frape à plein-bras ; comme fait le robufte vilageois, quand il fe met en devoir d'abattre un chêne noüeux avec fa tranchante coignée : neanmoins reconoiffant qu'il perdoit inutilement fes peines, il dit en lui-même : Je me trompe grandement, fi je crois que mon épée puiffe penetrer ces armes, vu qu'elles font d'une fi fine trempe, Sus. fus, couppons les courroyes qui tiennent le cafque attaché, & puis nous feparerons la tête du corps de ce puiffant Sarrazin, tandis que le

voilà tout étourdi : Et sans doute qu'il
n'eût jamais été parlé du Geant, sans doute que Renaud eût effectué ce qu'il se
proposoit, sans une grosse troupe des ennemis qu'il vit acourir droit à lui, au secours de leur Roy. Ce Roy fut ce qui
lui fit un peu temperer sa colere boüillante, & prendre une resolution plus salutaire : car son incomparable hardiesse
étoit toûjours accompagnée d'une singuliere prudence : il s'approche de Clarice
(laquelle par ses douces œillades faisoit
bien paroître l'allegresse où nageoit son
cœur, car elle avoit reconnu le Paladin
à sa voix, & au poil de son cheval, dès
qu'il avoit commencé à combattre) &
l'ayant vîtement fait monter en croupe,
lui dit : N'ayez pas désagréable, Deesse
à qui j'adresse tous mes vœux, d'accepter le prompt secours de celui qui cherit plus mille fois la conservation de votre
honneur qu'il n'aime celle de sa propre vie.

Il ne lui tint pas un langage plus long,
d'autant qu'il ne songeoit à autre chose
qu'à se retirer en lieu de sauveté, avec
celle qui seule pouvoit être son asyle as-
suré, pour le garentir des borrasques
qu'il éprouvoit, en voguant dessus la
mer d'Amour : Neanmoins son dessein
fut incontinent traversé par une troupe
des adversaires qui le vint assaillir, aussi

violemment, comme l'on voit être la
Navire fur les ondes, durant une tempête vehemente. Mais le Guerrier inconnu répandit entre ces Barbares, une je
ne fçai quelle liqueur, en murmurant entre fes dents de certaines paroles, dont
le fens ne pouvoit pas être entendu : Et
lors (le dois-je dire, ou fi je m'en dois
taire ?) ceux-là mêmes, qui n'agueres
faifoient une cruelle guerre au Paladin,
tournent leurs armes contre eux-mêmes,
chacun d'eux s'efforce d'endommager
fon compagnon, c'eft à qui fe paffera le
premier l'épée à travers le flanc, fi bien
que contre toute opinion, ils rougirent
la terre de leur fang propre, dequoi Renaud demeura fi fort étonné : qu'à peine
pouvoit-il croire ce qu'il voyoit, & volontiers cût-il dementi fes propres yeux.
Il penfa bien en foi-même, qu'un tel enchantement ne pouvoit avoir été fait par
autre que par fon Coufin, auffi recon-
neut-il bien que fon imagination n'étoit
pas fauffe, aprés qu'il eut d'avantage arrêté les yeux deffus ce Chevalier. Toutesfois il ne voulut pas encore faire femblant de s'en être apperçû, mais il le pria
feulement de vouloir deffaire cet étrange charme, lui reprefentant qu'ils en-
courroient du blafme, de faire ainfi en-
tre-tuer un fi bon nombre de braves Guer-

riers. Je ferai bien-tôt ce dont vous me priez, repliqu'à lors l'étranger, & se retirant un petit à part, il tourna par trois fois le visage du côté de l'Aurore, & trois autres fois vers le Couchant, puis murmura encore quelques paroles sacrées, en aussi au grand nombre qu'il avoit fait pour jetter le sort : & sema par trois fois de certaines herbes, que le sein de la terre lui avoit fournies: au même instant les Sarrazins reconnurent l'erreur où ils étoient entrez, & cessans l'aspre combat qu'ils exerçoient entre-eux, auquel ils se fussent à la fin tous entre-tuez, retournerent leurs armes contre le Paladin, qui demeura tout étonné, & se ressouvint bien de son erreur, d'avoir fait lever l'enchantement. Mais, (chose étrange à dire, & qui sembleroit incroyable, si nous n'en avions des témoignages autentiques) le passage fut à l'heure même bouché à ces Payens, & furent retranchez d'avec les trois Chevaliers Chrétiens, par des flammes ardentes, qui s'éleverent à l'improvîte, semblables à celles que Scamandre vit dedans ses eaux, qui du depuis reduisirent Illion en cendre.

Ni les étoilles qui montrent leur lumiere en plein midy, ni les Comméttes qui se font voir la nuit avec une sanglante chevelure, ni le Ciel éclairé de trois

Soleils enfemble , ni une pluye rouge
comme du fang ; ni l'eclypfe du grand
œil qui diffipe les ombres , ne remplirent
jamais le monde d'un fi merveilleux étonnement , comme ce nouveau charme fit
fur ceux qui en eurent la vûë. Les Payens
qui étoient de l'autre côté de ce feu ,
faifoient de grands cris , & menaçoient
fierement le Paladin , lequel vouloit à
toute force paffer à pied à travers de ces
flammes ardentes , afin de punir leur orgueil ; mais le Guerrier étranger le retint
vîtement par le bras , & lui dit que ce
feu avoit tant de violence & de vivacité , qu'il eût confumé en un moment ,
lui , fes habillemens & fes armes, & qu'il
pourroit bien-tôt exercer fa colere & fon
dédain en une guerre fanglante , plus neceffaire que celle qu'il vouloit lors entreprendre , fi l'enchantement ne l'en eût
empêché. Puis il pria le Paladin de fe retirer autre part avec lui , & de le vouloir
tant honorer , que de prendre logis lui
& fa compagnie , dans l'un de fes chafteaux , duquel la demeure lui plaifoit
plus que de tous les autres , fitué deffus
une belle & verte coline, qui n'étoit pas
guerre éloignée de là ; ce que Renaud
lui accorda incontinent , defirant fur toutes chofes , de fe montrer obéïffant aux
volontez de fon Coufin.

Ainſi partirent-ils tous enſemble, d'auprés de l'armée Sarrazine : mais Lelio avec
l'étranger marchoient un peu écartez de
nos Amans, afin de leur donner plus de
moyen de s'entretenir. De ſorte que
Renaud ſe purgeant envers ſa Dame,
de tout ce qu'elle s'étoit imaginé, &
la relevant avec des vives raiſons, & des
paroles pregnantes de ſes ſoupçons & de
ſes jalouſies, lui fit voir claire comme le
jour, qu'il ne s'étoit jamais départi de
l'amour & de la foi qu'il lui avoit jurée.
Si bien que les gracieux devis firent ſem-
bler le chemin court & uni à ces deux
fideles Amans, encore qu'il fut aſſez long
& raboteux : & enfin ils virent éclatter
devant leurs yeux ce beau Palais, auſſi
luiſant que le flambeau, lequel ſortant du
Gange, vient redorer le monde ; ils apperçurent ce château ſuperbe, dont le
bâtiment étoit ſi admirable, qu'il ſembloit avoir été fait par des Architectes du
Ciel : ſa forme étoit quarrée, & toute la
matiere dont il étoit compoſé, n'étoit
autre choſe qu'un Jaſpe Oriental, entail-
lé de tous côtez de diverſes figures. Il ne
faut pas demander, combien chacun reçut de doux accueils dedans ce riche Palais, les pompes & les honneurs furent
departis aux deux Chevaliers & à Clarice,
ſelon qu'ils le meritoient, & Lelio ſut penſé
&

& gueri des playes qu'il avoit reçûes.
Le souper s'apprêtoit cependant, lequel
ne fut pas moins somptueux, que furent
autrefois les banquets de Cléopatre, & de
Lucule : & aprés que chacun fut repeu,
le courtois hôte se fit connoître à tous,
pour être l'Enchanteur Maugis. Qui pourroit dire avec quelle affection, & avec
quelle allegresse Renaud embrassa son cher
Cousin? Qui croiroit que le contentement
qu'il en reçut fut si grand, que les larmes
lui en vinrent aux yeux ? Aussi une rare
& parfaite amitié étregnoit-elle leurs
cœurs, avec des liens indissolubles. Maugis de sa part, fait de semblables embras-
semens à son Cousin Renaud, & puis il le
retire avec Clarice en une chambre separée, où aprés avoir, par la force de la verité,
& par la clarté de plusieurs vives raisons,
dépêtré l'esprit de cette belle de ses soup-
çons, & de ses ombrages, qui avoient tant
causé de peine à tous les deux Amans : Il
leur tint à tous deux un tel discours,
qui servit de commencement à leurs plaisirs & à leurs liesses.

Certes celui-là se doit à bon droit
nommer prudent, lequel peut appercevoir d'avantage que ce qui lui est opposé devant les yeux ; l'on a raison de donner le nom de sage à celui-là, qui par la
connoissance qu'il peut avoir du present

& du passé, fait bien prévoir & mesurer
le futur : Car si quelque occasion avantageuse lui est offerte, il ne manquera jamais qu'il ne la prenne au poil, sans qu'aucune erreur le vienne tellement offusquer, qu'il laisse le meilleur pour le pire,
& ce qui lui asseure pour attendre une
chose incertaine : Je vous dis ceci, mes
enfans, afin que vous fassiez voir votre
prudence, & votre sagesse, l'occasion qui
se presente aujourd'hui, & que possible
ne recouvrirez-vous jamais si belle, maintenant que vous avez & le temps & le
lieu propres pour terminer vos douloureux martyres, (car je sçai bien que l'amour vous échauffe tous deux de mêmes
flammes, & que vous brûlez l'un pour
l'autre, & loüables & chastes desirs.) Jettez un peu vos pensées sur les divers accidens qui peuvent arriver, & sur les instabilitez de la roüe de fortune ; considerez les guerres allumées par tous les recoins de la France, qui la feront voir plusieurs années avec un visage larmoyant ;
& combien que je sçache que comme la
maîtresse des autres nations, elle passera
par dessus le ventre de tous ses ennemis ;
si est-ce que de long-temps l'Amour ne
pourra occuper nos pensées : nous n'aurons les ames éprises que de haine, de rage,
de fureurs & d'aspres desirs de vengeance,

& devenus cruels comme des Tygres, ne penferons à autres chofes qu'au fang, à la mort, & à la deffaite de nos enne- mis : De forte que je ferois d'avis, puif- que la faifon femble vous y inviter, que vous fiffiez qu'un mariage facré donnât une liaifon à vos corps, femblable à cel- le que l'amour à donnée à vos ames : & ne vous arrêtez pas fur ce que vos parens éloignez, n'autoriferont vos nôces de leurs prefences ; ces confiderations ne fer- vent que pour abufer les fimples, & ces vains refpects ne doivent avoir cours que parmi le vulgaire : ce grand Dieu, qui de fes mains toutes-puiffantes, a créé les élemens & les Cieux, ordonna feulement qu'en cette action, les volontez du mari fuffent jointes avec celles de la femme par des liens de paix & d'amour.

Nos Amans incitez par les fages con- feils de Maugis, & par leurs defirs reci- proquès, effectuerent leur mariage, le- quel fe folemnifa en la prefence d'un grand nombre de perfonnes honorables qui fe trouverent dans ce Château, fi bien que leurs cœurs fe fentirent étreints d'un beau lien, que l'Amour & la Chafteté noüerent eux-mêmes ; le Ciel montra bien approuver cette fête, par un tonnere qu'il lâcha du côté de main gauche, faifant voir une grande lumiere & oüir un fon

harmonieux. Déja Cynthie s'étant entouré le chef de ſes rayons argentez, verſoit ici bas la perleuſe roſée, & ſans être
offuſquée d'aucun nuage, penetroit de
ſa froide lumiere le voile ſombre de la
nuit; déja Hymen vêtu de ſa robbe jaune, accompagné de mille petits amours,
ſemoit la chambre des mariez de fleurs
& de verdure, & les Cieux reſonnoient
d'un agréable concert de Muſique, quand
la belle Cyprienne conjoignit de ſa propre main Renaud & Clarice.

Maintenant que le Ciel ſe montre ſi
favorable à vos deſirs, joüiſſez, heureux
Amans, joüiſſez du bien qu'un chaſte
Amour vous départ, comblez vos belles
ames d'amoureuſes délices, & vous plon-
gez à l'abandon dedans les plaiſirs & les
douceurs qu'un ſacré mariage rend hon-
nêtes & licites. Je fais ici la fin de mon
diſcours mal agencé, dans lequel j'ai de-
peint le plus naïvement que j'ai pû vos travaux & vos peines : & de même que vous
avez conduit vos beaux deſirs juſques au
but où ils tendoient, ainſi ſuis-je venu
à bout du deſſein que j'avois entrepris.

ALLEGORIE.

Mambrin qui avoit enlevé Clarice, &

lequel Renaud déconfit lui & les siens,
donne à entendre que les hommes injustes & adonnez au larcin, reçoivent le
plus souvent le châtiment que meritent
leurs impietez, & trouvent à la fin, contre leur opinion, quelqu'un qui abaisse
leur orgueil. Les predictions de Maugis
denotent combien il y a peu d'asseurance
en l'état des choses humaines. Renaud qui
épouse Clarice fait voir comme un genereux courage, obtient enfin par sa per-
severance, le fruit desiré de ses penibles
travaux.

F I N.

TABLE

Des Argumens du Renaud Amoureux.

CHANT I.

REnaud étant parti de la maison de sa mere, fait rencontre d'un cheval & d'une paire d'armes attachez à un arbre, il vest les armes, monte sur le cheval, & prend le chemin de la forêt des Ardennes, où il trouve Maugis déguisé en vieillard, lequel lui enseigne le moyen de dompter Bayard. Clarice arrive d'aventure dans la même forêt, qui deffie Renaud de combatre contre ses Chevaliers ; il combat lui seul contre eux tous, & en demeure vainqueur : & puis l'ayant reconduite dans son Château, prend congé d'elle.

CHANT II.

Renaud ayant quitté Clarice, de laquelle il étoit devenu éperduëment amoureux, rencontre Isolier avec un Chevalier Anglois, il eut querelle contre Isolier, sur ce qu'il vouloit aller à la

TABLE.

CHANT III.

TABLE.

CHANT. IV.

CHANT V.

C H A N T VIII.

C H A N T IX.

CHANT X.

CHANT XI.

CHANT XII.

TABLE

Des Histoires recitées dans ce Livre.

APPROBATION.

J'Ay lû par l'ordre de Monseigneur le Garde des Sceaux *le Renaud Amoureux*. A Paris, ce 29 Novembre 1722.

BLANCHARD.

PRIVILEGE DU ROY.

LOUIS par la grace de Dieu, Roy de France & de Navarre : A nos amez & feaux Conseillers les Gens tenans nos Cours de Parlement, Maîtres des Requêtes ordinaires de notre Hôtel, Grand Conseil, Prévôt de Paris, Baillifs, Sénéchaux, leurs Lieutenans Civils, & autres nos Jufticiers qu'il appartiendra, SALUT. Notre bien amé DENIS HORTEMELS, Libraire à Paris, Nous ayant fait remontrer qu'il defireroit faire imprimer & donner au Public un Livre qui a pour titre *Le Renaud Amoureux*, s'il nous plaifoit lui accorder nos Lettres de Privileges fur ce neceffaires. A CES CAUSES, voulant traiter favorablement ledit Expofant, Nous lui avons permis & permettons par ces Prefentes de faire imprimer ledit Livre en tels volumes, forme, marge, càractere, conjointement ou féparément; & autant de fois que bon lui femblera, & de le vendre, faire vendre & débiter par tout notre Royaume pendant le tems de huit années confecutives, à compter du jour de la date defdites Prefentes. Faifons défenfes à toutes fortes de perfonnes de quelque qualité & condition qu'elles foient d'en introduire d'impreffion étrangere dans aucun lieu de notre obéïffance; comme auffi à tous Libraires, Imprimeurs & autres d'imprimer, faire imprimer, vendre, faire vendre, debiter ni contrefaire ledit Livre en tout ni en partie, ni d'en faire aucuns extraits, fous quelque prétexte que ce foit, d'augmentation, correction, changement de titre ou autrement, fans la permiffion expreffe & par écrit dudit Expofant, ou de ceux qui auront droit de lui, à peine de confiscation des Exemplaires contrefaits, de quinze cens livres d'amende contre chacun des contrevenans ; dont un tiers à nous, un tiers à l'Hôtel-Dieu de Paris, l'autre tiers audit Exposant, & de tous dépens, dommages & interêts ; à la charge que ces Presentes feront enregistrées tout au long sur le Registre de la Communauté des Libraires & Imprimeurs de Pa is, & ce dans trois mois de la date d'icelles ; que l'impression dudit Livre sera faite dans notre Royaume, & non ailleurs, en bon papier & en beaux caracteres, conformément aux Reglemens de la Librairie : & qu'avant de l'exposer en vente, le Manuscrit ou Imprimé qui aura servi de copie à l'impression dudit Livre sera remis dans le même état où l'approbation y aura été donnée, és mains de uotre trés cher & feal Chevalier Garde des Sceaux de France le Sieur Fleuriau d'Armenonville; & qu'il en fera ensuite remis deux Exemplaires dans notre Bibliotheque publique, un dans celle de notre Château du Louvre, & un dans celle de notredit trés cher & feal Chevalier Garde des Sceaux de France le Sieur Fleuriau d'Armenonville, le tout à peine de nullité des Présentes ; du contenu desquelles vous mandons & enjoignons de faire jouir l'Exposant ou ses ayans cause pleinement & paisiblement, fans fouffrir quil leur foit fait aucun trouble ou empêchement. Voulons que la copie defdites Prefentes qui fera imprimée tout au long au commencement ou à la fin duditLivre foit tenuë pour dûëment fignifiée, & qu'aux copies collationnées par l'un de nos amez & feaux Confeillers-Secretaires foi foit ajoûtée comme à l'original. Commandons au premier notre Huiffier ou Sergent de faire pour l'execution d'icelles tous Actes requis & neceffaires, fans demander autre permiffion, & nonobftant Clameur de Haro, Charte Normande & Lettres à ce contraires : CAR tel eft notre plaifir. Donné à Paris le quatriéme jour du mois de Decembre l'an de grace mil fept cens vingt-deux. Et de notre Regne le huitiéme. Par le Roy en fon Confeil, FOUBERT.

J'ai cedé & tranfporté aux Sieurs Piffot, d'Efpilly & Amaulry, tous Libraires à Paris, chacun un quatriéme au prefent Privilege, fuivant l'Accord fait entre nous. A Paris ce 24. Decembre 1722.
DENIS HORTEMELS.
Regiftré le prefent Privilege, enfemble la Ceffion, fur le Regiftre V. de la Communauté des Libraires & Imprimeurs de Paris pag. 272. N°. 409. conformément aux Reglemens, & notamment à l'Arreft du Confeil du 13. Aouft 1703. A Paris le 29 Decembre 1722.
BALLARD, Syndic.

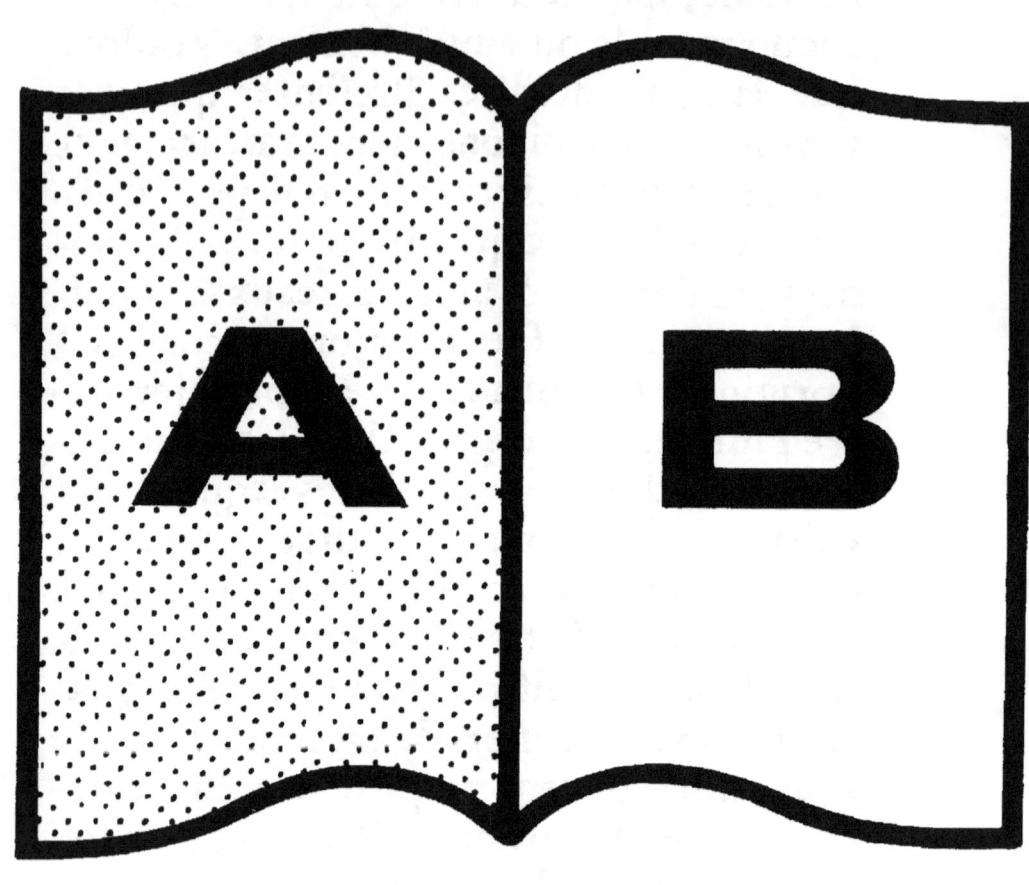

Contraste insuffisant

NF Z 43-120-14